Marco Fei DICEMBRE 2009 / GENNAIO 2010

Cyboria

Pierdomenico Baccalario sostiene il Consiglio d'Europa
e dice NO alla discriminazione.

Coordinamento editoriale: Beniamino Sidoti
Coordinamento redazionale: Valentina Deiana
Illustrazione di copertina e illustrazioni interne: Giorgio Baroni

www.deagostini.it
Redazione: corso della Vittoria 91 - 28100 Novara

Catalogo U7350586
ISBN 978-88-418-5801-1

Stampa: La Tipografica Varese S.p.A., Varese 2009

Pierdomenico Baccalario

CYBORIA

Il risveglio di Galeno

DeAGOSTINI

PRESENTE

Noi vogliamo cantare l'amor del pericolo,
l'abitudine all'energia e alla temerità.

Manifesto del Futurismo, «Le Figaro»
20 febbraio 1909

20. LA BICICLETTA LAMPO

Quando il nonno di Otto lo voleva far sentire speciale, gli diceva sempre di provare a fare una cosa difficile, perché quelle facili, tanto, riescono a farle tutti.

E forse era per quel motivo che quel giorno, in sella alla bicicletta che era stata di suo nonno, Otto Folgore Perotti stava per fare una cosa davvero *molto* difficile. Doveva pedalare con tutte le sue forze fino al ponticello e, una volta lì, un attimo prima di attraversarlo, trovare il coraggio di saltare. Con un buon salto, poteva sperare di atterrare sulla stradina del canale, cinque metri più sotto.

Era una cosa da pazzi, più che difficile. Una cosa che però era anche la sua unica possibilità di fuga dalla Banda del Liceo.

Non aveva molto tempo per pensare: il tempo di tre pedalate.

Una.

Due.

E una tre.

Ed era arrivato al ponticello. Ora doveva decidere. Non era sicuro che suo nonno sarebbe stato fiero di lui, ma non c'era il tempo di domandarselo.

Scartò di colpo e saltò.

L'istante prima Otto era inseguito dai motorini della Banda del

Liceo lungo la statale che dalla Torre pendente di Pisa conduce ai monti di San Giuliano; quello successivo era in volo sopra al canale.

E pedalava nel vuoto.

I ragazzi del Liceo che lo stavano tallonando rallentarono l'inseguimento, sorpresi.

Qualcuno gridò: «È pazzo!»

«Attenti!»

«È caduto nel canale!»

E qualcun altro: «No, non è caduto! L'ha fatto apposta! Lo sta… *saltando!*»

Urlarono altre cose che Otto non sentì neppure.

Volava sopra all'acqua immobile e limacciosa del canale, con il profilo dei Monti Pisani davanti agli occhi e migliaia di pensieri che gli turbinavano nella testa, mentre pedalava nel vuoto.

Pensò ai ragazzi della Banda del Liceo che lo stavano osservando dal ciglio della statale, seduti sui loro stupidi motorini. Pensò alla strada di casa sua, che si inerpicava tra i boschi dei monti costeggiando il vecchio acquedotto e il Convento. E con l'ultima pedalata pensò ancora che in realtà quello un Convento non lo era neppure, ma che in paese l'avevano sempre chiamato così.

Fine dei pensieri.

Atterrò con un boato di ferraglia. La catena batté sulle ruote dentate del cambio. I pedali e i cerchi delle ruote sussultarono sorpresi. Il telaio smaltato di rosso mandò un gemito da animale ferito.

Bam!

Otto batté la sella, strinse il manubrio, e riuscì in qualche modo a tenere la bicicletta in equilibrio sulla stradina. Lo zainetto con i libri di scuola gli rimbalzò sulla schiena come una frustata.

Bam!

Ma ce l'aveva fatta: aveva saltato il canale e messo un bel po' di terreno tra sé e i suoi inseguitori! Non si guardò alle spalle. Li sentì sgasare, frenare e fare manovra tra i colpi di clacson delle automobili. Cercavano di raggiungere il bivio dove imboccare la stradina su cui era atterrato, duecento metri oltre il ponticello.

Otto fermò la bici e guardò l'acqua del canale oltre il viale di tigli: era densa, scura, melmosa. Al di là c'erano alcune piccole casette di legno. Lontano, contro la montagna, la stradina costeggiava una cava di marmo abbandonata. Dalla sua posizione, il ragazzino poteva vedere gli scheletri arrugginiti dei macchinari abbandonati, come giraffe di ferro. Cominciò a pedalare a tutta velocità. Il portapacchi sul parafango posteriore sbatteva e vibrava come se si dovesse staccare da un momento all'altro. E forse era proprio così, ma Otto non aveva il tempo di controllarlo.

Poteva solo sperare, e pregare, che la vecchia Bianchi del 1958 di suo nonno avesse retto bene a quell'ultimo salto e che il vecchio telaio di ferro, rigato da mille cadute, fosse ancora robusto. La catena girava sulle ruote dentate; i pedali filavano su e giù, spinti a forza dalle sue gambe.

Saettò accanto agli alberi, percependo una serie di pieni e di vuoti d'aria, che scandivano il ritmo della sua velocità. Lontano, gli arrivò l'eco di un motorino. Si voltò, ma non vide nessuno. *Perché non mi lasciano semplicemente in pace?*, si domandò.

In piedi sui pedali, Otto spinse ancora più forte. La stradina del canale correva dritta, con il suo asfalto irregolare e il viale di tigli sulla sinistra.

Era quasi arrivato alla cava.

Chino sul manubrio, ignorò i cigolii e i lamenti della bicicletta. Raggiunse la grata arrugginita che proteggeva la cava, sollevò una nuvola di polvere sull'ultimo tratto di ghiaia e sterrato e frenò di colpo davanti a uno squarcio frastagliato della rete. Era un'apertura poco visibile, coperta in buona parte da arbusti di corbezzolo e lentisco. Saltò a terra e spinse la bici di lato, facendola passare sotto la rete, poi si buttò pancia a terra e fece altrettanto. Strisciò nei cespugli di terebinto e si acquattò dall'altra parte, abbracciato alla bici, subito dietro a un basso capannone di lamiera, arrugginito come una crosta di formaggio.

Solo a quel punto si ricordò di respirare. Lo zaino contro la lamiera, gli occhi al cielo terso e azzurro, la bocca spalancata per cercare di catturare più ossigeno possibile, ansimò.

E ansimò ancora, calmandosi a poco a poco.

Passarono non più di tre minuti, forse quattro. Il ronzio dei motorini si fece più forte: divenne un fischio roco, infine un ruggito. Otto pregò di scomparire e chiuse gli occhi.

I motorini arrivarono, accelerarono e scomparvero, come insetti fastidiosi. Otto rimase con gli occhi chiusi ancora per molti secondi, fino a quando non fu certo di essere davvero al sicuro. Contò i minuti. Ora, senz'altro, i suoi inseguitori erano arrivati al bivio per Pappiana e San Giuliano, e stavano decidendo da che parte andare.

Seduto per terra, con i vestiti imbrattati della polvere bianca della cava abbandonata, Otto cominciò lentamente a ridere. All'inizio fu un riso nervoso, poi, a poco a poco, divenne una risata piena, soddisfatta.

«Ecco fatto, nonno» ridacchiò, rappacificandosi di colpo con la giornata.

Una volta tranquillo, cominciò a valutare i danni. La sua maglietta dei Sigur Rós era da buttare: il disegno si era grattato strisciando pancia a terra. Un gancetto di ferro gli aveva slabbrato la bretella dello zaino, su cui aveva applicato le spille di *Lost* e dei fan di Charles Darwin. Ci teneva particolarmente, dato che le aveva trovate di seconda mano su Svuotasoffitte.com.

La bici era messa peggio: il volo aveva fatto saltare la dinamo della ruota anteriore.

«E quindi addio faro» mormorò Otto, accarezzando il cerchione splendente da 28 pollici.

La catena ballava nella sua corsia e strideva leggermente ogni mezzo giro, ma con un'oliata sarebbe andata a posto. Le ganasce del freno posteriore, invece, sembravano danneggiate in modo serio: fischiavano sul cerchio e facevano ben poco altro. Un bel problema, perché ogni volta che andava alla ricerca di un pezzo di ricambio per quella bici, Otto spendeva di più che a comprare una moderna mountain-bike con telaio di carbonio e tecnologia lunare.

Valutò quanti dei graffi sul telaio fossero dovuti alla nuova impresa e poi, con un sospiro da vincitore, si rimise in sella.

Salutò la giraffa di metallo minacciosamente triste sopra di lui: era un lungo scivolo inclinato, con un meccanismo rotante ormai fermo da anni, che un tempo serviva a portare lontano le pietre spezzate della cava.

La ringraziò della protezione, poi si lasciò alle spalle una scia di finissima polvere bianca e si avviò verso i monti.

19. VILLA FOLGORE

Una grata che circondava la vecchia cava aveva una seconda apertura. I ciuffi di penne di piccione che vi erano rimasti impigliati testimoniavano che Otto non era l'unico a conoscerla. Ci scivolò con la bici attraverso, raggiunse la statale che costeggiava con ampie curve i piedi dei Monti Pisani e piegò verso sinistra, pedalando con cautela fino al paesino di Pappiana.

Lo attraversò facendo attenzione al primo incrocio, superò il semaforo e si spinse verso il Passo del Frantoio. Una volta lì imboccò una stradina sulla sinistra e cominciò a inerpicarsi tra i boschi. La sua bici non aveva i cambi necessari a smaltire la fatica, per cui fece in piedi sui pedali tutti i tornanti che lo separavano da casa. Era un'unica salita nei boschi, interrotta solo da una leggera discesa che passava accanto alla sagoma austera del Convento, una vecchia casa disabitata da molti anni.

All'inizio della piccola discesa abbandonò il manubrio e si tenne in equilibrio sulla sella senza mani, godendosi quel po' di aria fresca tra i rumori del bosco. La stradina si infilò sotto la fila di archi di un antico acquedotto e poi ricominciò ad arrampicarsi tra i lecci.

I rumori della statale, della valle e del paese si attutirono, scomparendo a poco a poco. Tra i rami si sentivano ora il cinguettare degli uccelli e il vivace scorrere di un fiumiciattolo.

Fatte un altro paio di svolte, nel bosco comparve un cancello di ferro battuto. Era formato da due colonne attorno alle quali erano attorcigliate spirali di metallo e sagome di fulmini, che poi si intrecciavano in un arco che passava sopra alla strada. Nel centro dell'arco erano scolpite due "A" abbracciate, le iniziali degli antenati di Otto che avevano acquistato la casa; e, subito sotto, con lettere di ferro sbalzato, c'era scritto:

VILLA FOLGORE
REMEDIUM FRUSTRA EST
CONTRA FULMEN QUAERERE

Non ci sono medicine contro i fulmini.

Otto oltrepassò il cancello e fermò la bici all'ombra di uno spiazzo interamente protetto dalle fronde degli alberi. Nel parcheggio di casa c'erano due automobili: la Mercedes bianca dei suoi genitori e una monovolume color malva scura, targata Livorno, che Otto non aveva mai visto. Il fiumiciattolo che si sentiva nel bosco ora correva a bordo del cortile, dietro un basso muretto di pietra ricoperto di muschio. Dalla parte opposta, lo spiazzo conduceva a un sentierino di pietre piatte e ciuffi di dente di leone, su cui erano chini mazzi di iris selvatici e steli di ginestre.

Casa sua.

Villa Folgore sorgeva alla fine del sentierino. Era una vecchia e imponente casa di pietra che Atamante Folgore Perotti, il suo avo, il nonno di suo nonno, aveva acquistato all'inizio del secolo scorso: un edificio di tre piani, squadrato e austero, con la facciata ricoperta di edera rampicante. Le persiane verdi erano affacciate sulla valle di Pisa, di cui si vedeva, lontana, la famosa Torre. E nelle giornate limpide, guardando verso destra, si distingueva il luccicare distante della marina.

Otto percorse rapidamente il prato davanti a casa ed entrò dalla porta ad arco del piano terra. Attraversò il silenzio degli spessi muri di pietra e salì di corsa nella sua camera da letto, sperando che nessuno si fosse accorto del suo arrivo.

C'era troppo silenzio.

Si chiuse la porta alle spalle, tolse i libri dallo zaino e nascose zaino e maglietta danneggiati sotto al letto. Faceva molto caldo, in camera, o era lui che stava sudando in modo incontrollabile?

Raggiunse la finestra e la spalancò. La luce illuminò il suo tavolo di lavoro ingombro di cacciavite, martelli, pinze, tenaglie, ruote dentate, pezzi di bicicletta, meccanismi interni della vecchia lavatrice che si era rotta l'anno prima, dinamo, morsetti e cavi attorcigliati. Fili di rame pendevano da ganci ficcati nella lavagna di sughero a cui attaccava le cose da fare.

Si affacciò al davanzale e respirò a pieni polmoni l'aria profumata della campagna, ma non riuscì comunque a calmarsi: c'era qualcosa di molto insolito nel silenzio che aveva percepito al piano di sotto. Era uno di quei silenzi che non si devono interrompere.

Qualcuno bussò alla porta. Lo fece molto lievemente, ma Otto sussultò comunque.

«Un attimo» esclamò, indossando una maglietta di ricambio.

Era sua mamma.

Non disse nulla.

Rimase a guardarlo in silenzio, con gli occhi lucidi.

E solo allora, per la prima volta da quando era rientrato, Otto capì cosa stava succedendo. Notò la sagoma del dottore in fondo al corridoio buio, e vide che stava confabulando con suo padre.

La monovolume targata Livorno.

«No!» esclamò. Il cuore cominciò a battergli furiosamente. «Non può essere successo!»

Spinse via sua mamma e corse nella camera del nonno.

18. L'ULTIMO SALUTO

Era una camera permeata di una densa calura. Attraverso le persiane accostate sulle finestre aperte non filtrava nemmeno un filo d'aria.

Primo Folgore Perotti era disteso a letto, con un lenzuolo di lino tirato fin sotto al naso. La testa appoggiata sul cuscino era come una boccia di alabastro, nella quale splendevano due minuscoli occhi.

«N-nonno?» sussurrò Otto, sfiorando con la mano lo stipite di legno della porta. Lo stipite scricchiolò. Il pavimento sconnesso sembrò imbarcarsi sotto i suoi piedi, come una creatura maligna che volesse fargli perdere l'equilibrio. «Nonno?»

Il vecchio non rispose. Il letto, la stanza, il petto di suo nonno, sembravano tutti immobili.

Oh, no.

Non poteva essere successo. Non quel giorno. Non dopo quello che lui era riuscito a fare con la bicicletta. E che voleva raccontargli.

Non ancora, pensò Otto. *Puoi farcela, nonno.*

Fece un mezzo passo avanti, inghiottito dal buio della stanza. C'era l'odore pungente di alcool disinfettante e di medicine aperte, e quello dolciastro e sfilacciato delle persone anziane che vengono accudite nel proprio letto.

Il nonno teneva gli occhi aperti fissi sul soffitto. Una vista quasi insopportabile, ma Otto si fece forza.

Raggiunse la poltrona accanto a lui e lo chiamò una terza volta.

Poi pensò: *ora ti giri verso di me, non è vero, nonno? Ti giri verso di me e mi sorridi. E io ti racconto del salto del canale.*

Era davvero convinto che il nonno l'avrebbe fatto. Tra loro c'era un legame che andava oltre la comunicazione verbale. Un legame eccezionale, fatto di sguardi, di intese raggiunte con pochissimi gesti. E di numeri. Di giochi. Di scacchi. Di enigmistica. Di animali. Di conoscere tutti i nomi latini delle piante. C'erano mille passioni comuni che il nonno aveva trasmesso a Otto e che lui non aveva ancora finito di imparare.

La mano del ragazzo si appoggiò lentamente sul lenzuolo di lino, quasi tremando. Un gelido senso di vuoto si fece strada in quella stanza caldissima, si impossessò della schiena di Otto e cominciò a scenderla come un serpente.

Fece una leggera pressione sul bordo del letto. «Nonno?»

Primo Folgore Perotti si riscosse di colpo, e girò il capo, guardando suo nipote.

Il serpente ghiacciato scivolò a terra o forse, semplicemente, si sciolse. Il ragazzo fece un profondo sospiro. Aveva un groppo in gola. Bofonchiò qualcosa come: «Cavolo, nonno ... Accidenti ... Pensavo che ... »

Per tutta risposta, il vecchio sorrise debolmente, sollevò la mano e fece il numero tre con le dita.

«Tre?» domandò Otto. «Tre cosa?»

Primo sorrise. Ripeté altre due volte il gesto.

«Tre. Sei. Nove … »

Ora le dita erano diventate quattro.

«Quattro.»

Poi di nuovo tre, ripetuto due volte.

E allora Otto capì, sorridendo a sua volta. «Nove, quattro, sei … » enunciò ad alta voce. «Poi di nuovo tre, giusto?»

Il nonno abbassò la mano, stanco e soddisfatto. Chiuse gli occhi e li riaprì, come se quel semplice gesto gli costasse uno sforzo incredibile.

Otto si accostò al guanciale e disse: «Novemilaquattrocentosessantatré miliardi di chilometri in un anno. La velocità della luce. La velocità della famiglia Folgore.»

Il nonno girò il capo. La pelle del suo collo era quasi trasparente. Sollevò un sopracciglio, perplesso.

«Oh, almeno … di buona parte della famiglia Folgore» ridacchiò Otto, conoscendo bene la sua opinione al riguardo.

Però, quel groppo alla gola proprio non se ne andava.

Primo annuì, poi fece una cosa strana: guardò Otto come non l'aveva mai guardato prima. Come se, in quello sguardo, dovesse concentrare tutte le cose che non gli aveva ancora detto, e che invece aveva sperato di dirgli. C'erano tutte le risposte alle domande che Otto non gli aveva ancora fatto. Negli occhi di Primo passò la notte di san Lorenzo dell'anno prima, quando avevano dormito in cima alla collina per contare le stelle cadenti; c'erano i libri di botanica e di animali, con cui avevano percorso in lungo e in largo i sentieri del bosco; c'erano i numeri convenzionali e quelli irrazionali, le coordinate e le distanze dello spazio infinito; c'erano tutti gli zero che Otto riusciva a immaginare uno dietro l'altro.

Passò quello e molto altro ancora e infine il nonno disse, con un filo di voce: «Apri la scatola».

Otto credette di aver sentito male. «Quale scatola, nonno?» gli domandò.

Ma lui non gli rispose.

Gli occhi di suo nonno si erano improvvisamente spenti.

Sul suo volto rimaneva ancora l'accenno di un sorriso.

Ma era sempre più freddo.

17. NELL'OTTAGONO DI LIBRI

Silenzio.

Passi.

Rumori.

Voci.

Apparvero d'improvviso, alle spalle di Otto, emergendo dall'ombra della stanza. Le mani di sua mamma lo raggiunsero in camera da letto. La voce di suo padre Sisifo lo strappò dal cuscino.

«Vieni via, Otto. Vai giù, per favore. Deve salire il dottore.»

Otto si mosse all'indietro fino alla poltrona. Sentì sotto le dita il velluto liso dove il nonno aveva passato tante di quelle ore immerso nella lettura da lasciarci impressa la sagoma del corpo. Poi sentì lo stipite della porta che scricchiolava come un sensore di passaggio. Vide sua madre che singhiozzava e ripeteva: «Non volevo che lo vedessi così. Non volevo ... è stato lui a chiamarti, Otto. Mi dispiace».

Il ragazzo tornò nella sua camera come un automa. Si sedette davanti ai suoi progetti. Guardò i disegni dei suoi meccanismi. Spostò tutti i suoi attrezzi. Ascoltò i passi delle altre persone che si muovevano per la casa, frantumando il silenzio.

Ecco, pensò. *Alla fine è successo. Il nonno è morto.*

L'orologio segnava le 14.41.

«Tic-tac» disse Otto e, suo malgrado, rise.

Le 14.41 erano un numero magico. Si leggeva allo stesso modo da entrambi i lati. Era un numero palindromo.

Come sempre, aveva avuto ragione suo nonno: anche i più grandi misteri, dopotutto, sono numeri.

Poi i numeri dell'orologio cominciarono a galoppare. Otto avrebbe voluto rimanere chiuso in camera come un oggetto da dimenticare. Avrebbe voluto piangere, ma non ne ebbe il tempo: a Villa Folgore ci fu un andirivieni di tante e tali persone, che non ci riuscì.

Arrivarono i parenti, gli amici, e tanti, tantissimi perfetti sconosciuti, che giunsero da tutta l'Italia per salutare un'ultima volta suo nonno.

Perché era così importante salutare qualcuno che ormai non c'era più?

Disteso sul letto, tutto vestito, Otto ascoltava le macchine che arrivavano a fatica fino allo spiazzo ombroso, e il cicaleccio che accompagnava la salita del piccolo viale fino all'arco dell'ingresso della Villa. Le solite frasi che salivano nell'aria in momenti diversi.

«Come è successo?»

«Era malato da tempo?»

«Aveva una tempra d'acciaio.»

«Una mente brillante!»

«Ma ormai aveva un'età!»

«Il professor Folgore Perotti! Sa cosa mi ricordo di quando ero alla Scuola Normale con lui ... ?»

Al suono di quelle voci, Otto si addormentava e si svegliava, senza rendersi conto di quale fosse il sogno e quale la realtà. A un tratto, pazzo di felicità, si era convinto che suo nonno stesse ancora benissimo e che si fosse immaginato tutto, ma non appena uscì dalla camera, il brusio delle persone che entravano e uscivano da casa gli levò ogni illusione. Nel grande salone dove aveva giocato a scacchi con lui c'era una bara aperta.

Mangio io o mangi tu. Nella scacchiera della vita non c'è patta. E anche se muovi per primo, alla fine non vinci.

Quando uscì dal suo nascondiglio, Otto indossava gli abiti che sua madre gli aveva preparato per la veglia. C'erano ancora capannelli di uomini e donne ben vestiti, alcuni fermi sulle scale, altri seduti sulla panca e sulle sedie nel giardino dove nessuno sedeva mai, altri che ciondolavano nelle camere attigue a quella del nonno.

Chi era tutta quella gente?

Otto evitò qualsiasi contatto. Scivolò come un'ombra lungo il corridoio rivestito di una serie di pannelli di noce scuro, e s'infilò nell'ultima stanza del primo piano, la biblioteca ottagonale di Villa Folgore. Sperava di trovarla deserta.

Era una stanza davvero particolare: non aveva praticamente nessun muro tirato a squadra, ma angoli di pareti tappezzati di scaffali di libri costruiti su misura. Al centro c'era una grande scrivania, posta davanti a un camino sulla cui cappa erano dipinte le due "A" dei capostipiti di famiglia, intervallate da un fulmine rosso fuoco. Una panciuta finestra a bovindo, con alcune panche ricoperte di cuscini, si affacciava sulla vallata.

La biblioteca era come la tolda di una nave, dove era facile perdere la percezione del tempo e trascorrere i pomeriggi a leggere e fantasticare.

Quando vi entrò, con suo grande disappunto Otto sorprese un uomo che, di spalle alla porta, osservava con tranquillità le due iniziali sulla cappa del grande camino spento, e il quadro che vi era appeso sopra.

Otto si morse le labbra. Lo conosceva: l'aveva già visto gironzolare per casa e aveva l'impressione che suo nonno lo detestasse. Che ci faceva, quindi, in quella stanza?

Otto ricordò il suo nome: era il conte Liguana, di un'antica e decaduta nobiltà italiana.

Parzialmente illuminato dalla luce che entrava dal bovindo, il conte era un uomo alto e piacente. Aveva i capelli brizzolati e impomatati tirati indietro per enunciare la rigidità del volto, la mascella squadrata e il naso adunco. Nessuno sapeva quale fosse il suo ramo d'affari, ma tutti erano a conoscenza della sua smisurata ricchezza.

Otto ebbe la tentazione di schizzare fuori dalla biblioteca, prima che lui si accorgesse del suo ingresso, ma c'era una tale sfumatura di cupidigia nel modo in cui l'altro guardava gli oggetti della sua famiglia, che gli fece nascere il desiderio di proteggerli. Così chiuse la porta con uno scatto, che fece voltare il conte.

Il sopracciglio dell'uomo si inarcò in un'espressione supponente. «Ah, sei tu, Perotti Junior. Non ti ho sentito entrare, piccolo. Mi dispiace molto per tuo nonno.»

Bugiardo, pensò Otto.

Il conte Liguana smise di scrutare il quadro sopra il camino e disse: «Immagino che tu sia molto dispiaciuto. Se vuoi, puoi parlarne con me».

Di cosa?, si domandò Otto. Senza dire una parola si avvicinò al grande mappamondo di legno nell'angolo della biblioteca e cominciò a farlo ruotare.

Vrrr...

Vrrr...

Vrrr...

«Te l'ha già data?»

«Che cosa, mi scusi?»

Il conte sorrise. «Pensavo che fosse arrivata a te, adesso.»

«Non so di cosa stia parlando, signore» rispose Otto, compito.

Il conte fece un gesto vago con la mano. «Dimenticavo. Forse sei ancora troppo piccolo, per certe cose.»

«Ho tredici anni, signore. Tredici anni compiuti» puntualizzò Otto.

«Per l'appunto. È quello che dicevo: troppo piccolo. Anche se ... » Irritato dal silenzio che seguì, Otto si concentrò sul mappamondo. «Anche se ... da come il nonno parlava di te, come se tu fossi un vero Folgore Perotti ... » Il conte fece con le dita il gesto di un cavalluccio che trotta nell'aria. «Nella famiglia Folgore si salta sempre una generazione. Così ha sempre detto. *Hop!* Lei sparisce… e poi… *Hop!* Torna!»

Per qualche motivo Otto avvampò di collera, ma non disse nulla.

Il conte Liguana sfilò con noncuranza lungo gli scaffali della libreria, avvicinandosi al ragazzino. «Forse non è stato così, questa volta? Forse lui non si fidava abbastanza di te e non ti ha tramandato nessun segreto di famiglia?» lo incalzò, le labbra stirate in un ghigno malevolo.

Apri la scatola, pensò Otto. A quel punto, lambito dal dubbio, distolse lo sguardo e ripeté, cocciuto: «Non so di cosa stia parlando, signore. Ma credo che comunque il nonno avrà avuto le sue buone ragioni».

«Certo, certo…» sghignazzò l'uomo, facendo scorrere l'indice dall'unghia affilata sul legno del mappamondo. «Buone ragioni, e buone istruzioni…»

Ci fu un rumore e la porta della biblioteca ottagonale si aprì di nuovo. Vi comparve un gigante privo di capelli, massiccio e compatto, interamente vestito di nero, con occhiali scuri che gli fasciavano gli occhi. L'uomo disse: «L'auto è pronta, signore».

Il conte Liguana annuì. «Grazie, Calibano.» Sollevò il dito dal mappamondo e lo appoggiò, come la canna di una rivoltella, sulla fronte di Otto. «Chiamami, se succede qualcosa» sussurrò, allontanandosi con un ticchettio di stivaletti con il tacco. «Ci vediamo, piccolo.»

Otto rimase accanto al mappamondo, con il cuore che batteva via via più forte. Attese di essere da solo, poi colpì gli scaffali davanti a sé con una manata e ruggì: «Maleducato, arrogante, borioso, insolente che non sei altro!»

Si abbandonò sul divano di pelle e subito dopo, poiché aveva dato il via alle sue emozioni, scoppiò a piangere.

Pianse a lungo.

16. LA SCATOLA PRISMATICA

Tre giorni.

Nei tre giorni che seguirono, afflitto dal vuoto che il nonno aveva lasciato, Otto visse come sospeso. Non c'era nulla che in realtà lo colpisse, e nulla che in realtà lo interessasse. Perfino i suoi tormentatori in motorino smisero di seguirlo, come se avessero compreso che era necessario un momento di tregua.

Otto pedalava sferragliando da casa a scuola e da scuola a casa, senza che nessuno osasse avvicinarlo. Non fu interrogato. Nessuno gli comunicò qualcosa di importante. Di notte, pensava a suo nonno; alla mattina presto, svegliandosi di soprassalto, alle parole del conte Liguana.

Controllò almeno trenta volte che dalla biblioteca ottagonale non fosse sparito nulla.

In giardino, guardava le lucertole prendere il sole sui muri.

Cinque giorni dopo il funerale, l'avvocato di suo nonno arrivò in Vespa. Aveva una voluminosa borsa di cuoio a tracolla. Era un giovane trentenne con i capelli schiacciati dal casco e i modi semplici e sbrigativi. «Tu devi essere Otto ... » lo salutò, mettendo il cavalletto alla Vespa.

«E lei l'avvocato Ranieri ... » rispose il ragazzo, guardando prima lui e poi la Vespa. Era un modello davvero vecchio.

«È un catorcio degli anni '70, il mio babbo ci portava gli amici ... » ammise l'avvocato «ma ognuno ha le sue passioni, non è vero?»

«Mi piace molto» confessò Otto, seguendo con occhio esperto la linea tozza e tondeggiante e le cinque marce manuali. Trovò del tutto naturale che suo nonno avesse scelto un avvocato come quello.

«Ti piacciono le moto?»

«A dire il vero sì ... » disse Otto. «Mi interessano un po' tutti i motori.»

«Se vuoi, dopo possiamo farci un giro ... »

Otto si grattò la testa. «Meglio di no. Non credo che mia mamma sarebbe d'accordo ... »

E poi, soprattutto, non posso più chiedere il permesso a mio nonno, aggiunse con il pensiero.

Salirono fino alla biblioteca ottagonale, dove vennero raggiunti dai genitori di Otto. Mamma Carlotta si era truccata pesantemente, ma non a sufficienza per nascondere il viso patito. Papà Sisifo, invece, sembrava appena uscito dall'ufficio (e probabilmente era davvero così): giacca e pantaloni blu, con cravatta gialla a pois, pareva pronto a sedersi dietro a uno sportello e domandare all'avvocato quale operazione bancaria dovesse fare.

Si accomodarono: Carlotta portò un vassoio d'argento con una caraffa di tè freddo con ghiaccio.

«Mi dispiace molto trovarmi qui per un motivo del genere, signori ... » esordì l'avvocato Ranieri, dopo essersi rinfrescato la gola. «Anche perché questa casa è davvero un posto incantevole. Ma è il mio lavoro, e quindi ... »

Aprì la sua valigetta.

Carlotta guardò prima il marito, poi il figlio. «Otto, forse sarebbe meglio se tu ... »

«No» intervenne l'avvocato Ranieri. «Credo che sia meglio che il ragazzo resti con noi. È una richiesta del nonno.» Poi tirò fuori dalla borsa una serie di buste sigillate, ne aprì una con il tagliacarte poggiato lì vicino ed estrasse due fogli dattiloscritti.

Benché fino a quel giorno non gli avesse visto versare una lacrima, Otto si accorse che gli occhi di suo padre erano lucidi: aveva riconosciuto la calligrafia sulla busta e i caratteri della macchina da scrivere. Erano della Olivetti del '78 del nonno, l'unica che lui usasse e che ora si trovava proprio accanto a loro, sulla scrivania.

L'avvocato Ranieri si schiarì la gola. D'un fiato e con il dovuto rispetto lesse quelle che erano le ultime volontà del nonno.

«Carissimi ragazzi ... se state ascoltando queste parole dalla voce dell'avvocato Ranieri, allora vuol dire che mi sono finalmente levato di torno.»

Ci fu un risolino di Sisifo, che poi cominciò a mordicchiarsi le unghie. Carlotta si strinse nelle braccia e si sedette in punta della sedia, sbilanciandosi in avanti.

«Quindi, non perdiamo altro tempo. Tu, però, Carlotta, dovresti smetterla di sederti in punta a quella sedia, o prima o poi la distruggerai.»

Carlotta si immobilizzò, sorpresa: «Ma come ... ?»

«E in quanto a te, figlio mio, sputa pure la pellicina dell'unghia che di sicuro ti stai tormentando. Non ci sono sorprese: vi nomino eredi universali di tutte le mie proprietà, Villa Folgore compresa.»

Anche il padre di Otto si bloccò e poi si appoggiò allo schienale della sedia. Otto sorrise: quanto li conosceva bene, il nonno!

«Di tutte le mie proprietà, tranne una ... » aggiunse l'avvocato, facendoli sobbalzare, «che invece intendo lasciare a mio nipote.»

L'avvocato Ranieri cominciò a frugare nella borsa, tirandone fuori una scatolina di cartone legata con lo spago e sigillata con la ceralacca rossa con le lettere "PFP" marchiate sopra. Legata dallo stesso spago c'era una lettera chiusa, anch'essa sigillata.

Non appena la vide, Otto trasalì. *Apri la scatola,* gli aveva mormorato il nonno, prima di morire. Allungò le mani per afferrarla, e nello stesso istante pensò alle parole del conte Liguana.

Te l'ha già data?

Sei troppo piccolo, per certe cose.

Forse tuo nonno non si fidava di te?

La scatola era leggera, come se fosse vuota e si posò tra le ginocchia di Otto come un uccellino dentro al suo nido.

«Chissà cosa ti ha lasciato il nonno» gli domandò la mamma a bassa voce, passandogli una mano sulla schiena con dolcezza. «Vuoi aprirla?»

Otto fece segno di no con il capo. L'avrebbe fatto in privato, nella sua camera.

Nella stanza rimase sospeso un lungo momento di silenzio, poi l'avvocato concluse: «Non c'è altro. A parte ... una specie di condizione testamentaria».

«Una condizione testamentaria?» chiese il papà di Otto lievemente allarmato. Era come se a ogni accenno di volontà di suo padre temesse una brutta sorpresa.

«Niente di preoccupante, signor Perotti. Suo padre desidera che tutti voi, Otto compreso, vi impegnate a non cedere, vendere o regalare nessuno dei suoi beni, in particolare nessuno dei beni che si trovano in questa biblioteca, o la scatola che ho appena consegnato a Otto ... a un estraneo. Per nessuna ragione.»

Sisifo e Carlotta annuirono, e Otto si sentì alleggerire il cuore.

L'avvocato sbrigò le ultime formalità: firme e timbri che avrebbero poi dovuto essere ripetuti davanti a un notaio, così da avviare le procedure burocratiche.

Otto chiese il permesso di allontanarsi e si rifugiò in camera sua. Chiuse la porta, girò la chiave, si sedette al suo tavolo da lavoro pieno di attrezzi, prese le forbici e tagliò lo spago. Usò poi un coltellino per staccare e conservare integro il sigillo di ceralacca. Sollevò il lembo superiore dell'anonima scatolina e, trattenendo il fiato, afferrò tra le dita uno strano oggetto di colore verde scuro, sfumato, che rammentava l'argento ossidato.

Era un icosaedro.

L'oggetto che suo nonno gli aveva lasciato era uno dei cinque solidi platonici: una specie di sfera sfaccettata da venti facce triangolari.

«Centoventi simmetrie, sessanta rotazioni ...» mormorò Otto, facendo colpire dalla luce le singole facce triangolari. Vide che su ogni faccia erano incisi dei numeri, come se fosse un grande dado.

«Che diavoleria è mai questa?» mormorò, girandolo da ogni lato, perplesso. Poi guardò la finestra spalancata e disse a bassa voce: «Ti stai divertendo, vero?»

Era sicuro che suo nonno, anche se non aveva mai creduto all'esistenza di Dio e dell'Aldilà, fosse comunque lì vicino, a godersi la scena.

15. LETTERE PASSATE

«È incomprensibile ... » disse Otto ad alta voce.

Poi posò il prisma sul tavolo e guardò la lettera sigillata. Usò le forbici a mo' di tagliacarte e strappò la busta. Ne tirò fuori un foglio piegato in tre parti, lo distese e lesse:

Villa Folgore, Pisa
Ore 12.21

Carissimo Otto,
so che sei affezionato a me quanto io lo sono a te, ma non piangere. Te lo chiedo per favore. Ti scrivo per condividere con te alcune importanti riflessioni e non posso certo farlo se a leggermi è un bambino pieno di lacrime. Ho bisogno di un uomo, e sono convinto che tu possa esserlo meglio di molti altri. Gli anni non contano: è l'età, quella che ti frega. Quando invecchi, ti vengono in mente tutte le cose che non hai realizzato, i sogni che caratterizzano la gioventù e che poi, ahimè, si affievoliscono con il passare degli anni. Ti dico questo non per fare il solito nonno noioso, ma perché vorrei che tu tenessi sempre presente quanto il tempo passi

veloce, e come certe occasioni, quando capitano, vadano prese al volo.
Le occasioni non tornano.
Non tornano mai.
Io sono stato un uomo fortunato: ho vissuto pienamente, ho avuto modo di conoscere gente interessante, ho stretto amicizie e ho fatto studi meravigliosi, ma ho un grande rimpianto. Un rimpianto che ti lascio in eredità, insieme alla Scatola Prismatica che adesso si trova davanti al tuo naso e che hai sicuramente già manipolato prima di leggere queste mie ultime "istruzioni".

Otto sorrise. Ancora una volta, suo nonno provava di conoscerlo perfettamente, e sapeva immaginare le cose prima che accadessero. *Scatola Prismatica,* si appuntò, prima di proseguire.

La Scatola non è mia - continuava la lettera. *Mi venne regalata da mio nonno (e tuo trisnonno) Atamante. Me la fece recapitare all'Università in occasione del mio ventunesimo compleanno, che a quei tempi era la maggiore età.*
Insieme alla Scatola c'era un bigliettino, molto più sintetico di questa lettera. Diceva: "Vai tu!" Qualunque cosa significasse, io non l'ho mai capita. E non gliel'ho mai domandato, perché sapevo che lui non mi avrebbe mai risposto. Ho sempre creduto che la Scatola fosse qualcosa di più di un ingegnoso soprammobile, che avesse una funzione nascosta, e che,

per quanto possa sembrarti assurdo, avesse anche un qualche legame con il suo quadro preferito, quello appeso nello studio sopra il camino.
È un quadro futurista, se vuoi saperlo, e i futuristi, be'... erano un gruppo di persone che sognavano un futuro diverso. Forse sbagliandosi, ma non per questo sognandolo meno forte.
Ecco fatto quindi: ti passo il testimone di questo piccolo mistero di famiglia. Tuo padre non l'ha mai saputo e preferirei che rimanesse così. Anche il mio non ne venne mai a conoscenza...

Hop! Hop!, pensò Otto, con il cuore in gola. *Si salta sempre una generazione*, aveva detto il conte Liguana.

Poi terminò di leggere la lettera.

Forse ti deluderà sapere che, se davvero c'è un mistero, io non sono stato in grado di scoprirlo. Forse tu arriverai là dove io non sono riuscito e dove credo i miei nonni, Atamante e Armilla, volevano che arrivassi. Chissà!
È tutto qui, Otto. Tutto qui.
Vai tu!
E abbi cura di te...

Nonno Primo

14. A CASA DEL CONTE

La Certosa di Calci era bianca come ossa di dinosauro. A mezza costa sul versante della collina, era protetta da una cerchia di alberi napoleonici. Il conte Liguana, con le mani dietro la schiena, la stava sbirciando dalla finestra del salone della sua casa medievale: all'esterno, i giardinieri stavano sistemando la mastodontica siepe di tre metri che delimitava tutta la proprietà.

Qualcuno bussò, in modo esitante. Quanto bastava per riconoscerlo. Liguana invitò suo figlio a entrare. Era un uomo sulla quarantina, dallo sguardo mite e affascinante. L'opposto di quello tagliente e sprezzante del padre.

«Papà ... »

«Hai novità?»

L'uomo si sedette davanti alla scrivania, versandosi un dito di acqua fresca. «No ... e se posso dirti ciò che penso, lei non ne sa proprio niente!»

Il conte scosse la testa e sospirò. «Quel che pensi è irrilevante! Ti dico che lei sa. Insisti.»

«Lo sto facendo, ma non è esattamente una cosa facile. È una donna intelligente e, se devo essere sincero, non mi piace questa specie di doppio gioco.»

«Falle domande!»

«Ma ... »

«Nessun "ma"! Continua a ronzarle intorno e portarmi qualche informazione utile, una volta tanto!»

«Una volta tanto? E tu, allora?» sbottò l'uomo. «Che novità hai da Villa Folgore?»

«Non ci provare, sai?»

«Hai acquistato tutti i mobili di Atamante? Hai scoperto un passaggio segreto? Hai messo le mani su questo inesistente tesoro?»

«Non stiamo cercando un tesoro!»

«E cosa stiamo cercando, allora?»

Il conte Liguana tamburellò sulla scrivania, facendo risuonare le giunture delle dita, a una a una. «Stiamo cercando ... una strada, figlio mio. Una strada che ci è stata indicata tanto tempo fa.»

L'uomo davanti a lui ridacchiò, nervoso. Si portò una mano alla tempia e disse: «Una strada».

Gli occhi del conte erano fiammeggianti. «Esatto.»

«Stiamo impazzendo, papà. Te lo dico io. Ecco cosa stiamo facendo!»

«Attento a quel che dici!»

«A cosa? A cosa devo stare attento? Forse non te ne sei accorto, papà, ma io sono cresciuto! Non puoi più terrorizzarmi con ... con quel mostro che è al tuo servizio. Non più. Puoi dirgli di uccidermi, forse, ma non credo che arriveresti a tanto.»

«Non mi provocare!»

L'altro uomo si batté una mano sul petto. Era sempre calmo, ma molto deciso. «Io ho un cuore, qua sotto. Mi capisci? Un cuore! E non puoi comandare anche quello!»

Il conte Liguana sbiancò. «Allora usalo, quel cuore, e scopri qualcosa da quella stupida donna!»

Il figlio del conte Liguana scosse il capo. «È l'ultima volta che ti permetto di chiamarla così!»

«Ed è l'ultima volta che ti permetto di entrare in questa casa!»

«Non riesci proprio a capire. La tua è un'ossessione, ormai. Una vera e propria ossessione.»

Ma suo padre già non lo stava più ascoltando. Si era avvicinato a una parete dello studio, aveva premuto un tasto protetto da uno sportellino dorato e fatto scorrere un pannello che copriva alcuni monitor. Proiettavano le immagini di un giardino, di un porticato e di una strada in mezzo al bosco.

Era Villa Folgore ripresa da lontano.

«Ormai sono anni che passi il tuo tempo a spiarli» sentenziò il figlio. «E in tutti questi anni che cosa hai scoperto? Niente.» Fissò a lungo la schiena del padre, poi, senza aggiungere altro, se ne andò.

«Fa' come ti ho detto!» gli gridò il conte Liguana, prima che la porta sbattesse.

13. LE RADICI DEI NUMERI

A tratti, le parole del nonno si intersecavano nella sua mente con quelle incomprensibili del conte Liguana, formando un labirinto in cui non riusciva a orientarsi.

Otto passeggiava come un leone in gabbia, scrutando la misteriosa Scatola Prismatica immobile sul tavolo. A cosa serviva?

I numeri che erano incisi sui lati erano davvero molto strani. Poteva iniziare da lì. Li ricopiò su un foglio, a coppie, uno sotto l'altro. Quindi li sistemò in modo da scrivere uno accanto all'altro i numeri che si trovavano su due triangoli opposti. In quanto all'ordine delle coppie, le sistemò in modo casuale, dato che nessuna delle venti facce della Scatola sembrava essere più importante dell'altra.

1392000 - 0
4878 - 87,97
12104 - 224,7
12756 - 365,26
3476 - 365,26
6792 - 686,98
141700 - 4332
120000 - 10759,22

L'istante prima Otto era inseguito dai motorini della Banda del Liceo lungo la statale che dalla Torre pendente di Pisa conduce ai monti di San Giuliano; quello successivo era in volo sopra al canale.
E pedalava nel vuoto.

pp. 7-8

62° 20'

Alcune linee del dipinto erano tracciate con un inchiostro luminescente, che nell'oscurità vibrava di un tenue brillio azzurro.

p. 48

50800 – 30685,4
48600 – 60195

Quindi?

Li spostò, sommò, divise, moltiplicò, fece impazzire la sua calcolatrice in cerca di una qualche sequenza tra di loro, ma non ne venne a capo. Erano numeri, semplici numeri diversi tra loro, complessi e particolari.

C'era un unico zero. Poteva significare qualcosa?

E c'era un numero che si ripeteva due volte: 365,26.

Soppesò il prisma: era leggero, come se fosse cavo; e sembrava compatto e molto robusto. Per un attimo pensò di gettarlo a terra per vedere che cosa conteneva, poi, invece, cominciò a manipolarlo a casaccio, come se fosse un cubo di Rubik, e si accorse che le facce si potevano premere e ruotare.

Tick, tick, tick, faceva il prisma, girando su se stesso e rimanendo però sempre uguale. Otto iniziò a premere e ruotare in cerca di un'ispirazione, ma comunque lo girasse aveva la sensazione di non fare progressi. Combatté una certa frustrazione: cosa poteva riuscire a capire un ragazzino di tredici anni, al suo primo anno di superiori, là dove un genio come suo nonno aveva fallito?

Pensa, Otto, pensa.

A differenza del cubo di Rubik, la Scatola Prismatica era monocolore, quindi doveva applicare a essa un ragionamento diverso ... una qualche sequenza matematica legata ai numeri che vi erano incisi sopra. Ma quale? Dopo alcune ore di tentativi, Otto era ancora al punto di partenza: ed era così concentrato sui suoi pensieri che non udì i passi sul corridoio e sobbalzò, quando bussarono.

«Otto, tutto bene?»

Era suo padre. Aprì la porta e si affacciò. «Sei ancora chiuso qui dentro?» commentò, sbirciando.

«Ho avuto da fare» ammise furbescamente il ragazzo. Prese la Scatola Prismatica e la passò al padre. «Nel pacchetto del nonno c'era questa ... »

«Cos'è?» Lui la girò come per capire quale fosse il verso giusto.

«Non ne ho la minima idea. Tu l'avevi mai vista?»

Sisifo gliela rese senza fare domande, nonostante gli si leggesse negli occhi che c'era qualcosa che lo infastidiva. Forse proprio il fatto di non averla mai vista prima.

«La cena è pronta» gli disse. «Mangiamo in giardino, ti va?»

Solo allora Otto si rese conto che il suo stomaco brontolava. Lasciò il prisma sullo scrittoio e scese le scale di corsa, dietro suo padre.

La cena fu molto piacevole.

La tovaglia bianca era mossa da una leggera brezza, e dagli alberi del bosco giungeva un rassicurante frusciare di fronde. Otto resse egregiamente il fuoco di fila di domande dei suoi genitori. Per non dare nell'occhio, resistette anche alla tentazione di tornare in camera a continuare i suoi tentativi, e aiutò a sparecchiare.

Camminando per la casa sentiva un sordo rimbombo dentro al petto, come una sorta di richiamo. «Io salgo in biblioteca» disse, dopo aver riposto i piatti nel lavello.

E così fece.

Accese i faretti nascosti tra gli scaffali dei libri e osservò la camera con attenzione. Per prima cosa si avvicinò all'albero genealogico della sua famiglia: un disegno a cui, fino a quel giorno, aveva prestato davvero poca attenzione.

-Famiglia Folgore Perotti-

Atamante 1890-1966
(+ Armilla, 1916)
|
Creteo 1918-1980
(+ Canace, 1937)

Primo 1939- (+ Rita, 1965)	Algebra 1940- (+ Giuseppe, 1972)
Sisifo 1968- (+ Carlotta, 1995)	Medea 1970-
Otto 1996-	

Eccoli lì, i suoi antenati, con la data di morte del nonno che ancora non era stata dipinta. Il capostipite di famiglia era Atamante, di cui doveva esserci anche un ritratto da qualche parte in casa. Atamante era stato una mente brillante, un genio matematico.

Come il nonno.

Come Otto.

Salta sempre una generazione, pensò, stringendo il pugno.

A quanto ricordava dei racconti di famiglia, Atamante aveva scritto il libro *Algoritmi e Borborigmi*, che era stato per lunghi decenni adottato in tutte le scuole di specializzazione superiori, e aveva brevettato un pezzo meccanico, la "Giravvite", un componente zigrinato fondamentale per i cronografi ad alta precisione. E poi? Che cos'altro sapeva?

Atamante aveva comprato Villa Folgore e, quando il nonno aveva compiuto ventun anni, gli aveva regalato la misteriosa Scatola Prismatica. Aveva avuto amici molto interessanti, amici come quelli che avevano dipinto ... il quadro sul camino.

Otto girò sui tacchi per osservarlo. Era un quadro astratto: un caotico ammasso di figure geometriche, che potevano ricordare una città o un motore scomposto, dove ingranaggi, pulegge e figure sembravano intersecarsi le une con le altre senza la minima logica. Suo nonno gli aveva raccontato che era un quadro di grande valore, un quadro futurista, e che Atamante lo aveva ricevuto in dono dallo stesso autore. Il pittore aveva inserito la Giravvite tra gli altri elementi del disegno, in alto a sinistra. Ed eccola infatti lì, inclinata e zigrinata.

Otto si sporse per leggere la firma sulla tela.

Tre lettere: *Zap*.

Come il rumore del fulmine nei fumetti.

Cos'altro c'era? Otto non aveva conosciuto la sorella del nonno, né gli altri suoi parenti, a eccezione della "zia" Medea, figlia di Algebra. A dispetto della madre, Medea era diventata un'archeologa molto esuberante e una donna affermata. L'esatto contrario della mamma di Otto, con cui infatti non andava molto d'accordo. Anche il papà di Otto non amava particolarmente la cugina, che, a sentire lui, era solo una gran ciarlatana. *A volte è meglio essere modesti, che far finta di saper fare qualsiasi cosa,* diceva. Otto non era d'accordo, perché invece la zia Medea gli era molto simpatica. E amava i suoi racconti strampalati.

Albero genealogico. Quadro futurista. Scatola Prismatica.

Qual è il collegamento?, si domandò, tornando in camera.

Scivolò nel sonno senza accorgersene, abbracciato al prisma con i suoi numeri misteriosi.

12. LUCI NOTTURNE

Per caso, l'illuminazione arrivò.

In sogno.

O forse era già sveglio e non stava dormendo. Era in quella veglia tremante che precede il risveglio, con il cuore che batteva furiosamente per un sogno che non riusciva a ricordare. Otto fissò il soffitto della sua camera da letto e disse: «Non è la Giravvite ... »

L'immagine del quadro futurista di Zap appeso sul camino della biblioteca era nitida nei suoi occhi. La confusione di figure esplose, pezzi meccanici, rotelle, parti di motore, tubi, pulegge. E la vite, anzi, la Giravvite di Atamante in alto a sinistra.

Solo che non era una vite.

Otto sollevò le lenzuola e camminò fuori, lentamente, nel corridoio silenzioso di casa. Erano le quattro di notte, forse le cinque, e dagli spifferi delle persiane non entrava nemmeno uno spicchio di luce. Il pavimento era freddo sotto i piedi nudi. Otto poteva sentire i respiri lontani di sua mamma e di suo papà che ancora dormivano.

Tirò dritto fino alla biblioteca ottagonale (che poi non era per niente ottagonale, e si segnò mentalmente di scoprire perché la chiamassero così), ne aprì la porta pregando che i cardini non gemessero come al solito ed entrò. Gli parve di cogliere uno strano bagliore sul camino, poi premette l'interruttore della luce e la sensazione sparì.

Illuminata dai faretti degli scaffali, la biblioteca gli sembrò piatta, irreale, come disegnata.

Forse stava ancora sognando?

Attraversò la stanza con cautela, senza nemmeno chiudersi la porta alle spalle; si avvicinò al quadro sopra al camino e lo osservò, dal basso dei suoi tredici anni di altezza.

Non era sicuro.

Trascinò una sedia davanti al camino e ci salì sopra, mettendosi poi in punta di piedi sul cuscino di pelle.

«Accidenti» sussurrò.

Avevo ragione, pensò. E fu percorso da un brivido.

L'oggetto appuntito disegnato in alto a sinistra nel dipinto non era affatto la Giravvite del suo antenato. Vista da molto vicino, la minuscola figura inclinata, di china nera, non aveva la filettatura tipica di una vite, né la sua capocchia zigrinata.

«È la Torre di Pisa ... » mormorò Otto, appoggiandoci un dito sopra. Poi scostò lo sguardo dal dipinto.

Se questa è la Torre di Pisa, pensò mentre scendeva dalla sedia e ritornava sul pavimento. *Se questa è la Torre di Pisa, in piazza dei Miracoli ... allora il grande tubo storto subito sotto può essere ...*

«Il fiume Arno?»

Il dipinto futurista di suo nonno era un dipinto di Pisa? Una mappa?

E se era una mappa … che cosa indicava?

Vai tu!, rimbombò nella testa di Otto.

«Dove, dove devo andare, nonno?» si domandò, scrutando il grande quadro come mai l'aveva guardato prima. Come nessun altro, forse, nemmeno il conte Liguana, l'aveva mai visto!

I fulcri degli ingranaggi ora gli sembravano piazze, le pulegge vie e strade, i bulloni gli edifici più importanti della città e i fili elettrici …

«I fili elettrici!» esclamò Otto, ricordandosi la sensazione che aveva provato quando era entrato nella biblioteca. «Le luci!»

Tornò di corsa alla porta e spense i faretti. Il buio piombò nella stanza con una specie di risucchio. Otto non vide niente per alcuni secondi.

Ma aspettò, impaziente.

Quando i suoi occhi si abituarono all'oscurità, notò di nuovo il bagliore che proveniva dal camino. Solo che non era esattamente un bagliore: era un lucore emanato dal quadro.

«La strada … » mormorò, avvicinandosi di nuovo alla tela.

Alcune linee del dipinto erano tracciate con un inchiostro luminescente, che nell'oscurità vibrava di un tenue brillio azzurro. Semplici linee e macchie di colore, avrebbe detto chiunque, frutto dell'originalità del pittore. Chiunque, ma non Otto, che lo guardava con il cuore che gli premeva lo stomaco e la gola secca. Se il quadro era una mappa, le linee fosforescenti potevano indicare … una strada?

«Questa è la Torre di Pisa … » ricapitolò Otto, partendo dall'unico elemento che credeva di aver individuato. Corse giù e a destra con il dito, lungo una linea azzurra. «Corso Santa Maria… via dei Mille… »

Ora la traccia azzurra descriveva un piccolo cerchio con una X nel centro. Il classico segno con cui un pirata indica dove ha seppellito il suo tesoro.

Che cosa c'è lì?, si domandò Otto, cercando di visualizzare l'itinerario nella mente.

«Piazza dei Cavalieri» azzardò ad alta voce.

Il resto venne da sé.

In piazza dei Cavalieri si trovava la Scuola Normale Superiore. E la Scuola Normale Superiore era il luogo dove sia nonno Primo che il trisnonno Atamante avevano insegnato per anni.

11. L'ARCHEOLOGA

«Allora? Pronto?»

«Sono io, zia.»

«Ciao Otto, come stai?» salutò Medea, cambiando di colpo il tono di voce.

Risuonava lontana ma squillante, con quel modo impertinente e vivace di atteggiarsi che tanto irritava sua madre. Zia Medea era una donna single, autonoma e spensierata. Non che non amasse frequentare gli uomini: semplicemente, le sue passioni erano distanti chilometri dal ferro da stiro, dalla lavatrice, dai figli e da tutto quello che contraddistingueva la vita quotidiana della maggioranza delle sue coetanee. La sua vita era incentrata su ben altro: la ricerca di un libro antico, la valutazione di questa o quell'opera classica, l'organizzazione di una mostra ...

«Devo parlarti, zia.»

«È successo qualcosa?»

«No. Cioè, sì. Riguarda il nonno.»

«Ho capito ... »

«No, non credo che tu possa davvero capire. Ma a questo punto ho bisogno di una mano e ho pensato che ... insomma ... tu potresti essere la persona giusta per darmela.»

«Una mano?»

«Tu lavori ancora alla Scuola Normale, vero?»

Per un attimo Medea rimase in silenzio. Di certo, non si era aspettata una simile domanda, così, di punto in bianco. «Certo che ci lavoro. Mmm… ma posso sapere per quale… aspetta: non è che mio cugino ti ha detto di chiamarmi per convincermi a non richiedere i finanziamenti per la mostra sulle navi romane?»

«Oh, no, no!» si affrettò a precisare Otto. «Papà non lo sa neppure che ti ho chiamata.»

«Mmm… quindi c'è qualcosa sotto, non è vero?»

«Ah, ecco… in realtà, non sono sicuro di saperlo neppure io.»

«C'entra forse una ragazzina?»

«No, cosa hai capito! È che davvero… non lo so! Volevo entrare a dare un'occhiata… alle classi, oppure alla biblioteca. Perché c'è una biblioteca, vero?»

«Otto…?»

«Cosa?»

«Sputa il rospo. Per quale oscuro motivo vuoi entrare nella biblioteca della scuola?»

Otto si morse il labbro. Prima di chiamare la zia Medea aveva pensato che, se le cose si fossero messe male, lei sarebbe stata comunque la persona perfetta a cui rivelare il contenuto dell'eredità del nonno. Ma, ora che il momento era arrivato, si sentiva insolitamente stupido.

«Senti… non è che possiamo parlarne… da qualche altra parte, non al telefono?» domandò.

La zia ridacchiò, curiosa. «Ok, non vuoi dirmelo. Facciamo così: ci vediamo a mezzogiorno al Montino. È a due passi dalla Normale. Così, se mi convinci, poi ci andiamo insieme.»

«Il ... Montino?»

«A mezzogiorno» ripeté la zia.

E poi riagganciò.

Il Montino era uno dei più vecchi forni di Pisa.

Sfornava cecine, pizze e calzoni "paradiso", di quelli che non si possono dimenticare. Fuori c'erano alcuni tavolini, ammassati in una piazzetta ombrosa ingombra di studenti. Dentro c'erano due salette lunghe e strette, che parevano il retrobottega di un negozio di scarpe.

Otto superò lo sguardo severo di un cameriere burbero dalla fronte lucida e individuò la zia seduta all'ultimo tavolo della seconda saletta: una grande chioma rossa dietro a un giornale aperto.

Il giornale si abbassò non appena Otto si affacciò nella sala. «Bene arrivato.»

Il cameriere li raggiunse ancora prima che Otto riuscisse a sedersi; si passò una mano sulla testa rasata e disse: «Oggi, ragazzi, posso fare: cecina, pizza o calzoni. Poi c'è la pasta. Pasta con la salsiccia. Pasta con il pomodoro. Pasta con il ragù. Oppure: cecina, pizza e calzoni. Volete la pasta?»

Medea rise, perché evidentemente era di casa in quel posto. «Per me pasta alle salsicce, Andrea. E per mio nipote ... »

«Non è mica di Livorno, vero?»

«No, non preoccuparti» scherzò Medea.

«Buon per lui, sennò c'era il sovrapprezzo. Cecina, pizza, o calzone. Pasta?»

«Prendo quello che ha preso la zia.»

«Un quartino di vino?»

«Acqua, per oggi.»

«Acqua. Però vi porto comunque un po' di cecina, prima della pasta» decise Andrea, prima di sparire.

Anche Otto, a quel punto, ridacchiò. Appoggiò la mano sulla tovaglia di carta e disse: «Wow! Non lo conoscevo, questo posto».

«È un luogo leggendario» spiegò Medea. «Allora?»

Otto sorrise, un po' impacciato. Era dal giorno del funerale del nonno che non rideva. Scambiarono un paio di frasi su come andavano le cose a Villa Folgore, e Medea apprese con sollievo che con il passare dei giorni l'atmosfera si stava rasserenando.

«E ora dimmi il resto, dai.»

Dal nulla spuntò un piatto di fumante schiacciata di ceci e Otto, ringalluzzito, cominciò a mangiare.

«Ok, zia ... ma a patto che tu mi giuri ... »

«Che non dirò niente ai tuoi. Sono stata adolescente anche io, cosa credi?»

«Se è per questo, la mamma dice che ... »

« ... lo sono ancora. Lo so. Veniamo al dunque.»

«Su una cosa, però, la mamma ha ragione.»

«E sarebbe?»

«Non mi lasci mai il tempo di finire una frase.»

«È perché al novanta per cento so cosa vuoi dire. E non ho voglia di aspettare. Forza, nipote. Stupiscimi.»

Otto la puntò con un brandello di cecina appeso alla forchetta. «Non è detto, ma potrei riuscirci. Allora: mio nonno mi ha lasciato una Scatola. E una lettera ... »

Mentre la cecina veniva sostituita da due pastasciutte grondanti salsiccia, Otto le raccontò del testamento, le lesse la lettera, le mostrò la Scatola Prismatica, facendo attenzione che nessuno li stesse guardando, e le rivelò anche della strana conversazione con il conte Liguana. Terminò il racconto con la scoperta del quadro futurista che brillava al buio. Quando ebbe finito, si accorse che zia Medea non aveva quasi mangiato. E non l'aveva mai interrotto.

«Accidenti» brontolò la donna «davvero una bella storia. E vecchia, direi: se si parla di Atamante, siamo prima della Prima guerra mondiale ... Accidenti ... Sai una cosa?»

«No.»

«Mi è venuto in mente che mia madre, quand'ero bambina, mi mostrò un vecchio pacco di lettere di sua nonna Armilla e un diario ... accidenti, dove sarà finita quella roba? Saranno vent'anni che non mi capita sottomano. Me ne ero totalmente dimenticata. Fammi pensare ... »

«Forse nel tuo ufficio?»

«Oh, no. Lo saprei se fosse lì ... » replicò Medea legandosi i lunghi capelli rossi in una coda. «Che abbia messo tutto in soffitta?

E poi, in ogni caso, c'è la questione di questa X sulla piazza della Normale. Cosa pensi di trovare?»

«Non ne ho la più pallida idea ... » ammise Otto.

«Mi pare un ottimo inizio, nipote. Davvero un ottimo inizio.» La zia si alzò di scatto. «Muoviamoci, allora.»

Con la sua facciata bianca e nera e la doppia scalinata, la Scuola Normale dominava tutta la piazza dei Cavalieri. Otto seguì la zia oltre il vecchio portone di vetro e legno, salutò il personale di servizio e imboccò le scale a sinistra e poi ancora su, osservando i medaglioni con gli stemmi allineati sopra la sua testa. Le aule di matematica, spiegò Medea, erano al secondo piano; gli archeologi, invece, si spartivano il sottotetto.

Salutarono alcune persone, poi Medea domandò se il professor Merlitti era in sede. Era il docente che occupava l'ufficio che era stato del nonno.

Entrarono. Merlitti era un tipo alto e allampanato, con una barbetta rada e l'espressione simpatica. Fece a Otto alcune domande sul nonno, gli raccontò alcune curiosità che lui ignorava e fu in generale molto disponibile. Un quarto d'ora dopo, erano a visitare una classe. La scuola era disposta tutta intorno a un cortile interno e vi si respirava un'atmosfera rilassante e piacevole. Quando raggiunsero la biblioteca del primo piano, Otto rimase stupito dalla quantità di vecchi libri che vi erano archiviati. Ma, poiché non sapeva esattamente cosa cercare, non riusciva a trovare nulla che davvero lo interessasse.

«C'è un elenco dei libri presi in prestito?» domandò a un certo punto. «Un vecchio elenco dei libri presi in prestito?»

Gli altri intuirono all'istante perché avesse fatto quella domanda. «Stai cercando un elenco dei libri consultati da tuo nonno?»

«Esatto.»

«Oddio, non lo so ... » ammise il professore. «Stiamo parlando di una quindicina di anni fa, forse di più.»

Si avvicinarono al bancone della segreteria e lo chiesero alla persona che si occupava delle catalogazioni.

«Certo che c'è» rispose la donna. «Ma non è qui.»

«E dove è?»

«Tra i Sepolti» rispose lei, molto semplicemente.

10. I SEPOLTI

Raggiunsero una porta molto lontana e la aprirono con cautela. Un lungo cigolio, poi l'unica luce del corridoio che si trovava dall'altra parte lanciò bagliori inclinati. Si sentiva il rumore delle automobili che rimbombavano nella strada lì sopra. Una scaletta di metallo, sottile e traballante, scendeva in quella che sembrava una grande cantina.

O un bunker.

Si trovavano sulla soglia degli archivi della scuola o, come venivano chiamati da chi ci lavorava, i Sepolti.

Nella debole luce che illuminava la stanza si distinguevano gli scheletri di metallo degli scaffali su cui erano adagiati, spesso protetti da lenzuoli di nylon, scatoloni, libri e tomi di ogni dimensione.

«Buona fortuna» sorrise la bibliotecaria, facendo tintinnare le chiavi. «E, mi raccomando ... »

«Lei non ci ha mai portati qui» terminò per lei la zia Medea. «Perché questo posto non esiste.»

«I libri sono disposti in ordine cronologico, dai più recenti ai più datati.»

Medea e il ragazzino annuirono, contemplando le volte della cantina che si perdevano all'infinito davanti a loro. Potevano esserci archivi e registri che risalivano ai tempi di Enrico Fermi e addirittura di Galilei: prima di diventare un'Università, infatti, i locali del palazzo dei Cavalieri avevano ospitato l'Accademia militare medicea.

La bibliotecaria controllò l'orologio. «Un'ora al massimo, poi dovrò venire a riprendervi.»

«Ce la faremo bastare.»

Medea spinse Otto giù dalla scala traballante. La porta si chiuse alle loro spalle, e rimasero da soli.

«L'avresti mai detto?»

«No» rispose il ragazzino, aggirandosi insieme a lei tra i grandi registri impolverati. Molti scaffali erano classificati con il numero dell'anno e un indice sommario di quanto ospitavano.

Trascorsero con il naso all'insù una buona mezz'ora, spingendosi sempre più a fondo in quello stanzone che pareva senza fine. Il rumore della strada venne ben presto sostituito dal ronzio sommesso delle ventole di areazione e dal ticchettio dei sensori di temperatura che ne regolavano l'afflusso.

«Biblioteca. Registri dei prestiti» lesse a un certo punto Medea. «Ci siamo!»

Cercò una sedia e ci salì sopra, sollevando i teli di nylon per guardare i libri che si trovavano sotto.

«Quali anni cerchiamo?»

«Non lo so. Quando c'era il nonno, direi.»

«Il nonno è stato qui per un sacco di tempo ... Vediamo ... »

«Gli ultimi» azzardò Otto.

La zia fece scorrere il dito sui dorsi tutti uguali dei registri, si fermò su quello che la convinceva di più e, con un leggero strappo, lo tirò fuori dallo scaffale. Se lo mise sulle ginocchia e cominciò a sfogliarne le pagine rigate, tutte fitte di calligrafia.

«Folgore Perotti, professor Primo» lesse, alla fine della ricerca.

Davanti all'interminabile lista di titoli che erano segnati, Otto commentò: «Certo che ne leggeva di libri ... »

«Pensi che stiamo facendo una cosa inutile?»

«A quanto pare sì» ammise il ragazzo a malincuore. «E così sono già tre. La Scatola Prismatica. La Normale e "la via" luccicante sul dipinto.»

«Ci rimangono ancora da leggere le lettere di mia madre» disse zia Medea. «Sempre se riesco a trovarle.»

Tuttavia, i due continuarono a passare in rassegna i titoli dei libri che Primo aveva consultato, in cerca di chissà quale ...

«Aspetta» disse a un certo punto Otto. Puntò il dito su una riga. «Questo l'ha preso già tre volte. Anzi: quattro.»

«Ettore Zap. *L'ingranaggio dell'intelligenza.*»

«Cinque!» continuò Otto, girando la pagina.

«Vediamo se è un semplice caso.» Zia Medea tornò sulla sedia e si sporse a recuperare anche il registro dei prestiti degli anni precedenti. Fu questione di pochi minuti, poi ... «Zap» lesse.

Era uno dei primi libri che vi erano annotati.

«Questo *Ingranaggio dell'intelligenza* non può essere un caso ... » mormorò il ragazzo. «Zap è anche la firma dell'autore del quadro ... »

«A questo punto devo venire a dare un'occhiata a questo dipinto.»

Una porta lontana gemette e si aprì, poi la voce della bibliotecaria echeggiò sotto alle volte: «Ehi! Ci siete ancora?»

«Arriviamo!» risposero in coro la donna e il ragazzino.

Rimisero i registri al loro posto sullo scaffale, poi corsero verso l'uscita.

«Lei continui a parlare, così ci aiuta a uscire!» esclamò Medea, ridendo. «Questo posto è un labirinto.»

Raggiunsero i gradini di metallo traballanti e li salirono a due per volta.

«Avete trovato qualcosa di interessante?» domandò loro la donna, sorridendo di sbieco.

«Forse sì. Ce l'avete ancora il libro di Ettore Zap, *L'ingranaggio dell'intelligenza*?»

«Controlliamo subito.»

Controllarono, ma no: non l'avevano più.

9. L'INGRANAGGIO MANCANTE

Otto e Medea provarono a cercare il libro di Zap sui cataloghi online di libri rari, ma non lo trovarono né su Maremagnum.com né su Abebooks.com. Sembrava semplicemente non esistere più. Al pomeriggio la zia andò al lavoro e Otto tornò a casa.

Il ragazzo si sedette davanti al quadro, ne contò le singole forme, ne descrisse la posizione, la distanza l'una dall'altra, la disposizione, immaginando diversi sviluppi partendo da ognuno dei quattro lati. Abbandonò progressivamente l'idea che la tela fosse una mappa, concentrandosi sul suo punto focale, laddove l'autore aveva dipinto una sorta di esplosione di forme geometriche o, per come li vedeva Otto, di pezzi meccanici. Scrisse quindi la sequenza di numeri partendo da quello meno distante dal centro e si accorse che gli altri creavano un movimento, tracciando una ideale linea arcuata che continuava in un vortice. Confrontò tutti i numeri che otteneva con quelli della Scatola Prismatica, ma si trovò comunque a sera con un nulla di fatto, a parte la testa che gli faceva male.

Subito dopo cena squillò il telefono: era la zia.

«Siamo stati due stupidi» esordì la donna. «Era il suo professore!»

«Come? Chi?»

«Ettore Zap, figlio di un'italiana e un dottore tedesco, è stato il professore del bisnonno Atamante. Laureato con lode all'Università di Tubinga, *bla bla bla,* scapolo di ferro, a partire dal 1914 venne chiamato a tenere una serie di lezioni alla Normale di Pisa. Poi, l'anno successivo, si imbarcò su un traghetto in partenza da Napoli e morì.»

«Morì?»

«La sua nave era il piroscafo *Ancona* - 8188 tonnellate, 482 piedi di lunghezza, armato dall'Italia Società di Navigazione a Vapore di Genova - e venne affondata il 7 novembre 1915 da un sottomarino austriaco al largo di Capo Carbonara, vicino a Cagliari. Morirono 206 persone.»

«Tra cui lui.»

«Esatto.»

«E quindi qual è il collegamento tra il professor Zap e il trisnonno Atamante?»

«Ho chiesto a un amico che lavora al "Mattino" di Napoli se riusciva a scoprire qualcosa e ... forse siamo stati fortunati.»

«Non sto più nella pelle.»

«Grazie a un progetto europeo, in redazione stanno digitalizzando tutti i numeri vecchi del giornale e, cercando un po', il mio amico ha trovato il necrologio di Zap. Ti risparmio il testo completo, ti leggo solo l'inizio: *Ettore Zap, professore emerito dell'Università di Tubinga, docente di matematica a Pisa, progettista di automazioni meccaniche e tecnologiche ...* »

«Automazioni meccaniche!» quasi urlò Otto.

«L'ho pensato anch'io. Ma questo non è niente: la cosa strana è che Zap non si è imbarcato da solo sull'*Ancona*, ma si è portato dietro otto suoi studenti della Normale. E, guarda caso ... »

«Sono tutti morti nell'affondamento del piroscafo.»

«Esatto. Una tragica coincidenza, direi. Se aggiungi che nessuno, a oggi, sa dire con precisione perché quella nave sia affondata, né cosa trasportasse realmente ... »

«Aspetta ... aspetta ... » bofonchiò Otto «mi stai dicendo che ciò che stiamo cercando potrebbe essere collegato al misterioso affondamento di una nave della Seconda guerra mondiale?»

«No, della Prima guerra mondiale.»

«Quello che è!»

«Può darsi di sì, come può darsi di no. Ma non è tutto, ora viene il pezzo forte.»

«E cioè?»

«Il necrologio è firmato da alcuni compagni di corso degli alunni scomparsi.»

«Atamante?»

«Lui, e non solo.»

«Chi?»

«Mercuzio Liguana.»

Otto trattenne il respiro.

«Esatto. Un antenato del buon vecchio conte Liguana che ti ha tanto colpito.»

«I due erano compagni di scuola?»

«Già.»

«E questo cosa significa?»

«Significa che domani vengo a dare un'occhiata a questo dipinto che il conte Liguana vuole a tutti i costi acquistare.»

8. IL MORTO VIVO

Lunghe ombre si muovevano nel buio. I giardinieri della villa lavoravano incessantemente, potando e sistemando le aiuole che conducevano al labirinto di glicini. Era una delle tante stranezze a cui i vicini si erano ormai abituati: uomini sempre all'opera, notte e giorno, talvolta anche sotto la pioggia.

All'interno della casa, invece, dominava l'immobilità assoluta e un silenzio quasi solido. Gran parte delle luci erano spente, tranne quella livida dello studio del conte.

Lì, appena superata la porta, un gigante dalla testa calva stava rigido, in piedi, avvolto nel suo eterno completo scuro. «Devo seguirlo, quindi?» ripeté con voce piatta, senza inflessioni.

Seduto dietro alla scrivania, il conte Liguana si tormentava un anello della mano destra. «A volte dubito che a mio figlio siano rimaste tracce del sangue di famiglia, sai?» rifletté a voce alta. «L'ardore è qualcosa che si scioglie e si annacqua di generazione in generazione.»

«L'ardore, signore?»

Il conte Liguana sollevò lo sguardo, strappato dai suoi pensieri. «Come dici?»

«Ha a che fare con il fuoco?»

«Esattamente, Calibano. L'ardore ha a che fare con il fuoco. Ma è un fuoco interno, qualcosa che ti spinge a rischiare, che ti mette in moto, che ti aiuta a proseguire quando tutti gli altri si fermano.»

«L'ardore è il mio carburante» concluse Calibano rigido.

Suo malgrado, il conte Liguana sorrise. «Tu sei davvero diverso, mio caro. In ogni caso, per tornare a quanto stavamo dicendo prima ... sì, devi seguirlo.»

«Se ne accorgerà.»

«Allora segui direttamente lei, quando mio figlio non c'è.»

«Come desidera.»

Il conte controllò l'orologio e osservò: «È l'ora del nutrimento».

Calibano batté i tacchi e, nel giro di pochi secondi, la porta dello studio si aprì per far entrare un bizzarro cameriere. La sua faccia smunta era quella di una statua di cera, e il suo incedere aveva un che di ritmato, accompagnato da un ticchettio di sottofondo e dall'odore acidulo del cherosene. Posò due grandi borse rigide sul pavimento della stanza e se ne uscì senza proferire parola.

«Vai pure anche tu, Calibano ... » ordinò il conte Liguana. «Siamo intesi, allora?»

«Seguire la donna, quando non c'è suo figlio.»

E se ne uscì.

Una volta rimasto solo, il conte si alzò, chiuse a chiave tutte le porte, tirò le pesanti tende per oscurare la vista da fuori e raggiunse la libreria a parete; estrasse una lunga chiave metallica nascosta all'interno della cintura dei pantaloni e la infilò in un punto del muro dietro ai libri, ruotandola sonoramente due volte. Il debole *clak* di una serratura fece schiudere una porticina rettangolare, che girò su cardini ben oliati.

Il conte prese le due valigie e le portò con sé nel passaggio della libreria, che conduceva a una stanzetta illuminata dalla luce tenue e azzurra dei neon. La camera era totalmente occupata da un macchinario spettrale, con tubi che entravano e uscivano dal muro, manometri con lancette che indicavano numeri in lento cambiamento e un piccolissimo schermo medico, che proiettava la linea oscillante di un debole battito cardiaco, con un *bip* lento e costante. Tra i macchinari era disposto un letto, protetto da una campana di vetro e da filtri ondeggianti. Vi era adagiato un uomo dal volto incartapecorito, antichissimo, di cui erano visibili solo la testa e la parte alta del torace nudo e flaccido. A guardarlo così, il vecchio sembrava più morto che vivo, ma non appena il conte si avvicinò alla campana di vetro che lo proteggeva dal mondo esterno, i suoi occhi si spalancarono, furiosi.

E affamati.

«Non so più cosa fare con mio figlio ... » borbottò il conte, come saluto. Senza attendere una risposta, aprì le valigie e ne tirò fuori una ventina di sacche di liquido scuro e denso, simile a sangue, che sistemò dentro ai due sportelli laterali del macchinario. Rimosse le sacche vuote, che posò nelle borse, e attaccò quelle nuove a dei tubicini.

Una pompa cominciò a girare, lentamente, gonfiando i tubi di quel liquido denso e spingendolo verso il corpo disteso nel letto.

Una voce flebile, ma incredibilmente rancorosa, provenne allora dalla campana di vetro. «Tu lo hai viziato. Tu lo hai fatto crescere storto. Tu dovrai raddrizzarlo.»

«Non è colpa mia.»

«Invece è colpa tua se non ha compreso. È colpa tua, se non crede che esista una strada ... »

Il conte Liguana richiuse le valigie, sollevò lo sguardo una sola volta per incontrare quello della creatura che vegetava da anni dentro a una macchina meccanica che egli stesso aveva costruito. «Una strada, dici. E noi siamo sicuri che i Folgore la conoscano?»

Gli occhi del vecchio brillarono di un lucida follia. «*Loro conoscono la strada!* La tengono segreta, ma tu devi trovarla! Noi dobbiamo trovarla!»

Il conte Liguana annuì, cupamente. Si diresse fuori dalla camera di sopravvivenza. «Farò come dici, padre. Farò come hai sempre detto.»

Poi si chiuse con rabbia il passaggio alle spalle.

7. GLI OSPITI INDESIDERATI

A Villa Folgore risuonò il clacson del vecchio maggiolone celeste di zia Medea.

Otto corse giù per le scale, nel momento in cui sua madre accoglieva la zia con un rapidissimo abbraccio e un paio di convenevoli. Vederle conversare senza il padre di Otto a fare da intermediario era un'autentica sofferenza. Gli argomenti di circostanza erano dolorosi e impacciati, così Otto interruppe l'imbarazzo e tirò via la zia prendendola per la mano: «Vieni su, che ti faccio vedere quei disegni, ti va?»

Sua madre gli labializzò un enorme "grazie" per averle tolto di torno la cugina.

Zia e nipote entrarono nella biblioteca ottagonale, in cui il sole splendeva luminoso e batteva sul camino.

«Ecco, il quadro è quello ... »

Dopo alcuni minuti d'osservazione, Medea commentò: «Sembra un quadro di Boccioni: lo stile è decisamente futurista. È probabile che valga una fortuna. Non sono un'esperta, ma ... qualcuno ne ha mai fatto una valutazione?»

«Non saprei» rispose Otto.

«Fammelo vedere da vicino.»

Otto prese una sedia, mise un giornale aperto sulla seduta e ci salì sopra. Tolse il quadro dal gancio e, con cautela, lo passò alla zia che lo adagiò sul tavolo.

«Non l'ho mai visto riprodotto ... » borbottò la donna «nemmeno in una rivista o in un catalogo. Ma non mi stupisco che qualcuno dall'occhio lungo come il conte Liguana ne sia rimasto affascinato ... » lo voltò. «Avevi notato questa dedica vergata a matita?»

Per non perderti, e non sparire.

«No» ammise Otto.

La scritta era seguita dallo schizzo di alcuni cerchi concentrici. Poteva essere un simbolo misterioso o un semplice scarabocchio.

«Scommetto che è del bisnonno Atamante.»

«Perché?»

Medea rigirò il quadro sul davanti. «Cerchi dentro altri cerchi. Di sicuro è una dedica ad Armilla, sua moglie.»

«Non capisco.»

«Sai cosa significa Armilla?»

«Credo di no.»

«E che cos'è una sfera armillare?»

«Una ... ?»

«Sfera armillare.»

Otto ridacchiò. «Continuo a non capire, zia.»

«Le armille sono antichi astrolabi: immagina una gabbia di ferro che sostiene tanti anelli di metallo graduati, che possono ruotare uno separatamente dall'altro, per simulare il movimento degli astri.»

Otto, questa volta, annuì. «Ok, credo di averne vista una.»

«Ce ne sono alcune magnifiche a Firenze, al Museo di Storia della Scienza, subito dietro la Galleria degli Uffizi.»

Otto guardò la zia. «E quindi?»

«Quindi niente. Conosco bene il direttore ... forse ... non lo so. E in ogni caso questo quadro non mi dice davvero nulla, Otto. Bisognerebbe portarlo a un esperto.»

«Conosci qualcuno?»

«Sì, ma ... forse sono troppo esperti, per avere del tempo da dedicarci.»

«E allora? Andiamo a cercare i diari?»

«Credo sia l'ultima cosa che ci resta da fare.»

Zia Medea abitava a poca distanza dalla casa dei Folgore Perotti, nella frazione di Asciano, alle pendici dei Monti Pisani. La sua era un'abitazione piccola, isolata dal resto del paese e molto tranquilla. Lei e Otto salirono in soffitta e ne aprirono la porta, sollevando una nuvola di polvere.

«Scusa il disastro ... » si giustificò subito la donna. «Non parlarne con tua mamma, ok?»

«Certo.»

«Questo posto è pieno zeppo di tutte le cianfrusaglie che ho racimolato in quindici anni di viaggi. Niente di prezioso, intendiamoci, ma sono oggetti a cui sono affezionata e di cui non intendo sbarazzarmi. Fai attenzione alla testa.»

«Fatto.»

S'infilarono nel sottotetto. Nella parte centrale era possibile camminare in piedi, mentre sui lati spioventi dovevano procedere incurvati per non sbattere la testa.

«Cosa stiamo cercando di preciso?»

«Un baule con le borchie d'ottone ... » disse Medea.

Delle lampadine che penzolavano dal tetto ne funzionava una sola, e la luce, debole di suo, veniva ostacolata dalla gran varietà di oggetti accumulati gli uni sugli altri.

Medea e Otto mossero tavolini e cassapanche, scivolarono accanto a statue e vasi sbilenchi, sollevarono tappeti e lenzuoli di lino.

«Potrei ritirarmi a fare il rigattiere ... » scherzò la donna, spostando un attaccapanni di ferro appesantito da un cappotto di taglio napoleonico e da un enorme vestito da dama del '700 che aveva indossato a un carnevale di Venezia.

Otto si guardava attorno in cerca del baule o di una sagoma che ne suggerisse l'esistenza. Notò due lampadari tipo Swarovski appoggiati su uno scatolone coperto da una tenda strappata e altre stoffe mangiate dai topi che coprivano diverse zone del solaio. Provò a sollevarne alcune, fino a quando non intravide una chiusura centrale di ottone. «Zia, credo d'averlo trovato!» esultò.

Lei appoggiò in un angolo i polverosi 78 giri che aveva trovato in una scatola tutta rosicchiata e si avvicinò al nipote. Insieme spostarono i lampadari e rimossero la tenda.

«È proprio questo ...» confermò Medea, aprendo il baule.

Tirò fuori due bambole con la faccia di ceramica e i grandi occhi che si spalancavano e si chiudevano a seconda della posizione della testa. Otto le trovò spettrali, ma Medea le guardava come fossero due amiche ritrovate dopo tanto tempo.

«Dev'essere stato mio padre a portare il baule quassù, mentre ero all'estero per qualche viaggio ...» confidò al ragazzo.

A malincuore, mise le bambole da parte e riprese a frugare tra libri e quaderni di scuola, fascicoli con disegni infantili e vestitini rovinati dal tempo, una busta con vecchie polaroid che credeva perdute e, proprio in fondo, un pacchetto di lettere infilate a mo' di segnalibro in un vecchio diario con la copertina di tela a motivi floreali.

«Se non ricordo male, dovrebbero essere queste ...» disse, soddisfatta. Si sedette a gambe incrociate sulla tenda strappata, lasciandone un lembo per Otto. Sfilò le lettere e gli passò il diario. «Tu leggi questo ...» Poi, notando l'espressione perplessa dipinta sulla faccia del nipote, aggiunse: «Non ti preoccupare, la nonna Armilla è vissuta in tempi castigatissimi: stai pur certo che non troverai scritto niente che ti possa scandalizzare».

Non del tutto convinto, Otto aprì il diario e cominciò a leggere, mentre sua zia tentava di stabilire le date dei timbri postali sui francobolli delle varie lettere. Donne, soldati, aerei, l'Italia e il profilo di Vittorio Emanuele II. Piuttosto rapidamente Medea si accorse che le lettere indirizzate ad Armilla erano state spedite da diverse persone, nessuna delle quali era Atamante.

«Qui non c'è nulla d'interessante» dichiarò. «Tu, invece?»

«Forse ho trovato qualcosa ... » rimuginò Otto, senza distogliere lo sguardo dall'elegante corsivo di Armilla. «Senti qui!»

Atamante è sfuggente. Sembra preoccupato per qualcosa che non osa confidarmi. La guerra, certo, sta sconvolgendo la nostra vita. Ma non credo che sia la guerra, a tormentarlo. È semplicemente inquieto per il suo viaggio in America. Lo capisco: anch'io non sarei tranquilla a lasciare l'Italia, proprio ora, e chissà per quanti mesi. Perché esita? Partire per l'America significa non partire per il fronte. Significa veder premiati i suoi sforzi, i suoi studi e la sua genialità. L'America! Se solo potessi partire con lui!

«Intrigante ... Va' avanti.»

Otto fece scorrere lo sguardo qualche riga più in basso. Gli svolazzi del pennino gli facevano roteare gli occhi.

Oggi è impossibile parlargli. Mi tratta come una sconosciuta. Legge le notizie della "Nazione" come un folle e mi fa strane domande: ha insistito perché lo aiutassi a trovare informazioni su un certo architetto francese chiamato Arnauld D'Urò.

Non l'ho mai sentito prima, anche se Atamante dice che è un futurista. Sembra arrabbiato, perché, mi ha detto, tutti dovrebbero conoscere i futuristi. Io non so nemmeno esattamente chi siano: provocatori bizzarri? Folli visionari? Mediocri scrittori? Pittori? Qualunque cosa siano, non mi interessano, così come non mi interessa la guerra, che pure ci sta arrivando sempre più vicina.
L'unica cosa che mi interessa è il fatto che più il viaggio in America si appresta più il mio Atamante si fa lontano.

Lessero insieme le pagine successive, fino a un passo davvero particolare.

Non riesco a credere alle mie orecchie: Atamante domani non partirà. Dice che l'ha deciso questa sera, e che all'alba non si presenterà con gli altri otto studenti scelti dal professor Zap. Ho insistito a dirgli che è un errore, che deve assolutamente partire, ma Atamante pare irremovibile. Non andrà a Napoli per imbarcarsi. Perché? Perché?
Atamante mi ripete che non ha fatto altro che pensare all'idea del professor Zap, giorno e notte, e ha deciso di rimanere. Quando gli domando che cosa intenda con "l'idea del professor Zap", non mi risponde. Fa strani giri di parole, parla di una certa visione di un mondo migliore, di un posto senza guerre. Di un futuro felice. Non vedo nulla di sbagliato in tutto questo. Per farlo, però, per attuare la sua idea,

dovrebbe sparire. E lui non vuole sparire, vuole restare. Vuole restare con me!
Le sue dovrebbero essere frasi d'amore, ma a me sembrano semplicemente senza senso, le parole di chi è in preda a un profondo tormento...

Medea sospirò. «Se le avesse mai dette qualcuno a me, forse oggi non passerei le mie giornate a caccia di anticaglie ... »

Otto sorrise. Nelle pagine successive le annotazioni di Armilla si facevano più rade e frettolose.

Ho ripetuto ad Atamante che non sta prendendo la scelta giusta, che non può buttare al vento un'occasione simile. Altri studenti avrebbero potuto partire al posto suo, se solo lui avesse avvisato il professore. Non può decidere di restare a Pisa la notte prima della partenza!

«Da come è andata con il piroscafo, però ... direi che Atamante ci ha visto bene a non partire» disse Medea.

«Dici che sapesse che l'*Ancona* sarebbe affondato?»

«No, forse però ... »

«Aveva avuto un sesto senso?»

«Può darsi, anche se preferisco pensare che non volesse lasciare Armilla da sola. Vai avanti a leggere.»

«C'è poco altro, mi pare ... » mormorò il ragazzo, sfogliando le pagine sempre meno fitte del diario. «Armilla viene a sapere dell'affondamento della nave: è felice che Atamante non sia partito. Lui le dice che se lo sentiva e ... aspetta! Qui Atamante dice che il progetto dei tre professori è solo una follia; che il viaggio non si deve fare, e che tanto nessuno di loro sarebbe mai arrivato alla Città Nuova.»

A quelle parole, qualcosa scattò nella testa di Otto. *Vai tu!*

«Progetto dei tre professori?» si domandò Medea. «E di quale Città Nuova stanno parlando?»

Otto si era portato la mano alla bocca. «Ecco dove devo andare.»

«Come dici?»

«Quando Atamante fece recapitare il prisma a mio nonno, gli lasciò anche un biglietto, che diceva semplicemente: *Vai tu!* Ma nonno Primo non ha mai capito cosa significasse e non l'ha mai chiesto. Mi ha lasciato scritto che forse potevo capirlo io al posto suo. E ora questo viaggio verso la Città Nuova ... » Il ragazzo si sentì afferrare da un brivido che veniva da molto lontano, come il ruggito di una creatura che si era appena risvegliata. «Era tutto qui, in questo diario ... Oh, se solo il nonno l'avesse letto! Dobbiamo ... devo riuscire a capire, zia ... di che cosa stanno parlando e che cosa è successo a quel piroscafo.»

«È successo che il tuo trisnonno ha scelto di rimanere con la persona che amava, invece di imbarcarsi con altri otto studenti e un professore ... su una nave che poi è stata affondata dagli austriaci.»

Otto la fissò. «Austriaci, dici? o inglesi?»

Zia Medea rise. «La nave è affondata, Otto. L'hanno ritrovata alcuni cercatori di relitti un paio di anni fa al largo delle coste della Sardegna.»

«E non potrebbe darsi che il professore e gli studenti ... non si fossero imbarcati?»

«E perché mai? Hai sentito cosa diceva il necrologio, no?»

«Non prova niente.»

«Non c'è nessun motivo per ... »

«Per sparire. Secondo Armilla, Atamante non voleva sparire.»

«Secondo me intendeva che non voleva andarsene in America mentre l'Italia era impegnata in guerra, non credi?»

Otto non sembrava convinto. C'era qualcosa che continuava a non tornargli: Atamante; la Scatola Prismatica; una partenza che non avviene; le due famiglie dei Folgore e dei Liguana che, da allora, rimangono in qualche modo legate; uno strano professore italo-tedesco che ha firmato un quadro ancora più strano, una fantomatica mappa che indica la Scuola Normale Superiore; un libro introvabile che suo nonno consulta ripetutamente; e ora i riferimenti a uno strano viaggio per una Città Nuova, per intraprendere il quale occorre sparire; il trisnonno che preferisce restare accanto ad Armilla.

Armilla.

La dedica sul retro del quadro diceva: *Per non perderti, e non sparire.*

Per Armilla, quindi.

Armilla, la sfera armillare.

Le orbite dei pianeti.

«Aspetta … aspetta … » esclamò Otto, di punto in bianco. «Hai un computer collegato a Internet?»

«Di sotto, perché?»

«Ho avuto un'idea.»

Corsero nello studio di Medea come due ragazzini. «Si può sapere cosa … ?»

«Ho bisogno della mia "Volpe di Fuoco".»

Otto accese il Mac, lanciò Firefox, andò su Google e digitò il numero che appariva due volte sulla Scatola Prismatica: 365,26. Attese meno di un secondo. «Che idiota» disse, quando lesse il risultato.

«Cosa?»

«Sono i giorni che la Terra impiega a fare un giro completo intorno al Sole! E c'è due volte perché … è lo stesso numero di giorni che impiega anche la Luna. Guarda!»

Digitò alcune delle altre cifre sul computer, prima di continuare: «I numeri opposti indicano le dimensioni dei pianeti, in chilometri!»

«E quindi?»

«Quindi credo che dovremmo davvero andare a vedere le sfere armillari di cui mi parlavi, quelle del museo di Firenze.»

Zia Medea annuì, affascinata. «Prova a inserire gli altri numeri … » disse.

In quel momento, risuonò il clacson di un'auto.

«Accidenti!» esclamò lei. Poi sembrò risvegliarsi di colpo. Guardò l'orologio. «Oddio, ma come ho fatto a dimenticarmene? Dovevo uscire con un amico, e invece... guarda in che stato sono! Con le ragnatele nei capelli!»

Otto sbirciò fuori dalla finestra. «Il tuo amico è quel tizio in spider?»

«Sì... è solo un amico, ma...»

«"Ma" ho capito. Niente museo di Firenze, per oggi.»

«No, no. Aspetta solo un istante. Vedo di parlargli. Non ti muovere.»

Attraverso la finestra, Otto vide l'uomo varcare il cancelletto di casa. Altro che semplice amico: aveva con sé un piccolo mazzo di fiori! Era ben vestito, con i capelli in ordine e, sulla bocca, un sorriso enigmatico. La zia gli corse incontro, lo abbracciò e si scambiarono un bacio veloce. Poi iniziarono a parlare. Ne venne fuori un piccolo battibecco, che convinse Otto di aver curiosato anche troppo.

Il ragazzino tornò al computer e continuò a inserire i numeri del prisma su Google. Li trovò tutti, con perfezione matematica: i numeri rappresentavano sia i giorni che i pianeti del Sistema Solare impiegavano a compiere il giro attorno al Sole, sia i rispettivi diametri, in chilometri. 365, 26 giorni era opposto ai 12.756 chilometri della Terra; 686, 98 giorni ai 6790 di Marte. E così via. Naturalmente lo zero indicava i giorni impiegati dal Sole.

Numeri che fino a quel momento non gli avevano detto niente, avevano finalmente una loro ragione d'essere.

Otto sentì i passi della zia che rientrava in casa e che saliva le scale. «Si è arrabbiato?» domandò.

«Non proprio: abbiamo trasformato il pic-nic del pomeriggio in una cena per stasera. Quindi vediamo di fare in fretta, nipote. Sei pronto?»

6. IL MOTO SEGRETO DEI PIANETI

Praticamente un forno.

La temperatura all'interno del maggiolone Volkswagen della zia era incredibilmente alta. Era un modello stravecchio, che non aveva né aria condizionata né alzacristalli elettrici, e per alzare e abbassare il finestrino Otto doveva usare entrambe le mani per ruotare la manovella. Solo a ripensare alla fiammante macchina sportiva dell'amico della zia, il ragazzo provò un moto di invidia.

Controllarono per l'ennesima volta di aver preso tutto, poi si misero in marcia, direzione Firenze. Per tutta la Fi-Li-Pi, la Firenze-Pisa-Livorno, parlarono del più e del meno, ma, quando raggiunsero il Viadotto dell'Indiano, si zittirono di colpo. In un attimo arrivarono a Firenze, dove faceva più caldo che mai.

Grazie ai permessi della zia, entrarono direttamente nel centro storico, parcheggiarono in una viuzza defilata e costeggiarono palazzo Castellani, davanti al quale svettava una moderna meridiana. Sopra una colonna di metallo nero ruotava una sfera di vetro soffiato, che proiettava sul patio l'ombra che indicava l'ora e il segno zodiacale.

Quando raggiunsero il museo, avevano gli abiti incollati alla pelle. L'edificio era chiuso, ma Medea non si scoraggiò: prese il cellulare e fece un paio di chiamate. Mezz'ora dopo era riuscita a rintracciare un custode e a farsi aprire le porte.

«Mi chiami, quando ha finito» le raccomandò l'uomo.

Entrarono nel silenzio più assoluto, godendosi una visita in perfetta solitudine. Otto perlustrò avidamente le sale piene di antichi congegni matematici e scientifici, i modelli tardo rinascimentali di orologi solari e i cannocchiali di Galileo Galilei, poi si fermò nella sala numero 7, sbalordito di fronte alla sfera armillare di Santucci cui zia Medea aveva accennato.

Era davvero enorme e troneggiava al centro della stanza tappezzata di mappe. La sfera era protetta da un cordone che impediva di toccarla: era formata da due semisfere dorate, poggiate l'una sull'altra all'altezza dell'equatore, che contenevano al loro interno un labirinto di dischi di faggio scanalati e dipinti d'oro, in grado di ruotare tutt'attorno al cuore della struttura, il pianeta Terra. L'intera gabbia dorata di anelli concentrici poggiava su un basamento con quattro gambe scolpite a forma di sirena.

Il moto dei pianeti..., pensò Otto, avvicinandosi per ammirare il mirabile gioco degli anelli concentrici, tutti dipinti a mano con la posizione delle singole stelle e costellazioni.

Era come se quella grande macchina rinascimentale gli stesse parlando.

Si sedette su una sedia nell'angolo della stanza e prese tra le mani la Scatola Prismatica, con i suoi numeri che rappresentavano grandezze astronomiche di quello stesso Sistema Solare.

Solo davanti alla sfera Otto si accorse di un particolare: se l'ordine dei vari pianeti aveva un'importanza per risolvere il rompicapo del prisma, la prima cosa che doveva prendere in considerazione era che al centro di quella macchina dell'universo non c'era il Sole, come sarebbe stato giusto, bensì la Terra.

«Forse… » mormorò Otto «devo seguire lo stesso ordine.»

Saltando su dalla sedia, cominciò a muovere i triangoli della Scatola Prismatica in modo da far coincidere i diametri dei pianeti con i loro periodi di rivoluzione intorno al Sole. Quindi, una volta che ci fu riuscito, premette per primi i due triangoli che corrispondevano alla Terra.

Click-click fecero… e poi rimasero premuti.

Otto consultò sulla sfera armillare quale era il corpo celeste più vicino. Era la Luna. Il successivo era Mercurio: 4878 chilometri di diametro e 87,97 giorni di tempo per fare il giro del Sole.

Li premette entrambi.

Click.

I due triangoli scomparvero all'interno della Scatola con uno sfiato appena udibile.

Con il cuore che gli balzava in gola, Otto continuò con l'ordine dell'Universo tolemaico dell'armilla. Dopo Mercurio, era il turno di Venere. E poi del Sole, Marte, Giove e Saturno.

Ogni volta che premeva i triangoli, quelli scomparivano all'interno del prisma e il prisma stesso ruotava e si modificava. L'icosaedro sembrava perdere degli spigoli e delle facce, trasformandosi in qualcos'altro.

Le armille di Santucci erano terminate, forse perché nel '500 si ignorava l'esistenza di altri pianeti, ma Otto non si fermò. Aveva tra le mani una specie di cubo palpitante, attraverso il quale gli sembrava di intravedere le capocchie di piccole saldature, simili a rudimentali contatti elettrici.

Urano.

Nettuno.

E finalmente il prisma smise di trasformarsi.

Otto lo sollevò e se lo mise proprio davanti agli occhi. «Santo cielo ... » mormorò.

Il prisma con i numeri dei pianeti era diventato ... un'altra cosa.

«Otto!» lo chiamò sua zia. «Otto, dove sei?»

Il ragazzino nascose il congegno dentro la tasca dei pantaloni, poi, quando vide che Medea era sola, si rasserenò. Le corse incontro e, mentre transitava accanto alla gabbia dorata della sfera armillare di Santucci, dalla tasca dei suoi pantaloni si sprigionò un lampo azzurro.

Zia Medea urlò e Otto si bloccò di colpo: la fodera di stoffa dei pantaloni gli si era tutta bruciacchiata.

«Che cosa è successo?»

«Non lo so!» Otto infilò una mano in tasca.

«Cos'è stato quel lampo?»

«Non lo so!»

L'asterisco di piani intersecati in cui si era trasformata la Scatola Prismatica era caldo e sembrava pulsare lievemente nella sua mano.

«Credo che sia stata questa ... » disse Otto, soppesandola.

Era come se, all'interno del congegno, palpitasse un'energia che fino a quel momento era rimasta sopita. Un'energia che aveva fatto corto circuito con ...

Otto avvicinò il prisma alla struttura dorata della sfera armillare e ... *zot!* ... tra i due meccanismi si formò un arco elettrico brillante.

«*Otto!*»

Il ragazzino balzò all'indietro, ma sorrideva. «Hai visto?»

«Ho visto, sì, ma ... da dove vengono quelle scariche?»

«Dal prisma di Atamante, zia!» Scavalcò il cordone che proteggeva la sfera armillare e cominciò a osservarla da vicino.

«Fai attenzione!» lo riprese la zia. «Se ci scoprono o fai dei danni ... Potrebbe anche suonare l'allarme!»

«Sarebbe già partito con le scosse di prima ... scosse che ... provengono da ... da qui ... direi ... » Si chinò a osservare l'interno del reticolo di anelli concentrici. Le due dita scivolarono lungo l'equatore maggiore della sfera e raggiunsero la manovella che si trovava sul fondo, inclinata. «Oh, cavolo» disse.

«Oh, cavolo cosa?»

«So che non ci puoi credere, zia, ma ... »

«Ma cosa?»

« ... ma questa manovella si incastra con ... » Otto avvicinò il congegno di suo nonno al meccanismo che metteva in funzione l'intera sfera armillare.

«Ci stiamo mettendo nei guai, Otto. Vieni via di lì.»

«Non posso.»

«Puoi eccome! Siamo entrati solo perché il direttore ci ha fatto un piacere e non possiam ... »

Zot!

Una terza scarica elettrica fece vibrare il braccio di Otto, sprigionando un bagliore azzurro che si diffuse per tutta la stanza.

«Oh, cavolo, zia!» esclamò il ragazzo.

Gli anelli della sfera armillare cominciarono, lentamente, a muoversi, uno intorno all'altro, scorrendo sui loro dentelli.

«Cosa hai fatto?»

«L'ho messa in funzione, credo ... »

«Otto!»

Con un lento movimento di ingranaggi, le armille continuarono a ruotare: cerchi che giravano intorno ad altri cerchi, in modo ipnotico. Tutto sembrava regolato alla perfezione dal meccanismo interno: le costellazioni giravano le une intorno alle altre, e tutti i pianeti intorno alla Terra centrale. Nel frattempo, dal cuore dalla cassa proveniva un costante bagliore azzurro.

«Vieni via di lì!» lo supplicò la zia un'ultima volta.

Sfiati d'aria e cigolii accompagnavano la danza delle sfere, che si posizionarono poi in modo da lasciare aperto tra loro una sorta di pertugio, come il carapace di una gigantesca coccinella che si apre in due parti, per lasciar uscire le ali.

C'era una piccola apertura a "V", in corrispondenza della Terra.

Per alcuni lunghi istanti non accadde niente; poi, dalla sfera più interna emerse un piede scuro, un secondo, seguiti da due lunghe e secche gambe di metallo.

Otto e Medea osservarono, a bocca spalancata, una creatura meccanica che fino a quel momento era rimasta rintanata tra i meccanismi della macchina rinascimentale, e che ora aveva toccato il suolo e si ergeva, in piedi, davanti ai loro occhi.

5. GALENO, PREGO

Era poco più alto di Otto, con la testa oblunga da formichiere, il collo stretto e il torace liscio e geometrico. L'automa di metallo sbatteva le lamine che aveva al posto delle palpebre su due occhi simili a biglie di vetro grigio. All'altezza dello sterno spiccava una sorta di nicchia pulsante d'azzurro e, al di sotto, una rudimentale tastiera con le cifre e i simboli dell'algebra araba, come quelli di una vecchia calcolatrice. I numeri da 0 a 9, le virgole, i segni delle operazioni. Dai fianchi sbucavano due eleganti molle, pistoncini e rotelle di ingranaggi che parevano in continuo movimento. Le gambe, saldate su due semisfere all'altezza del bacino, erano lunghe e secche, e terminavano con due piedi altrettanto lunghi e affusolati, da insetto. La creatura meccanica non aveva naso, e i forellini che aveva al posto della bocca ricordarono a Otto la trama di un colino da tè.

Otto e Medea furono a lungo incerti se scappare a gambe levate o avvicinarsi. Fu Otto a trovare il coraggio di sollevare una mano e dire, timidamente: «Ciao ... »

L'automa mosse rapido il collo, lo guardò e non disse nulla.

«Riesci ... a capirmi?»

L'automa fece un rapido cenno con il capo.

Medea si portò la mano alla bocca, meravigliata.

«Puoi anche parlare?»

Nel torace del robot ci fu un ticchettio, poi un fruscio di fondo, come quello di una puntina sopra un disco di vinile.

«Potere ... parlare, prego» rispose l'altro dopo alcuni secondi. Le due parole furono intervallate da un rapido ticchettio.

Zia Medea strinse le spalle di Otto. «Domandagli che cos'è ... »

«Chi sei?»

«*Tick*... Il nome di Galeno è Galeno.»

«Ciao, Galeno. Io sono Otto e lei è Medea.»

Il volto dell'automa saettò dall'uno all'altra, facendo muovere gli occhi rotondi.

«E che cosa ci fai qui?» domandò Medea.

«Galeno è ... stato ... svegliato, prego.»

«E adesso?»

Ticchettio, scatto e fruscio. L'unità vocale interna dell'automa sembrava aver cambiato il disco. «Galeno è ... la guida per il popolamento di Cyboria.»

«Cyboria? E che cos'è Cyboria?»

«Cyboria è ... la Città Nuova.» L'automa sollevò un braccio, facendo sobbalzare Medea.

«La Città Nuova!» esclamò Otto. «Esiste davvero!»

Per tutta risposta, Galeno lo fissò con i suoi occhi di vetro.

«E tu saresti una guida?»

«Galeno è ... la guida per il popolamento di Cyboria, prego!» ripeté l'automa.

A quel punto, Medea sembrò recuperare di colpo parte della sua verve. Indicò i meccanismi della sfera armillare e sbottò: «Scusa se te lo chiedo a questo punto, ma ... che cosa ci facevi ... lì dentro?»

Galeno si voltò a guardare gli anelli incrociati della sfera armillare di Santucci producendo un ronzio di ingranaggi simile a quello di cento orologi automatici mossi contemporaneamente. «Aspettavo una carica di Lumen.»

«Credo che fosse quella specie di elettricità che si è sprigionata dalle mie tasche ... » azzardò Otto. «Giusto?»

«Il Lumen è ... Luminosità Utile Motrice Elettrica Naturale» chiosò Galeno, toccandosi allo stesso tempo il ventre, dove quella luce pulsava con regolare intermittenza.

«Accidenti» sussurrò Medea. «Accidenti, non riesco a crederci.» Era in una situazione così assurda che riuscì solo a muovere le mani, per poi sospirare: «E adesso che facciamo?»

«Tu riesci a muoverti?» domandò Otto a Galeno.

«Galeno può muoversi, prego. Può muoversi in ogni direzione.»

«Magnifico! E quindi puoi ... guidarci in questa Città Nuova? A Cyboria?»

«Galeno è ... »

«La guida del *bla bla bla*!» lo anticipò Medea. «L'abbiamo capito!»

L'automa si zittì con uno stantuffo di aria compressa e Otto strattonò la donna. «Zia, per piacere! Lascia parlare me!»

«Oh, ma certo, fai pure con calma. Dopotutto siamo nel Museo di Storia della Scienza di Firenze a chiacchierare con un automa di ferro uscito da un astrolabio armillare del '500 ... »

«Prego» la interruppe Galeno. «Le mie parti in ferro non sono superiori al 28% del totale.»

Otto lo ignorò. «E poi ... io scommetto che Galeno è molto più recente di quel ferrovecchio dorato. Quanti anni hai, Galeno?»

«Galeno è ... ha ... » ronzò l'automa. «Galeno è nato il 6 marzo 1939.»

«Cosa ti avevo detto?»

«Resta il fatto che dobbiamo decidere cosa farne.»

«Credo che sia il caso di portarlo via di qui.»

«Sei impazzito, Otto? Non possiamo portarlo via!»

«Perché no?»

«Non è nostro!» bisbigliò Medea.

«E di chi è? del museo? Non faceva parte della sfera. Lui ci stava solo ... dormendo dentro! Guarda!» Estrasse il congegno del nonno dalla manovella sul fondo della sfera e le armille, lentamente, ricominciarono a girare, chiudendo il passaggio che si era aperto poco prima. «Hai visto? È come prima!»

«Ma ... »

«Galeno non è di nessuno» insistette il ragazzo con le braccia conserte. «Quindi può venire con noi.»

Medea guardò l'automa, combattuta. Non voleva fare un torto al direttore del museo che le aveva concesso quella visita fuori orario; d'altro canto, però, se erano lì lo doveva alle insistenze di Otto e allo strano mistero che sembrava avvolgere la loro famiglia. Volente o nolente, ormai, era immersa in quella faccenda fin sopra i capelli. «Ok, ok!» esclamò in preda all'agitazione. «Ce lo portiamo dietro, purché ci segua con le sue gambe!»

«Galeno!» esultò allora il ragazzo. «Seguimi, qualunque cosa succeda! E cerca di non toccare niente, ok?»

«Istruzioni comprese» rispose l'automa, scavalcando rigidamente il cordone di protezione. «Senza toccare niente, prego.»

L'automa camminava ondeggiando sulle sue lunghe gambe, come un airone. Teneva le braccia distese lungo i fianchi e fendeva l'aria con il suo muso appuntito. Avanzava con un'andatura misurata, non priva di una certa eleganza, che a tratti ricordava quella di un ballerino classico. Quando doveva fermarsi, sembrava sempre sorpreso: puntava i piedi e si alzava sulle dita tozze, prima di riacquistare l'equilibrio, e se doveva girarsi ruotava prima tutto il busto, seguito poi, con uno scatto, dalle gambe.

Sentendoselo camminare accanto, Medea sospirò, piuttosto inquieta. «Dovremmo cercare di andarcene senza farci notare, va bene?»

Il sorriso tornò a illuminare il volto di Otto. «Vedrai che ci riusciamo.»

La zia guardò Galeno, che procedeva insieme a loro.

«Ci basta infilarlo in auto senza che nessuno ci veda ...» disse ancora Otto.

Medea si affacciò da una finestra. «Giusto, vado a prendere l'automobile; la porto davanti all'entrata e tu ce lo carichi dentro. E speriamo che nessuno passi proprio in quel momento. Prima, però ...»

soppesò l'automa con un'occhiata esperta «aspettatemi un attimo qui. Senza muovervi» ordinò.

«Aspettiamo» disse Otto.

«Aspettiamo» ripeté Galeno. «Prego.»

Tornò da loro qualche minuto dopo, con un soprabito scuro e un panama bianco.

«Dove li hai trovati?» le domandò Otto.

«Nell'ufficio del direttore!» Li porse a Galeno. «Mettiteli, forza!»

I dischi di parole dell'automa ronzarono: «Istruzioni non compatibili, prego». Afferrò il soprabito e lo sollevò davanti a sè. «Palletò di stoffa pesante e decadente. Colore tenue e quieto. Non adatto. Non adatto.»

«Non è il momento di fare lo schizzinoso!» sbottò Medea. «Questo ho trovato e questo indosserai!»

«Indossare? Galeno non deve indossare. Questi sono abiti. Galeno non ha abiti.»

«Invece adesso li hai. E te li metterai, perché devi passare inosservato, e così ... così ... *nudo* non sei per niente inosservato! Hai bisogno di un abito.»

«Bisogno di un abito!» esclamò l'automa, quasi offeso, e dopo un lungo ronzio continuò: «L'abito deve essere semplice ... comodo ... agilizzante ... asimmetrico ... igienico ... di breve durata e variabile. Deve essere esclusa ogni unione del giallo e del nero».

Zia e nipote si scambiarono una lunga occhiata.

«Ha dei gusti particolari in quanto a vestiti» azzardò Otto.

«Non mi interessano i suoi gusti!» ribatté Medea, sbrigativamente. «Facciamo così: poiché tu sembri capire quello che dice e lo sopporti, occupati di fargli indossare il soprabito. Io vado a prendere la macchina. Ci vediamo davanti all'ingresso tra dieci minuti.»

«Cappello» osservò intanto Galeno, sollevando il panama bianco. «Di colore bianco festoso.» Ma questa volta, senza aggiungere altro, se lo piazzò in testa sulle ventitré.

Non fu una cosa immediata. Girando attorno all'automa Otto lo costrinse a indossare anche il soprabito, incurante delle sue proteste e dei suoi tentativi di schivarlo. Quando ebbero finito, il soprabito gli cadeva bene sulle spalle e il cappello bilanciava con eleganza buona parte del suo muso aguzzo.

«Sei un vero damerino, Galeno!» esultò il ragazzo, a lavoro terminato.

«Damerino ... » ronzò Galeno. «Termine assente nel vocabolario di Galeno.»

«Lascia perdere, è solo un modo di dire. Sei molto elegante.»

«Noi vogliamo cancellare l'eleganza statica e deprimente» rispose l'automa. «Vogliamo colorare gli abiti di audacia e di rischio giocondo.»

«Perfetto» rise Otto a quelle frasi così auliche e fuori contesto. «Audace sei audace, solo con il soprabito. E anche molto buffo.»

«Obiettivo raggiunto» ronzò Galeno, seguendo il ragazzino davanti all'entrata del museo.

Mentre aspettavano di veder Medea passare davanti alle biglietterie, Otto aveva il cuore che batteva come un pazzo e non riusciva a staccare nemmeno per un attimo lo sguardo dal profilo metallico dell'automa.

«Galeno ... che cos'è la Città Nuova?»

«È Cyboria.»

«E cos'è ... Cyboria?»

«Una sintesi di genio» rispose l'automa.

«Sintesi di cosa?»

«Di Indipendenza, Ambizione, Energia, Volontà, Iniziativa, Perfezione industriale, Disinvoltura, Eleganza, Potenza, Inespugnabilità, Progresso e Risolutezza, prego.»

Stordito da quel fiume di parole, Otto non riuscì a chiedergli niente di meglio di: «E ... tu conosci la strada per arrivare a Cyboria?»

«Certamente.»

«E mi ci puoi portare?»

«Galeno può portare a Cyboria solo ... i cittadini di Cyboria.»

«E come si fa a essere cittadini di Cyboria?»

«Occorre dimostrare di essere potenziali cittadini perfetti.»

«Perfetti come Ettore Zap?»

Galeno ruotò il capo fino a inquadrare Otto nei suoi grandi occhi di vetro. «Tu conosci Ettore Zap, prego?»

«Ne ho sentito parlare. E tu?»

«Ettore Zap ha fatto nascere Galeno … il 6 marzo 1939. Poi Elisabeth ha spiegato a Galeno che cosa significa essere una guida per il popolamento di Cyboria. E infine Arnauld l'ha mandato in missione ad attendere l'arrivo dei cittadini perfetti.»

«Aspetta … aspetta … » mormorò Otto, confuso. «Non conosco né Elisabeth, né Arnauld. Di chi stai parlando?»

«Ettore Zap, Elisabeth Buwler-Lytton e Arnauld D'Urò sono i Formatori di Cyboria. Ettore Zap, Elisabeth Buwler-Lytton e Arnauld D'Urò sono anche i Formatori dei ventisei giovani Fondatori. E i ventisei giovani Fondatori sono … »

«Galeno, fermati! Non ci sto capendo davvero niente!» lo supplicò Otto.

L'automa si bloccò nel bel mezzo del movimento. Le sue lunghe gambe robotiche spuntavano dall'impermeabile come due stuzzicadenti giganti.

«Voglio dire … » si corresse Otto «continua pure a camminare, ma smetti di parlare.»

Un colpo di clacson. Oltre il vetro, Otto vide sopraggiungere il maggiolone di zia Medea.

«In ogni caso, me lo spiegherai dopo» decise Otto. Gli indicò la macchina dall'altra parte della strada. «Ora dobbiamo salire là sopra, hai capito?»

«Galeno ha capito.»

«Vieni dietro di me. Seguimi, qualunque cosa succeda. E cerca di non toccare niente!»

«Seguirti, qualunque cosa succeda» ricapitolò il robot. «E cercare di non toccare niente!»

Otto uscì dal museo tallonato dall'automa cigolante; gli aprì la portiera e lo spinse a forza sui sedili posteriori; dopodiché tirò giù il sedile del passeggero e salì rapidamente a bordo.

Al volante, zia Medea chiamò il custode e gli comunicò che stavano lasciando il museo. Quindi aspettò di vederlo arrivare, mentre una sottile patina di sudore freddo le imperlava la fronte. Non appena il custode li raggiunse, gli fece un rapido cenno della mano dal finestrino, sgasò a tutta forza e partì sparata sul Lungarno.

«È fatta! Sì!» esultò Otto.

«Digli di abbassare la testa!» esclamò invece Medea, al primo semaforo.

Due bambini seduti sul sedile posteriore della macchina in coda accanto a loro stavano salutando Galeno con tanto d'occhi.

E l'automa rispondeva con la mano spalancata.

Non appena il maggiolone scomparve alla vista, un uomo imponente e ben vestito si alzò dal tavolino di un bar. Lasciò una banconota sotto il bicchiere pieno d'acqua che non aveva nemmeno toccato e corse rigidamente verso l'auto nera parcheggiata poco più avanti. Rimosse con noncuranza la multa affissa al parabrezza, sedette al volante e imboccò il fiume di macchine. In pochi minuti, arrivò in vista del vecchio maggiolone e rallentò.

Si tenne a debita distanza, senza farsi notare, e lo seguì fino ad

Asciano, fino a una casa appena fuori dal paese. L'uomo accostò al ciglio della strada e rimase a lungo a osservare. Poi, quando cominciò a diventare sera, decise di girare la sua vettura e di guidare fino a Calci.

Si lasciò Villa Folgore alla sinistra e proseguì fino al cancello automatizzato della residenza Liguana. Lo aprì con un *bip!* elettrico e parcheggiò nel cortile di ghiaia fine.

Quando smontò, i giardinieri stavano ancora lavorando.

4. L'UOMO IN NERO

«Ritengo che starà meglio da me ... » decise Medea, chiudendo tutte le imposte.

«Sei sicura?» domandò Otto, con una punta di dispiacere.

«Non vorrai certo portarlo a casa! Come pensi di spiegarlo a tua mamma? Per fortuna almeno ha smesso di parlare!»

«Gliel'ho ordinato io.»

«Perfetto, così posso riuscire a non pensare a lui mentre cucino qualcosa per Jago.»

«Si chiama Jago, il tuo amico con la spider?»

«Ti avverto: non sono in vena di commenti da tredicenne sul nome dei miei amici o sul fatto che insieme facciamo una coppia da tragedia.» La donna sbirciò fuori dalle finestre, piena di brutte sensazioni.

Il sole stava ormai tramontando.

«È il caso che tu ti muova, con quella bici. Altrimenti chi li sente i tuoi?»

«Non mi importa dei miei. Io voglio sapere come si arriva a Cyboria!»

Otto si accoccolò sul tappeto davanti a Galeno. A Medea parve una scena surreale e normalissima al tempo stesso. Senza sentire che cosa si dicevano, si rifugiò in bagno, dove provò a darsi una sistemata.

Quando tornò in soggiorno, suo nipote le domandò: «Hai sentito?»

«Cosa dovrei aver sentito?»

«Galeno è programmato per portarci fino alla Città, ma siamo noi a doverlo convincere.»

«E come facciamo?»

«Dobbiamo solo dimostrare di essere dei cittadini perfetti» rispose Otto. «In pratica ci viene chiesto di superare una specie di esame.»

«Ah-ah» sorrise Medea, accomodandosi sulla sua vecchia poltrona sfondata. «Una specie di esame d'ammissione... per vedere se possiamo ottenere la cittadinanza?»

«Esatto!» esclamò Otto, tutto contento.

«Hai già scoperto in cosa consiste questo esame?»

«Oh, certo, ma puoi dirglielo tu, Galeno.»

«È sufficiente rispondere a una semplice domanda. Quanti sono gli ingranaggi dell'intelligenza, prego?» chiosò Galeno, con afflato metallico.

«Tutto qui?»

«Tutto qui» rispose Otto.

Medea si passò una mano tra i capelli. «Dove ho già sentito qualcosa di simile?»

«È facile» rispose Otto, guardandola molto intensamente.

«Il libro di Zap!»

«*Gli ingranaggi dell'intelligenza.* Dobbiamo assolutamente procurarcene una copia.»

Zia Medea lanciò uno sguardo preoccupato all'orologio. «Quello che dobbiamo assolutamente fare, Otto ... è che tu vada velocemente a casa, mentre io devo inventarmi una cena e indossare un vestito come si deve. È tardi. Forza!»

Medea si alzò dalla poltrona: ma gli altri due non accennavano a muoversi. Li fissò entrambi e domandò: «E che cosa dobbiamo fare una volta che sappiamo la risposta?»

Otto guardò le biglie di vetro di Galeno. «Credo che dovremo dirla a lui e, a quel punto, lui ci porterà a Cyboria.»

Alla Certosa di Calci, Calibano si sfilò gli occhiali da sole e salì, con passo rigido e sicuro fino allo studio del conte, dove entrò dopo aver rapidamente bussato.

«Ci sono novità, signore» esordì.

Il conte stava sfogliando distrattamente un libro. «Che genere di novità?»

«Il ragazzo e l'archeologa si sono incontrati con una strana persona, oggi, al museo.»

«Che cosa significa "strana persona"?»

«Non posso dire molto di più, signore: indossava un lungo soprabito e un cappello bianco.»

«Con questo caldo?»

«È quanto ho pensato io, signore. Più che un vestito, direi che fosse un travestimento per non essere notati.»

«Che cosa hanno fatto?»

«Sono saliti sull'auto dell'archeologa e sono tornati a Pisa, a casa della donna, dove sono rimasti a parlare fino a sera. Poi il ragazzo ha recuperato la bicicletta e si è messo a pedalare, presumibilmente per tornare a Villa Folgore.»

«E lo sconosciuto?»

«È rimasto a casa dell'archeologa.»

«Bisogna assolutamente scoprire chi è!» sbottò il conte Liguana, camminando irrequieto su e giù per la stanza. «Devi scoprirlo, anzi ... a casa della donna, hai detto? Allora può scoprirlo quell'idiota di mio figlio!»

Il conte Liguana fece il giro della scrivania e afferrò la cornetta del telefono. Attese solo qualche secondo, poi esclamò: «Mi senti? Forse è meglio se ti metti in macchina!»

3. LA MORTE DEL CHIARO DI LUNA

Tornava a casa, finalmente.

Otto aveva sempre amato pedalare di notte. Lo affascinavano il cono di luce bianco prodotto dal faro mentre la dinamo strisciava contro il cerchio della bici, gli sprazzi di cielo tra gli alberi neri e i suoni misteriosi del bosco, quando saliva fino al cancello di ferro di Villa Folgore.

Ma quella notte era diversa.

Quella notte c'era qualcosa nell'aria che lo spaventava.

La catena della vecchia bici del nonno ballava ritmicamente contro il telaio; i raggi da ventotto giravano veloci e il primo tratto di strada, fino a Pappiana, una strada che Otto conosceva a memoria, scivolava rapida sotto di lui come una cascata di inchiostro.

Quindi? Che cosa c'era di tanto inquietante?

Era una notte senza luna, di quelle in cui il cielo è color indaco scuro e le stelle paiono più grandi.

Otto imboccò la solita stradina a sinistra, quella in salita, e si fermò prima delle due curve del Convento. Si mise ad ascoltare la nenia incessante dei grilli.

Si tastò le tasche, alla ricerca della Scatola Prismatica del nonno e la guardò sotto la luce delle stelle. I rudimentali contatti elettrici mandarono un frammento del misterioso bagliore azzurro.

Il Lumen.

L'energia della Città Nuova.

Si rimise in tasca il prisma e appoggiò il piede sul pedale, pronto a ripartire, ma proprio in quel momento si fermò. Aveva sentito chiaramente un rumore dietro di sé.

Un rumore di passi. Passi veloci.

Metallici.

Otto si sentì gelare il sangue nelle vene. Provò a convincersi di essersi sbagliato. Ma quei passi continuavano, regolari e costanti. E si stavano avvicinando. Il ragazzo non ci pensò due volte. Sollevò la bicicletta con le mani e abbandonò rapidamente la strada, nascondendosi tra i fitti cespugli di lentisco. Si acquattò nella speranza che i passi scomparissero, o che il suo cuore smettesse di tamburellare così forte. Si strinse contro il telaio della Bianchi del nonno, come già aveva fatto qualche giorno prima, nella cava.

E pregò.

I passi si avvicinavano: costanti e cadenzati, colpivano l'asfalto in modo ritmico, come quelli di un corridore.

Otto cercò di sbirciare verso la strada, ma l'oscurità era totale. Li sentì farsi sempre più vicini, sempre più vicini, e infine fermarsi, di colpo, a meno di tre metri dal cespuglio dietro cui si era nascosto.

Otto trattenne il fiato, domandandosi cosa fare. Doveva scappare? E da chi?

Con orrore si accorse che la tasca dei suoi pantaloni, là dove teneva la Scatola Prismatica, pulsava di luce azzurra, come se fosse trasparente. I circuiti di Lumen avevano cominciato a brillare all'improvviso.

Otto ci posò sopra la mano e vide stagliarsi l'ombra della sue dita. Impossibile che tutta quella luce non si vedesse dalla strada.

I passi infatti ricominciarono. Ma non erano più sull'asfalto. Erano nel bosco.

Tra i cespugli.

Poco distanti da lui.

Otto sentì il raschiare del lentisco contro il metallo, si rannicchiò ancora di più su se stesso e cercò di scomparire nell'oscurità del sottobosco.

Qualunque cosa fosse, adesso, era a pochi metri da lui. Percepiva i ticchettii metallici delle sue articolazioni che si assestavano a ogni passo, e il lento oscillare di un giroscopio che gli forniva l'equilibrio necessario.

Di colpo, si fermò.

I grilli.

Le automobili della valle, molto lontane.

E... una voce raschiante: «Galeno è... arrivato».

Otto spalancò gli occhi e si rilassò. «Galeno?» domandò. E poi, di nuovo: «*Galeno?*» Si alzò in piedi, sbucando dai cespugli. «Che cosa ci fai qui?»

L'automa inclinò il capo a destra, poi a sinistra. Due minuscole membrane gli velarono gli occhi di vetro e si ritrassero. «Galeno segue le istruzioni. Seguire te, qualunque cosa succeda» gli ricordò. «E cercare di non toccare niente, prego!»

Otto scavalcò rumorosamente i cespugli, tenendo la bicicletta alta sopra il capo. «E adesso cosa dirà, la zia? L'hai avvertita?»

«Avvertire? No! Galeno ... ha ... seguito le istruzioni!»

«Ma la zia lo sa che sei scappato?»

«La signorina Medea ha urlato qualcosa. Galeno ... ha seguito te, qualunque cosa succeda! E senza toccare niente!»

Otto posò la bicicletta sull'asfalto. «Ma non dovevi seguirmi! Quell'ordine è revocato! Che cosa facciamo, adesso? Torniamo dalla zia ... oppure ... ti porto a casa mia? Oh, in ogni caso avrei bisogno di un telefono per avvertire qualcuno!»

Nella mente del ragazzo si dipinsero due contrapposte situazioni di emergenza: la prima, a casa, perché non era ancora rientrato all'ora di cena; e la seconda, dalla zia, perché Galeno era scomparso.

«Sei davvero un amico difficile!» sbottò.

«*Amico?*»

«Amico, sì. Sai cos'è un amico?»

«Negativo. Termine assente nel vocabolario di Galeno.» L'automa abbassò il capo, silenzioso.

«Già, un amico assente» rimuginò Otto, inforcando la bici. «Un amico è qualcuno che conosci, che è simile a te e che fa le cose senza che tu gliele debba chiedere. Capisci? È qualcuno che c'è quando sei in difficoltà. E che poi tu ... oh, ma cosa te lo spiego a fare?!?»

«Amico» ripeté Galeno come se stesse imparando una lingua nuova. «Qualcuno che si conosce, simile a Galeno, che fa le cose da solo e che c'è... quando sei in difficoltà.»

«Esatto. Di un amico ti puoi fidare. Sempre. Capisci?»

«Galeno si può fidare sempre di un amico.»

«Proprio così.»

Ticchettio.

Proseguirono in silenzio per un lungo tratto, Otto in bici e Galeno al trotto dietro di lui.

Tutt'a un tratto l'automa ruotò il viso appuntito in direzione di Villa Folgore e domandò: «Quello è un amico?»

«No» rispose Otto senza pensare. «Quello non è un amico. Quello è un cancello, il cancello di Villa Folgor...» La parola gli morì in gola. Perché nello stesso momento da dietro al pilone di destra del cancello, più nero dell'asfalto e dell'oscurità circostante, sbucò un gigante dalle spalle massicce, che occupò metà della strada. «Oh-oh, accidenti...» borbottò Otto. «Questa cosa non mi piace per niente...»

Lo sconosciuto fece un passo avanti. Anzi, nel silenzio della notte, lo sconosciuto... cigolò. E sollevò un braccio. Teneva nella mano destra quello che sembrava un bizzarro fucile panciuto e, con l'altra mano, fece loro segno di fermarsi.

Otto era già fermo. Fermo e terrorizzato, mentre Galeno, per qualche strano motivo, continuava ad avvicinarsi al cancello.

«Amico!» ripeteva. «Amico!»

Il suo panama bianco oscillava nel buio in modo ridicolo e lui sembrava un fantasma ticchettante. Il gigante ombra cigolò una seconda volta, sprigionò una puzza di cherosene e sollevò il fucile verso di loro.

«Galeno! Fermati!» ebbe il tempo di urlare Otto.

Paaak!

Il fucile sputò verso l'alto una rete da pesca grande come una coperta a due piazze. La rete si allargò in volo, trattenuta alle estremità da un nugolo di minuscoli ragni metallici, che zampettavano freneticamente in aria.

«Vieni via di lì!» gridò ancora Otto.

Ma la rete non era stata sparata su Galeno. Piombò invece addosso a Otto e alla sua bicicletta e, non appena toccò terra, cominciò subito a stringersi: i ragnetti che la guidavano cominciarono a correre per annidarsi uno accanto all'altro e formare una specie di gomitolo compatto, chiudendo le maglie della rete addosso a Otto e alla sua bici.

«Galeno, aiuto!» gridò il ragazzo, cadendo a terra. Iniziò a muovere convulsamente le mani, cercando di liberarsi dalla rete, che, a ogni suo movimento, si stringeva con più rapidità.

Il gigante in agguato al cancello cominciò a correre verso di lui. Otto lo vide con la coda dell'occhio divorare la strada come un mostro di metallo.

E lo riconobbe.

Rotolando per terra nella rete, lo riconobbe.

«Mffff! No! No!» si lamentò. «Galeno, maledizione! *Fai qualcosa!*»

«Galeno fa ... qualcosa» ripeté la voce dell'automa.

«*Prova a fermarlo!*»

Galeno ronzò indeciso per una frazione di secondo, poi si dispose in mezzo alla strada per fronteggiare la carica del loro assalitore. L'altro gli fu addosso come una furia: era due volte più grande e molto più massiccio.

«Amico?»

«Io non ti conosco» tuonò l'ombra metallica. Afferrò Galeno per il busto e lo scagliò nel bosco, dove atterrò con un ripetuto clangore metallico.

Quella voce! Otto si dibatté sull'asfalto. Ora ne era sicuro: aveva già sentito quella voce dire "l'automobile è pronta" al conte Liguana. Era la stessa voce. *La stessa identica voce.*

Otto schiacciò uno dei ragnetti vibranti che guidavano la rete-trappola e provò a rotolare di lato. In qualche modo fece scivolare un piede fuori dalla rete e si diede una spinta. Sollevò parte della rete e si accorse che il telaio della bici gli offriva un certo spazio per provare a sgusciare fuori. Ci strisciò in mezzo, tra asse e catena, incurante dei graffi; si puntellò con l'unico piede non imprigionato e liberò anche l'altra gamba. Poi parte del busto. La rete si stringeva, ma non aveva la forza sufficiente per stritolare la bicicletta.

L'ombra metallica riprese a correre.

«*Aaaah!*» urlò Otto, sgusciando dalla rete con una capriola. Si scrollò dai capelli l'ultimo ragnetto metallico e lasciò che gli altri imbozzolassero del tutto la bicicletta.

Otto rimase a bocca aperta, disteso per terra, a guardare il gigante nero che si avventava su di lui.

Lo vide sollevare una seconda volta il fucile panciuto e puntarglielo contro e questa volta sentì il caldo tepore di un mirino rossastro che lo puntava in mezzo alla fronte.

Otto arretrò febbrilmente all'indietro, poi si voltò, si mise in piedi e cominciò a correre sulla strada asfaltata.

Paaak!

Non appena sentì di nuovo quel rumore, si gettò di lato, direttamente nei cespugli. Rotolò e si rialzò come una molla, senza smettere per un solo istante di correre. Sentì il suo inseguitore fare altrettanto e tuffarsi nel bosco dietro di lui. Raddoppiò gli sforzi: scivolava agile e veloce, mentre l'altro avanzava più lentamente, travolgendo rami e tutto ciò che incontrava.

Otto evitò il tronco di un grosso albero e si ritrovò davanti alla scarpata che scendeva al vecchio Convento. Decise in un baleno: si tuffò e cominciò a scivolare di schiena, velocemente, verso il basso. Rami invisibili gli schiaffeggiarono il volto, qualcosa lo punse sulla spalla, afferrandolo e lasciandolo andare subito dopo, ma lui non rallentò. Arrivò fino agli archi dell'acquedotto, poi prese a sinistra, veloce come un animale del bosco, e si ritrovò di nuovo sulla strada.

Il terreno, liscio sotto i piedi, gli fece quasi perdere l'equilibrio. Si voltò una volta sola per vedere un'esplosione di rami e foglie e una vampata di scintille là dove il suo inseguitore aveva tentato di passare sotto l'arco di pietre. Fu questione di pochi secondi, poi il gigante si rialzò e ricominciò a correre dietro di lui.

«Non si fermerà mai!» gemette Otto, mettendo le ali ai piedi.

Corse più velocemente di quanto non avesse mai fatto prima, seguendo il tracciato scuro della strada. Vedeva le luci del paese a valle, e la cosa gli dava ancora più energia. Accelerò con le gambe che gli facevano male, raggiunse la curva e la superò, corse ancora e affrontò un tornante a gomito, che conduceva alla statale.

Non appena lo girò si ritrovò davanti alla luce accecante di due fari.

Una macchina!

Otto gridò e cercò di schivarla gettandosi di lato, mentre quella sembrava balzargli addosso. Sentì lo stridio dei freni sull'asfalto e due voci che urlavano. A un tratto tutto fu bianco.

Sono morto, pensò.

Passarono alcuni secondi che parvero interminabili.

Otto aprì gli occhi. La luce accecante dei fanali. Una mosca che ronzava davanti a lui, a pochi centimetri dai fari della macchina.

Il lontano frinire dei grilli.

Cavolo. Era ancora vivo.

Si alzò, tremante. Si voltò, per accertarsi di non essere inseguito da ...

«Otto!» esclamò una voce che conosceva bene.

La portiera dal lato del passeggero si aprì. Otto strinse gli occhi, nella luce. Non riusciva a capire. Come era possibile?

«Accidenti, Otto? Stai bene! Per poco non ti investivamo!»

«Zia Medea?»

Le luci dei fari si abbassarono. Si aprì anche l'altra portiera.

«Mamma mia!» esclamò l'amico della zia. «Si è fermata! Non ci credevo più!»

Otto guardò prima la zia, poi il suo amico, infine cominciò a distinguere il profilo della spider.

«Otto? Otto? Stai bene?»

«Sì, zia. Sto ... sto bene.»

«Galeno è scappato» disse la donna.

«Non è scappato ... è ... » Il ragazzo era ancora troppo spaventato e confuso per riuscire a parlare. Sentì il rumore di passi metallici che si avvicinavano sull'asfalto.

Una sagoma grigia, con un panama bianco e un soprabito strappato emerse dal folto del bosco. «Galeno è ... arrivato» sibilò l'automa, con voce chioccia.

«E quello che cosa diavolo è?» urlò l'uomo, risalendo al volante e richiudendo rapidamente la portiera.

Zia e nipote si scambiarono un'occhiata. «Credo che dovremo dirglielo» disse Medea. «Mi ha portato subito qui. È un uomo. Ci può aiutare.»

Otto non la ascoltava neppure. «C'era qualcuno ... al cancello.»

«Lo so, Otto. Lo so.»

«Qualcuno che mi stava aspettando.»

«Forse non è sicuro tornare a casa.»

Otto scosse il capo. «No, non lo è.»

«Vieni con me, adesso.» Zia Medea aprì la portiera della spider e fece salire Otto e Galeno sugli stretti sedili posteriori.

«Quel coso non può salire … non può … »

Galeno si accomodò senza nemmeno sfiorare la carrozzeria, e l'uomo si zittì.

«È salito» osservò, sorpreso.

Medea si ravvivò i capelli, nervosa. «Che cosa si fa in questi casi?» si domandò a voce alta.

Nessuno le rispose.

Fuori dai finestrini, i grilli frinivano impazziti. Il gigante d'ombra doveva essere là fuori, da qualche parte, in agguato.

Otto guardò il cielo. Non c'erano stelle. Sprofondò nel sedile di pelle, imponendosi di respirare con più calma. La sua tasca e lo sterno di Galeno mandavano una debole e regolare luminescenza azzurra. «Non voglio andare a casa … » disse con un filo di voce.

Sua zia si voltò a guardarlo. Anche nell'oscurità, i suoi occhi erano brillanti. Annuì. «È giusto. Gira la macchina, Jago. Deve esserci uno slargo, poco più avanti.»

Jago innestò la prima marcia.

«Andiamo verso la città» concluse zia Medea, senza un motivo preciso.

2. IL LINGUAGGIO BINARIO

«Raccontami, allora... tu saresti il nipotino prodigio...» disse Jago, più tardi, nel parcheggio della stazione di Pisa.

Avevano trovato un posto defilato, al riparo dalla luce dei lampioni, a poca distanza dalle fontane.

Otto annuì, ma non disse niente. Jago cercava solo di essere simpatico, ma i suoi baffetti si muovevano in modo sospetto, guidati da un tic nervoso al labbro superiore.

«Tua zia mi ha parlato moltissimo di te. Sono contento di averti conosciuto, finalmente. E adesso che mi hai presentato anche il tuo nuovo... amico...»

«*Amico?*» attaccò Galeno, riattivandosi di colpo. «Amico è...»

Mentre l'automa ripeteva la definizione di amico fornita da Otto mezz'ora prima, il ragazzo chiuse di nuovo gli occhi. Non riusciva a capire che ore fossero. Guardava oltre il parabrezza della spider la cabina del telefono illuminata con dentro zia Medea.

Immaginò il tenore della telefonata: la zia stava spiegando ai suoi genitori perché lui non era ancora rincasato e, soprattutto, li stava convincendo del fatto che non sarebbe rincasato nemmeno il giorno dopo.

Quale scusa stava inventando?

Medea appoggiava la testa all'apparecchio, poi annuiva, la allontanava, la riavvicinava, parlava fitto, alzava e abbassava il braccio e, dopo molte di queste ripetizioni, riagganciò.

Passò un treno, con uno sferragliare sonante.

«Scusa il disturbo ... » concluse intanto Jago. «È chiaro che non hai voglia di chiacchierare.»

«Credo di no» rispose Otto. «Scusami tu.»

«Non c'è problema.»

Furono raggiunti da zia Medea.

«Com'è andata?»

«Bene, ma solo quando sono riuscita a parlare con tuo padre.» Si sedette.

«Quindi?» le domandò Jago.

«I genitori di Otto si sono tranquillizzati. Ho raccontato loro che andiamo qualche giorno al mare.»

«Al mare dove?»

«Sull'isola di Capraia. Ho un'amica, laggiù, che affitta case per le vacanze. Ci coprirà. Il fatto è che ... forse dovremmo andarci davvero. Non possiamo tornare a casa mia: potrebbe essere pericoloso.»

«Vi porto in un albergo tranquillo» concluse Jago, accendendo la macchina. «Anche a casa mia non va bene» spiegò. «Ci vive mio padre.

«Non mi avevi detto che vivevi con tuo padre.»

«Non me l'avevi mai domandato.»

Passò un altro treno.

Galeno osservò il convoglio tagliare in due l'oscurità oltre i muri che proteggevano l'accesso ai binari. La sua testa affusolata si mosse impercettibilmente, facendo oscillare due minuscole membrane. «Galeno ... conosce questo posto» disse, per aggiungere subito dopo: «Aspettare, prego».

Con un movimento fluido saltò fuori dalla spider e si avviò verso i binari.

«Galeno?» lo chiamò Otto. «Dove stai andando?»

Lui non rallentò il passo, oscillando testardamente davanti a sé. «Galeno chiama ... »

Ronzio. Ticchettio. L'automa non impiegò molto a trovare la parola giusta. «Galeno chiama i suoi amici, prego.»

L'automa scavalcò il muro di protezione ai binari e saltò dall'altra parte. Jago, Otto e Medea provarono a raggiungerlo correndo lungo il sottopassaggio.

«Dov'è finito?» si domandarono, una volta che furono dentro alla stazione.

I binari erano bui e neri; i pochi treni fermi sembravano carcasse abbandonate; e le scritte sui muri rendevano ogni cosa ancora più triste e decadente.

«Di là» disse Otto, quando vide ondeggiare il panama bianco del robot.

Percorsero tutta la banchina. Le luci della stazione ronzavano nella notte. Non c'era anima viva, a parte loro.

Dopo una rapida occhiata, scesero sui binari, camminando sulle travicelle di legno.

«Credo che sia una cosa assolutamente vietata ...» disse Medea, in un sussulto di responsabilità.

Ma poiché Galeno continuava ad avanzare davanti a loro tra i binari con la sua marcia dinoccolata, per sparire dietro a un vecchio treno senza motrice, non venne ascoltata.

Raggiunsero il treno e lo costeggiarono dal lato in ombra. I sampietrini si assestavano rumorosamente sotto i piedi. Le uniche luci erano quelle della città, che pulsavano da dietro i muri di protezione dei binari.

«Tacchi!» esclamò Medea, sfilandosi a un certo punto le scarpe. «La maledizione delle donne d'azione! E sono colpa tua!»

«Non ti ho obbligato a venire a cena con i tacchi» ribatté Jago seccato.

Otto fece loro cenno di stare zitti. Intravide Galeno inginocchiato tra i binari di un ramo morto della ferrovia e, subito dopo, sentì un delicato rumore.

Tic-tic-tic-toc.

Tic-tic-tic-toc.

Toc-toc.

Tic-tic.

E via da capo.

Che cosa stava facendo?

Fermi a venti passi da lui, i tre guardavano l'automa senza capirlo. Le mani di Galeno avevano ruotato su se stesse e percuotevano i binari con il dorso, come un batterista con i suoi tamburi. Il loro movimento era ritmico e regolare, ripetuto con precisione.

«Secondo me ... » azzardò Otto «sta comunicando.»

«Sì» mormorò la zia con le scarpe in mano. «Sta mandando una specie di messaggio.»

Jago sgranò gli occhi. «Comunicando? Un messaggio? E a chi?»

Medea gli fece cenno di tacere. Si zittirono tutti e tre, mentre il delicato *tic-tic-toc* dell'automa venuto dal passato faceva vibrare i binari della stazione.

Durò una manciata di minuti.

Quando ebbe finito, Galeno cambiò posizione e appoggiò sui binari il lungo muso appuntito. Restò in attesa per cinque minuti buoni, prima di alzarsi di nuovo in piedi. Quindi ricominciò a battere i binari con il dorso delle mani.

Otto gli si avvicinò, ma la sua presenza non modificò in nessun modo il comportamento di Galeno.

«Oh, signorino Otto, prego ... » disse l'automa. «Ancora un tentativo: non mi ha risposto nessuno.»

«Chi doveva risponderti?»

«Una delle altre guide. Ma forse di notte nessuna ascolta. Non c'è nessuno collegato.»

Otto guardò i binari che scomparivano nell'oscurità e, per un attimo, li immaginò che si intersecavano percorrendo tutto il mondo, come una grande rete di ferro. Un'antica rete di metalli e di elettricità. «Altre guide, dici? Quante sono?»

«Ci sono altre guide, sì. Molte altre guide per popolare la Città Nuova.»

«Altre guide che devono cercare altri cittadini?»

«Altre guide che devono cercare altri cittadini. Cittadini che devono superare il test di ammissione.»

«Già, la domanda: *quanti sono gli ingranaggi dell'intelligenza umana?*» ripeté Otto.

«Prego. Digitare la soluzione» disse Galeno, ruotando gentilmente il busto su cui spiccava il tastierino numerico simile a quello di una calcolatrice.

«Non la so, la soluzione.»

Galeno ricominciò a ticchettare sui binari. Otto gli si inginocchiò accanto, fissando i binari che proseguivano nella notte. «Forse le altre guide sono già tutte partite.»

L'automa non rispose.

«Sono passati molti anni. Forse i tuoi amici sono andati tutti via. E noi siamo gli ultimi.»

Tic-tic-tic-toc.

Tic-tic-tic-toc.

«Che cosa stai... battendo sui binari?»

«Galeno scrive il suo nome. Chiede il nome di altre guide in ascolto. Chiede se il Convoglio del Sud è già partito.»

«Il Convoglio del Sud?»

L'automa cambiò di nuovo posizione e si mise in ascolto. Otto si voltò verso sua zia e Jago, che lo fissavano da dieci passi di distanza, poi si accoccolò accanto a Galeno e posò la mano sul

16N

Otto e Medea osservarono, a bocca spalancata, una creatura meccanica che fino a quel momento era rimasta rintanata tra i meccanismi della macchina rinascimentale, e che ora aveva toccato il suolo e si ergeva, in piedi, davanti ai loro occhi.

p. 88

Davanti agli occhi esterrefatti di Otto il ponte cigolante si innestò con precisione nel punto esatto in cui terminavano i binari. I tiranti si fermarono di botto e la motrice del Convoglio del Sud ci schizzò sopra, cavalcando con un rombo il greto del fiume.

p. 144

ferro freddo dei binari. Aspettò insieme a lui e, dopo alcuni secondi, credette di sentire una vibrazione lontana. Un rintocco singolo. Distante ma ... percepibile.

Galeno cambiò posizione. «Molto bene» disse. «Il Convoglio del Sud non è ancora partito.»

Otto sentì una specie di tuffo al cuore, come quando si riceve una bella notizia del tutto inaspettata. «E che cosa significa che non è ancora partito?»

«Significa che ci sta aspettando. Il Convoglio del Sud aspetta i cittadini del Sud. Parte quando Galeno ha con sé i cittadini che devono partire. Se non è ancora partito, significa che ... » Galeno cercò di completare il ragionamento, ma evidentemente le frasi incise sui suoi dischi non erano sufficienti a permetterglielo. Così concluse: «Significa che non è ancora partito, prego».

«E ... che cosa è il Convoglio del Sud?»

«Il Convoglio del Sud è ... il Convoglio del Sud.»

«Dov'è diretto?»

«Alla Stazione Centrale.»

«La Stazione Centrale? Intendi dire ... la Stazione della Città Nuova?»

Galeno non gli rispose.

«E tu puoi chiamarlo?»

«Prego?»

«Il Convoglio del Sud. Tu puoi chiamarlo?»

«Naturalmente. Galeno è ... una guida per il popolamento della Città Nuova. Galeno chiama il Convoglio del Sud quando ci sono i cittadini.»

«Vuoi dire che tu puoi chiamarlo ... qui ... su questi binari?»

«Naturalmente. Galeno può chiamarlo su questi binari ... » I meccanismi dell'automa produssero uno sfiato, come se il robot volesse imitare una risata. «Il Convoglio del Sud si muove sui binari del Sud!»

«Che cosa aspetti, allora? Chiamalo!»

Galeno direzionò il muso appuntito verso Otto, poi lo puntò verso Jago e Medea. «Galeno non vede ... cittadini di Cyboria. Galeno può chiamare il Convoglio quando ci sono i cittadini di Cyboria.»

«Giusto.» Otto si morsicò il labbro, poi guardò il tastierino di simboli matematici sul petto dell'automa. «Forse ... ho la soluzione» disse a mezza voce.

Galeno si alzò in piedi e lo fronteggiò. Il suo soprabito grigio si spalancò come un mantello. «Prego. Digitare la soluzione.»

Otto avvicinò il dito ai simboli del tastierino che il robot aveva sul petto.

Quanti sono gli ingranaggi dell'intelligenza?

«Uno solo» decise Otto. Premette il numero uno, poi cercò il tasto di invio e lo premette.

Il tastierino penetrò all'interno del petto di Galeno con un sibilo. Ne fuoriuscì dopo meno di un secondo.

«Soluzione errata» gracchiò l'automa.

Senza pensarci, Otto premette il tasto zero e, mentre il tastierino scompariva una seconda volta, pensò: *l'intelligenza non ha ingranaggi, perché non è... meccanica. È...*

«Soluzione errata» gracchiò Galeno. E questa volta aggiunse: «È consentito digitare un'ultima soluzione, prima della disattivazione della guida».

«Disattivazione della guida? Che cosa significa?»

«Sono concessi solo tre tentativi per diventare cittadini, signorino Otto. Dopodiché, la guida esaurisce il suo compito.»

«Tre tentativi? Ma non potevi dirmelo prima?»

«Non è stato chiesto a Galeno.»

La logica stringente dell'automa gli fece venire i nervi e la voglia di prenderlo a pugni.

«Che cosa sta succedendo?» domandò la zia, qualche passo più in là.

Otto glielo spiegò in due parole.

«È una domanda stupida» disse allora Jago, facendo spallucce. «È impossibile contarli!»

«Che cos'è impossibile contare?»

«Ma i meccanismi dell'intelligenza, no?» continuò l'uomo. «Non esiste un solo meccanismo. Ce ne sono... infiniti! L'intelligenza è... priva di definizione. L'intelligenza è anche follia. L'intelligenza non è... intelligente.»

Medea annuì, convinta. «Jago ha perfettamente ragione. La domanda è stupida.»

«E come faccio a spiegarlo a Galeno?»

«Digli che non è possibile rispondere utilizzando i numeri. I numeri sono logici, razionali, mentre la sua domanda è ... illogica.»

Tutti i grandi misteri sono numeri, pensò Otto, di colpo.

«Irrazionale proprio come il fatto che ce ne stiamo qua, su un binario morto di una stazione deserta, ad ascoltare un automa di metallo che parla con i binari. Ci trovate una logica in questo? Io no. Eppure pensiamo di essere tutti e tre esseri intelligenti.»

Galeno incombeva come uno spaventapasseri.

Una domanda illogica.

«Aspettate un attimo ... » disse Otto. Dentro la sua testa si aprì un vuoto. Come quando ci si accorge di qualcosa di evidente e vicinissimo, che al contempo è nascosto e lontanissimo. Qualcosa che non riesci ad afferrare, ma che sai che c'è. «Io ... lo so ... »

«Otto?»

Il ragazzino si prese la testa tra le mani, pensando a voce alta. «Non è vero che i numeri sono logici e razionali.»

«Come no?» sbottò Jago. «Due più due fa sempre quattro. Se anche i numeri fossero privi di logica, allora staremmo freschi!»

«Non *tutti* i numeri sono logici. Ci sono numeri che non sono numeri, numeri che non dovrebbero esistere» insistette Otto. «L'ho studiato a scuola: si chiamano numeri ... numeri ... »

«Numeri folli?» tentò sua zia.

«Numeri di carnevale?»

Otto esclamò: «Numeri irrazionali!»

«Oh, questa è bella» esclamò Jago, le mani sui fianchi. «L'ho sempre detto, che dovevo fare il pittore.»

«Stai procedendo su un terreno che ignoro, Otto» lo avvertì la zia. «Non ti seguo più.»

«Numeri irrazionali. Già. Numeri che gettarono nel panico tutti i matematici del mondo, perché non hanno ... logica.»

«E tu ne ricordi uno, di questi numeri?» sussurrò zia Medea.

«Forse» ammise Otto. «Forse sì, ma ... non ne sono sicuro.»

«Possiamo andare a controllare a casa» disse Jago.

«Non possiamo andare a casa» gli ricordò la donna.

«Albergo? Internet caffè?»

Era sensato, certo, allontanarsi da lì, cercare un Internet caffè, collegarsi alla rete moderna di calcolatori elettronici, e avere la sicurezza che l'intuizione di Otto fosse esatta. Se davvero la domanda era volutamente irrazionale e meritava una risposta irrazionale, allora, forse, meritava una ricerca condotta in modo razionale.

O forse no.

Forse bisognava solo fidarsi dell'istinto. Di quello che Otto sentiva battere furiosamente dentro di sé.

Della voglia di rispondere.

Vai tu!

Aveva scritto il suo trisnonno, quando aveva passato la Scatola al nonno Primo. E per andare bisognava fare il primo passo. E poi un secondo, e poi un terzo. Bisognava fare tutti i passi necessari.

Anche quando ...

... sembrano ...

... irrazionali.

Le occasioni non tornano mai, aveva scritto suo nonno. *Mai.* E Otto sentiva che la sua occasione era lì, su quei binari.

E che non sarebbe tornata.

Sollevò il dito e lo appoggiò alla tastiera sul petto dell'automa. «Amico mio» gli disse, a voce così bassa che forse Galeno non lo sentì neppure, «vedi di non esaurire il tuo compito, siamo d'accordo?»

Si ricordava un numero irrazionale, un numero che aveva un'infinità di cifre decimali, la cui sequenza non si ripeteva mai. E non solo. Il numero che Otto ricordava aveva qualcosa di più, qualcosa che andava oltre l'irrazionalità: era un numero che da sempre aveva impressionato la mente dell'uomo, perché si trovava costantemente ripetuto in natura, tanto che alcuni lo avevano chiamato numero aureo. Il numero ideale di bellezze e armonia.

Il numero divino.

Possibile che fosse quello, il numero perfetto che indicava anche i meccanismi dell'intelligenza?

L'intelligenza non era forse una scintilla divina?

Tormentato da concetti più grandi e antichi di lui, Otto decise di rischiare il tutto per tutto e fece appello alla sua memoria e alle lunghe discussioni con suo nonno per ricordarsi con precisione le cifre decimali di quel numero.

Stava per premere il tasto con il numero due. Poi si fermò, il polpastrello che già toccava il metallo.

No, non iniziava con due. Iniziava con uno. Uno virgola…

Certo, uno virgola… sei.

Entrambi i tasti rimasero premuti, poi quello dell'uno tornò in superficie. Otto ebbe un tremito. Sembrava che il tasto fosse tornato su appositamente per lui. Perché era così che continuava il numero.

Uno virgola sei… e di nuovo uno.

E poi otto.

Zero.

Tre.

A quel punto, l'intero tastierino rientrò nel corpo di Galeno con il solito sibilo. Otto trattenne il fiato.

«Risposta correta» gracchiò l'automa. «Attendo istruzioni, cittadino Otto, prego.»

Otto barcollò sui binari, stordito. Ma non appena si riprese gridò: «Il Convoglio del Sud! Chiamalo subito!» Poi si voltò verso sua zia e verso Jago, che erano ammutoliti.

«Ma che razza di numero hai scritto?» gli domandò Jago sconcertato.

«Il numero irrazionale della sezione aurea…» rispose Otto. «Detto anche Phi, dall'iniziale di Fidia, l'architetto greco che per primo se ne servì per realizzare le sue opere scultoree.»

Jago si massaggiò bruscamente la testa, in evidente imbarazzo. «Sono davvero ignorante, ragazzi.»

Nel frattempo, Galeno riprese a picchiettare sui binari, con forza maggiore rispetto a quanto aveva fatto in precedenza. Lo fece per un paio di minuti, poi concluse, ascoltando la risposta remota. «Sta arrivando.»

«Arrivando?» domandò Otto. «E da dove?»

«Da sud» rispose Galeno, ergendosi in piedi contro il cielo stellato.

1. IL CONVOGLIO DEL SUD

Ora potevano sentire un rombo lontano, che si avvicinava. Un rombo da vecchio motore a scoppio, da contatti elettrici usurati, da valvole esauste e diodi di vetro che scoppiavano.

Il Convoglio del Sud era un gigantesco vagone ferroviario, che procedeva sui binari a fari spenti e velocità sostenuta. Arrivò rombando sugli scambi, fermandosi con un sussulto di aria compressa a pochi passi da Galeno.

Otto, Medea e Jago si lasciarono avvolgere dalla nube di vapore che si sprigionò dal motore e dalle scintille dei freni.

Un'insolita luce azzurra fuoriusciva dalla cabina del motore.

Lo guardarono, incapaci di credere ai loro occhi: il vagone era alto e massiccio, più di una normale motrice. Le due estremità erano ricoperte di alamari d'ottone e da un frangibisonti a ventaglio, che raggiungeva i finestrini come un drago rampante.

Linee concentriche e spirali smaltate decoravano le fiancate nerissime, intervallate da una fila di finestrini piccoli e oblunghi. Sulla sommità, come una polena, spiccava una torcia iscritta in un cerchio, e la scritta, con caratteri di inizio XX secolo:

CYBORIA
CONVOGLIO DEL SUD
°1939°
ZAP ° D'URÒ ° BUWLER-LYTTON

«Il treno per Cyboria ...» disse Otto, costeggiandolo tutto. Quando raggiunse la grande fiaccola, con la scritta dorata, la indicò alla zia. «Zap, D'Urò e Buwler-Lytton, sono i nomi dei tre Formatori, secondo quanto dice Galeno ...»

«L'anno è il 1939» notò invece Medea. «Questo significa che Ettore Zap non è morto sul piroscafo affondato in Sardegna.»

«Ma si è nascosto» concluse Otto. «Come diceva Atamante.»

Il più perplesso di tutti sembrava, naturalmente, Jago. Si continuava a grattare la testa e brontolava frasi rancorose. «Non ... non è possibile. Non è possibile. E sai cosa mi dà più fastidio? Che mio padre aveva ... ragione.»

«Aveva ragione su che cosa?» gli domandò Medea, passandogli accanto.

«A dirmi che eri una donna pericolosa.»

«E come fa a saperlo?»

Lui si allacciò le mani dietro la nuca, contemplando il gigantesco vagone fermo in mezzo ai binari. «E adesso che si fa?»

Medea sorrise. «Tu cosa pensi che si farà?»

«Non lo so, ma ... temo ... che non avrò il tempo di andare a spostare la macchina, vero?»

Galeno si avvicinò alla porta del Convoglio e allungò il braccio per far scattare una serratura invisibile. Con uno sbuffo di vapore e un rumore di ventaglio, la porta scorse su una rotaia bene oliata. Tre gradini di ottone si allungarono fino a terra.

Otto salì sul treno senza nemmeno voltarsi indietro.

Galeno, come un elegante controllore, fermò per un istante Jago e Medea. Fu Otto a dover tornare sui suoi passi e dire: «Loro vengono con me».

«Prego» sibilò Galeno, invitandoli a salire. Quindi li seguì: fece ritirare la predellina, chiuse la porta e la relativa manopola di sicurezza, ed entrò nella cabina del pilota, divisa dal resto del Convoglio da una porticina di radica. Una volta seduto, incastrò entrambe le braccia in due scanalature del quadro comandi e azionò una serie di minuscoli relè di porcellana. «In carrozza, prego!» annunciò, con un ronzio da giradischi. «Si parte!»

PASSATO

Canteremo le officine appese alle nuvole
per i contorti fili dei loro fumi;
i ponti simili a ginnasti giganti che fiutano l'orizzonte,
e le locomotive dall'ampio petto, che scalpitano sulle rotaie,
come enormi cavalli d'acciaio.

Manifesto del Futurismo, «Le Figaro»
20 febbraio 1909

-12. LA CORSA PER NESSUN DOVE

Vedeva il paesaggio schizzare dietro ai finestrini oblunghi del vagone. E si svegliò.

Otto si accorse che era giorno fatto. Si stiracchiò e sbatté più volte gli occhi, cercando di capire dove si trovava e il motivo di quel costante dondolio di fondo. Non impiegò molto tempo a ricordare: gli bastò osservare le tende geometriche bianche e nere, i profili arrotondati dei mobiletti, il tavolino nero su cui erano impilati alcuni vecchi libri ingialliti e sua zia Medea intenta a sfogliarli.

«Buongiorno» lo salutò lei, tranquillissima.

«Dove siamo?»

«Secondo Jago, in Francia.»

«In Francia?»

«Per la precisione in Borgogna.»

Galeno era seduto due divanetti a sinistra della zia, anche lui intento a leggere un libro, che però teneva sottosopra.

«E lui cosa ci fa... qui?»

«Penso che ci stia imitando» gli confidò la zia. «Comunque è di compagnia, e non russa.»

«Ma se lui è qui... chi sta guidando il treno?»

«Nessuno, direi» rispose Jago, che passeggiava avanti e

indietro. «Procede automaticamente alla velocità di un razzo.»

Jago aveva ragione: stavano attraversando il paesaggio ondulato delle colline borgognone a una velocità sconcertante.

«Spero solo che questo affare viaggi su un binario preferenziale, perché non mi piacerebbe schiantarmi contro il prossimo TGV Parigi-Lione.»

Per tutta risposta, Otto si stiracchiò e sbadigliò rumorosamente.

Galeno posò il libro e gli domandò: «Il signorino Otto vuole una piccola colazione?»

«Wow! Sicuro!»

Jago si lisciò i baffi. «Non mi chiedere come, ma nell'altra sala c'è un marchingegno di quello Zap che sforna cornetti così fragranti da risvegliare un morto.»

«*Morto?*» domandò Galeno, come sempre incuriosito dai termini che non conosceva.

«Lascia perdere» gli consigliò Medea. «È una parola troppo difficile e dolorosa da spiegare di prima mattina.»

«Morto» ricapitolò Galeno. «Una parola difficile e dolorosa da spiegare. Di prima mattina.» Poi sparì nella sala in questione, azionò il fornelletto Zappetizer, e tornò una manciata di minuti dopo con un vassoio d'argento, con tanto di centrino di pizzo ricamato, una tazza di caffè nerissimo e due cornetti che emanavano volute fragranti.

«Ci ho ripensato» disse Jago, mentre il vassoio gli passava sotto il naso. «Posso avere una seconda colazione?»

«Vi siete fatti un'idea un po' più precisa di dove stiamo andando?» domandò Otto, poco dopo.

Medea guardò Jago. «Ne abbiamo parlato, sì. Jago ha esplorato tutto il vagone e io ho sfogliato i libri della piccola biblioteca del viaggiatore. Ci siamo fatti alcune idee.»

Otto annuì, esortandola a proseguire.

«Contando i lettini, il Convoglio può ospitare una decina di persone, al massimo quindici, se ci si stringe. Il vagone è elegante e molto ricercato.»

«Dei primi del Novecento, direi.»

«Esatto, lo stile con cui è stato arredato il salottino era di moda circa un secolo fa.»

«1916?»

«Già, ma un 1916 estremamente originale. Molto avanti con i tempi.»

«Un 1916 futurista?» azzardò Otto.

«Qualcosa del genere. Anche perché ... vi siete domandati come funzioni questo motore? Non c'è odore di petrolio, né di carburanti; inoltre il treno non è collegato alla rete elettrica. Quindi ... »

«Lumen» sussurrò Otto.

Jago inarcò un sopracciglio. Non sapeva niente del Lumen. Medea rimediò in fretta.

«In ogni caso ... » proseguirono i due adulti, alternandosi nelle parti, «chiunque abbia costruito questo treno l'ha fatto con una lungimiranza inaudita. È programmato da quasi un secolo per percorrere in modo automatico una rete di binari che pare sia stata costruita apposta. Funziona perfettamente, e deve essere quindi il prodotto di una mente superiore. O dell'unione di tre menti superiori.»

«I tre Formatori, già. Avete scoperto qualcosa di più su di loro?»

«Ciò che sappiamo è che tutti e tre erano dei professori. Secondo Jago ci troviamo coinvolti in qualche progetto universitario rimasto segreto.»

«E cosa insegnavano?»

«Architettura, matematica e medicina.» Medea sollevò un libro illustrato in bianco e nero, mostrando il ritratto di un uomo stempiato, con occhialini e riccioli che acuivano il suo sguardo spiritato. «Questo è l'architetto Arnauld D'Urò: sembra che fosse un fanatico progettista di ponti ed edifici semovibili. La sua passione erano le case con le ruote. E magari le gambe.»

L'immagine successiva ritraeva una casa quadrata poggiata su buffi trampoli meccanici.

«Decisamente un tipo bizzarro ...» commentò Otto.

«Di Ettore Zap dovremo accontentarci di quello che già sappiamo perché, a parte la macchinetta delle brioche, sul treno non c'è molto che ci parli di lui. Diciamo: inventore e genio della meccanica.»

«E la Buwler-Lytton?»

«Si chiamava Elisabeth ...» e sollevò una rivista dell'epoca. «Era la figlia del medico Philip Buwler-Lytton, ed era un'igienista della "Faith Home for Incurable Women" di Brooklyn. La chiamavano la "rondine dei malati", per come svolazzava negli ospedali nei suoi abitini eleganti. Nonostante fosse una donna e vivesse all'inizio del secolo, seguì le orme del padre, lavorò al suo fianco e, probabilmente, lo superò negli studi sulle malattie endemiche. Sapete come si dice, no? Dietro un grande uomo, c'è sempre una grande … »

« … ombra?»

« … coda di sfruttatori?»

Medea storse il naso, divertita. «Donna, signori. Donna! E ora notate la coincidenza: Arnauld D'Urò è morto con i suoi studenti durante una spedizione sul versante francese sul Monte Bianco … Zap è naufragato al largo delle coste della Sardegna … mentre Elisabeth si trovava - guarda caso - a bordo di un transatlantico affondato in condizioni misteriose: il *Lusitania*, partito da New York il 1° maggio 1915 e silurato dai tedeschi, senza un motivo preciso, a poche miglia dall'Irlanda.»

«Tombola» disse Otto. «E così i tre professori sparirono … portando con sé alcuni dei loro allievi migliori.»

«Ma non Atamante» terminò Medea «che all'ultimo momento decise di non partire.»

«Per amore.»

«Esatto, per amore. Da buon italiano.»

«Scusate se interrompo l'idillio … » intervenne Jago «ma anche supponendo che sia tutto vero, che ci sia stata questa fuga di cervelli dalle Università dell'epoca … più o meno al corrente della cosa … e che questa "macchinazione", per usare un termine che piacerebbe a Zap, abbia avuto successo ... sapete dirmi ... cosa sono andati a fare?»

Zia e nipote si guardarono in faccia, come se quella parte della ricostruzione fosse del tutto evidente. «A fondare Cyboria.»

«Una Città Nuova, nascosta da tutti e da tutto.»

«Fandonie» sbottò Jago. «Non si può fondare una città in tre persone.»

«Ventinove» ricordò Otto. «Tre professori e ventisei studenti scelti.»

«Sono ancora troppo pochi.»

«Però è tutto ... giusto ... » sussurrò Medea, mentre il vagone rombava intorno a loro. «Pensateci: se si volesse costruire da zero una nuova città, di cosa ci sarebbe bisogno?»

«Di un architetto per le case e gli edifici ... » rispose Otto, immaginando le case fantastiche di D'Urò.

«Di un medico igienista per realizzare fogne, impianti idrici, ospedali, organizzare le forniture di medicinali ... » proseguì lei «e che infonda al tutto un po' di femminilità e di senso pratico.»

«Mentre alla manodopera avrebbe pensato il professor Zap, il matematico esperto di meccanica!»

«E come?» sbottò Jago. «Con un po' di espressioni algebriche?»

Otto guardò Galeno, immobile davanti a loro. «No, Jago. Costruendo automi come lui.»

Lo sguardo dell'uomo con i baffetti incrociò quello vitreo di Galeno.

«Macchine robotizzate in grado di lavorare senza sosta, giorno e notte. Macchine operaie, macchine costruttrici e riparatrici ... »

«E magari giardinieri» borbottò Jago, improvvisamente cupo. «Già, è possibile.» Di colpo, l'uomo sbirciò fuori dal finestrino, perso nei suoi pensieri, e così rimase per alcuni lunghi minuti. Poi si alzò di scatto. «Oddio!» gridò allarmato. «Guardate fuori!»

Otto e Medea si accalcarono dal suo lato per osservare attraverso i finestrini-oblò. I binari formavano un'ampia curva parabolica che terminava in uno strapiombo.

«I binari finiscono nel vuoto!»

«Precipiteremo!»

«Galeno! Fai qualcosa!»

L'automa ticchettò infastidito. «Fare qualcosa, prego. Certo. Galeno ha già ricevuto questo ordine con scarsi risultati. Vi prego quindi di essere più precisi!»

«Ferma il treno!»

«È impossibile interrompere la corsa del Convoglio del Sud» spiegò l'automa, imperturbabile.

«Ma devi farlo! Guarda quello strapiombo!»

«I binari ci vanno dritti dentro!»

«Tra poco saremo tutti morti!»

«Morti: questione difficile e dolorosa, di prima mattina» ricordò loro Galeno.

«Oh, al diavolo!» sbottò Jago, impaziente, mentre il treno

correva inesorabile verso il precipizio. Afferrò il tavolino su cui aveva fatto colazione e, incurante delle proteste di Galeno, provò a usarlo per sfondare i vetri dei finestrini.

«Jago, no! Ragiona!» gli urlò Medea. «Anche se riesci a rompere il vetro, mi dici come fai a uscire da lì?»

Jago posò il tavolino il tempo necessario a valutare le dimensioni dell'oblò, poi si scagliò con violenza contro la porta da cui erano saliti sul Convoglio. «Apri questa dannata porta, ammasso di ferraglia! Aprila, o distruggo tutto!»

«Signore! Signore! La prego!» cominciò a ronzare Galeno, cercando di sedare la sua furia.

Il Convoglio filava a tutta velocità, inclinandosi sulla curva parabolica. Era ormai arrivato a non più di quattrocento metri dallo strapiombo.

All'ennesimo colpo contro la porta, il tavolo si frantumò. Jago allora iniziò a tempestare di pugni prima il vagone, poi direttamente Galeno. «Aprila! Aprila! Aprila!»

L'automa barcollò all'indietro, perdendo il suo panama bianco. Solo allora sembrò reagire. Si ritrasse con uno scatto di meccanismi che lo rese improvvisamente più alto e minaccioso, ed esclamò: «Procedura di conservazione attivata».

«State fermi, voi due!» cercò di frapporsi Otto, ma non fu abbastanza veloce.

Dal braccio destro dell'automa saettò un lampo azzurro che scagliò Jago dall'altra parte della stanza, lasciandolo tramortito. Dopodiché Galeno rinfoderò il braccio, ticchettò in modo affabile, tornò delle sue dimensioni abituali e recuperò da terra il cappello perduto. Il tutto mentre il Convoglio continuava a filare, inesorabile, verso un salto nel vuoto.

«Non c'è più niente da fare» disse Medea, lo sguardo incollato al finestrino.

Trecento metri.

Duecentocinquanta.

«Galeno» intervenne Otto «in quanto cittadino di Cyboria, ti ordino di fermare il Convoglio.»

«Galeno ... non può fermare il Convoglio del Sud.»

«Lo so che non puoi, ma devi provarci. Te lo chiedo da amico. Amico. *Provaci*: stiamo per precipitare. Precipitare, lo capisci?»

«Galeno ... capisce precipitare, ma non capisce perché stiamo per precipitare.»

«Come fai a non capire?» urlò Medea, afferrandogli la mano meccanica che un istante prima aveva tramortito Jago e conducendolo fino alla cabina dei comandi. «Lo vedi quello che c'è davanti a noi?»

A non più di cento metri di distanza, i binari si interrompevano con un taglio netto. Alcuni uccellini volarono via dal greto del fiume, spaventati dal loro arrivo.

«Lo vedo» rispose Galeno, imperturbabile. «E continuo a non capire.»

«Zia!» esclamò Otto.

A cinquanta metri dalla fine dei binari, dal greto del fiume cominciò a sollevarsi una struttura di metallo: decine di cavi trainati da un argano sotterraneo alzarono con un cigolio colossale lo scheletro di un ponte, che salì rapidissimo, in una nuvola di polvere, gemendo e barcollando come un vecchio cane che si stiracchiava dopo un lungo sonno.

Venti metri.

Dieci.

Davanti agli occhi esterrefatti di Otto il ponte cigolante si innestò con precisione nel punto esatto in cui terminavano i binari. I tiranti si fermarono di botto e la motrice del Convoglio del Sud ci schizzò sopra, cavalcando con un rombo il greto del fiume. Lo attraversò in una manciata di secondi e proseguì indisturbato la sua corsa in campagna, con una leggera curva verso nord.

Una volta superato, il ponte di ferro ricominciò ad abbassarsi, scomparendo di nuovo nel suo rifugio sotterraneo.

Otto e la zia stavano per svenire. Guardarono Galeno. «Tu lo sapevi!»

Lui ticchettò, inclinando il capo. «Sapere cosa, signori?»

«Sapevi che sarebbe comparso il ponte?»

«Naturalmente.»

«E non potevi dirci quello che stava per succedere, così da farci rimanere tranquilli?»

«Dire quello che sta per succedere, per rimanere tranquilli» ripeté Galeno. «Molto bene.»

E a quel punto, come colto da un'illuminazione improvvisa, ruotò su se stesso e si avvicinò alla piccola cucina Zappetizer. Le sue braccia multi-funzionali cominciarono ad attivare vecchi comandi preimpostati. Dai fori del soffitto uscirono sbuffi di vapore caldo. «Rimanete tranquilli. Tra poco verrà servito il pranzo.»

A mezzogiorno in punto, i tre passeggeri del Convoglio del Sud ricevettero altrettanti piatti di una zuppa calda e fumante, servita con un vassoio di crostini a forma di bullone e un *flûte* colmo di una spuma rossiccia.

«Brodo di rose e sole, signori, prego» spiegò Galeno, cerimonioso. «Con favorito del Mediterraneo zig zug zag, accompagnato da schiuma esilerante "cinzano".»

«Mmm... Ottima!» esclamò Otto, assaggiandola per primo.

Medea la rimestò sospettosa con il cucchiaio, mentre Jago la rifiutò contrariato, le braccia conserte. Evidentemente non aveva ancora perdonato a Galeno la scossa elettrica che l'aveva messo al tappeto.

«Mangiatela tu, ammasso di ferraglia» borbottò.

«Ringraziandola per la cortesia, le ricordo che Galeno non mangia» puntualizzò l'automa.

«Fai attenzione a quello che dici, rottame... o ti mangio io!»

Galeno aveva un'espressione che manifestava, per quanto possibile, un velato stupore. «Mi rammarica comunicarle che nessuno dei 9467 bulloni di Galeno risulterebbe commestibile all'organismo umano...»

Medea trattenne Jago dallo scattare in piedi, mentre Otto ridacchiava sommessamente.

Un'ora più tardi, la zia Medea corrugò la fronte, perplessa. «Non vi sembra che il treno stia rallentando?»

Guardarono tutti fuori. File di casette scorrevano ai lati dei binari, sempre più ravvicinate le une alle altre.

«Direi anche che stiamo raggiungendo o attraversando una città ... » osservò Otto, con una punta di delusione.

Il Convoglio del Sud sobbalzò sui binari, facendo ondeggiare i piatti vuoti. Passò sotto un grande cavalcavia, infilandosi tra altri binari e poi a lato di un groviglio di strade: tangenziali e autostrade che formavano un ammasso inestricabile di corsie automobilistiche.

«Sembra proprio che si stia fermando» insistette la zia.

Le casette fuori dai finestrini divennero palazzi sempre più imponenti e brutti, e il treno cominciò sensibilmente a rallentare.

«Ma non vedo mirabolanti macchine volanti, né palazzi futuristici» commentò Jago con una punta di compiacimento. «Mi pare una normalissima metropoli europea.» Poi si guardò intorno. «Dov'è sparito quel catorcio di metallo?»

Galeno comparve svelto dalla cabina di pilotaggio. «Tra circa venti minuti saremo in arrivo nella Città della Torre di Ferro.»

«Città della Torre di Ferro?»

Jago ridacchiò, cattivo. «Che cosa vi avevo detto?»

«Cosa ci avevi detto?»

I palazzi scorrevano lentamente fuori dagli oblò: finestre e strade e incroci e piazze; alberi verdi che fiancheggiavano grandi viali; il nastro grigio di un fiume, solcato da placidi battelli; e, per un attimo, sullo sfondo, le guglie di una cattedrale.

«La Torre di Ferro» ripeté Jago, giocando con il cucchiaio nel suo piatto vuoto. «Non l'avete capito? Siamo a Parigi.»

-11. LA STAZIONE DI FERRO

Aveva percorso un labirinto di binari e diramazioni, e infine il Convoglio del Sud si era fermato. La porticina del vagone si aprì con un sospiro di aria compressa e nuvole di vapore vennero soffiate sulle ruote surriscaldate.

Medea, Otto e Jago si affacciarono su una grande stazione completamente deserta. Era una costruzione dal tetto arcuato, con enormi finestroni, che lasciavano filtrare una luce ambrata e densa. I vetri erano oscurati da patine di polvere formatesi in anni di incuria. I telai delle finestre e dello scheletro dell'edificio erano coperti di macchie di ruggine rossa.

«In che razza di posto siamo arrivati?» domandò Otto, scendendo a terra per primo.

Sul marciapiede coperto di polvere era stampata una fiaccola rotonda, il simbolo di Cyboria, e subito sotto la scritta "Benvenuti", ripetuta in cinque differenti lingue.

Medea scese dopo il nipote; Jago, invece, rimase sul predellino. «Direi che non siamo alla *gare du Nord.*»

«Direi proprio di no: sembra una stazione abbandonata.»

Alcuni piccioni attraversarono l'aria immobile dell'edificio facendo frullare le ali. Otto fece alcuni passi sulla banchina. Accanto al loro contò altri tre binari, che procedevano appaiati per poi prendere direzioni diverse.

La stazione aveva la forma di una grande galleria dal soffitto sospeso: rivetti di acciaio e bulloni tenevano sollevate arcate dipinte di grigio, che si infittivano al termine delle banchine, dove si intuiva la presenza di una grande sala d'aspetto, con tanto di fontana. In fondo c'erano quattro grandi cartelli di ferro battuto che identificavano i quattro binari. Otto li lesse, avvicinandosi quanto bastava: il loro binario era la Linea del Sud.

«Una linea per ogni punto cardinale» intuì il ragazzino, senza dover leggere gli altri cartelli.

Tutti i binari erano deserti e silenziosi. Gli unici suoni provenivano dall'esterno ed erano i rumori sommessi di una città: automobili, motori, clacson.

«C'è una gran vita, qui, eh?» sogghignò Jago, scendendo finalmente a terra.

«Che posto incredibile» disse Medea.

«E ... adesso? Avete idea di che cosa facciamo?» continuò l'uomo, lisciandosi i baffi in modo impertinente. «O dobbiamo chiederlo ... al nostro amico di ferraglia?»

Galeno li stava seguendo pazientemente.

Otto faceva strada, puntando diritto al cuore della stazione. Nel momento esatto in cui raggiunse lo slargo della fontana, si bloccò di colpo. Aveva sentito una serie molto sospetta di cigolii e di ticchettii. «Li sentite anche voi?» domandò.

«Io sì.»

«Da dove vengono?»

«Dappertutto, direi ... »

«Aspettate!»

«Cosa?»

I ticchettii, ora, erano seguiti da grugniti e ansimi metallici. Infine, con un leggero botto, i tubi della fontana sputarono verso l'alto un fiotto di acqua arrugginita. Ancora pochi secondi, e i fiotti divennero spruzzi e gli spruzzi cominciarono a formare giochi d'acqua e getti di diverse altezze. Con un iniziale rumore di grattugia alcuni altoparlanti iniziarono a gracchiare un minuetto di pianoforte e violoncelli.

«Cavolo.»

«Si sta rimettendo in funzione.»

«Questo significa che si sono accorti di noi» disse Medea.

«O forse di lui» suggerì Jago, indicando Galeno.

Otto non la pensava come l'uomo, ma non disse niente. Strinse la mano intorno alla Scatola Prismatica, che nella tasca dei suoi jeans aveva cominciato a pulsare di una calda luce azzurra.

In tutti gli ambienti della stazione si diffuse un certo movimento. Minuscoli automi metallici sbucarono da altrettante minuscole aperture nei muri e presero a saettare lungo i pavimenti e le pareti dell'edificio. Alcuni di loro reggevano lunghe scope a straccio, che intinsero meccanicamente nella fontana centrale, e cominciarono a usare per pulire i pavimenti.

«Mamma mia, che impressione!» mormorò Medea, a cui

tutti quei piccoli operai sembravano altrettanti insetti dalla corazza nera e lucida.

Otto sghignazzò. Jago continuava a essere sprezzante. «Me ne porterei a casa una decina, se solo funzionassero.»

E, in effetti, alcuni degli automi più arrugginiti sembravano a dir poco impacciati. Per quanto cercassero di eseguire al meglio i loro compiti, era come se anni di mancata manutenzione li avessero resi praticamente inservibili: diversi cercavano di spruzzare sapone ormai consumato da beccucci otturati; e alcuni manovravano imperturbabili spazzole monche e altri strumenti caduti a pezzi da anni. Ma erano così indaffarati e ligi ai loro doveri, da indurre al sorriso.

Superarono la fontana, che raffigurava un uomo che guarda lontano mentre tiene sollevata una fiaccola luminosa. Grandi mosaici in cinque lingue erano collocati in alto, sulle arcate che collegavano le varie sale della stazione. Quella in cui si trovavano si chiamava Vaporosa Accogliente. Superata la fontana si poteva scegliere se entrare nel Teatro Excelsior o in una non meno altisonante Gran Sala d'Aspetto. Ma poiché il Teatro sembrava ancora chiuso (un tabellone con lettere mobili avvertiva che il prossimo spettacolo si sarebbe tenuto entro mezz'ora), scelsero la Gran Sala.

Qui erano allineati, uno accanto all'altro, sdraio e lettini dalla forma ardita. Il soffitto era affrescato da un cielo stellato su sfondo azzurro, che alcuni automi-ragno stavano inutilmente cercando di ripulire. Il pavimento, percorso da spazzini oblunghi che pattinavano su dischi di cera, era un mosaico di porcellane blu, bianche, rosse e nere. Le pareti di un nero assoluto.

Medea passò la mano sui morbidi materassi segnati dal tempo: tarme e insetti ne avevano mangiato le imbottiture; macchie e piume testimoniavano il passaggio di generazioni di uccelli, e nuvole di polvere indicavano gli anni durante i quali nessuno si era sdraiato lì per aspettare... che cosa, poi?

Alle pareti erano infissi tre grandi orologi rotondi, le cui lancette erano però immobili. Il primo recava l'ora di Parigi e Roma, il secondo quella di New York, il terzo quella di Cyboria. Sotto agli orologi c'era un grande pannello smaltato sul metallo, pieno di scritte difficili da leggere per via della polvere. Otto ci passò la mano sopra e scoprì una linea colorata, intervallata da cerchi rotondi, come le fermate di una metropolitana.

«Orsay... Napoleon...» lesse il ragazzo. «Sono tutte fermate di un altro treno!»

«O di un tram» lo corresse Medea, che aveva fatto cadere la polvere dal lato opposto del tabellone, rivelando il disegno di un tram elettrico e il nome della linea: ZANG-TUMB-TUMB.

Jago ridacchiò: «E secondo voi adesso dovremmo prendere il tram della ZANG-TUMB-TUMB?»

«Non ne ho la minima idea.»

Un automa-ragno si posò sulla parte alta del tabellone, cominciando lentamente a pulirlo con un ventaglio di acqua grigiastra.

«Direi di aspettare che i robottini lo puliscano per bene, prima di cominciare a leggerlo.»

Uscirono dalla Sala d'Aspetto attraverso un'altra porta a due battenti, sopra cui c'era scritto, in bianche tesserine di mosaico:

NON CI SERVONO
BIGLIETTI O
DOCUMENTI
SOLO IDEE

E sotto, molto più piccolo:

RITIRA LA TUA
ALLA CASELLA
DEL NOSTRO UFFICIO
CORRISPONDENZE

-10. ERRORI E CORRISPONDENZE

Raggiunsero una predellina azzurro brillante che costeggiava una stretta banchina appena lucidata, accanto alla quale era parcheggiato un piccolo tram di inizio secolo, contrassegnato dal numero 85479. I battenti del tram erano aperti e davano l'impressione che il mezzo li stesse aspettando.

«Credo che stia aspettando noi.»

«Tram numero 85479. Spero che non sia un numero progressivo, altrimenti vuole davvero dire che ne sono già partiti un bel po'.»

Galeno, che fino a quel momento li aveva seguiti senza dire una parola, si avvicinò al tram e lo osservò con attenzione. Poi ci salì sopra e, sempre senza parlare, si mise alla guida: afferrò una leva di comandi e fece sollevare il braccio meccanico che, dal tetto del tram, salì a intercettare i cavi della corrente elettrica sopra i binari. Ci fu una breve pioggia di scintille azzurre, il numero del tram scattò in avanti di una cifra (ora era 85480), poi si udì il rombo di una motrice che si metteva in funzione.

Fu però questione di alcuni secondi, perché venne seguito da una specie di risucchio, e infine da un lontano clangore metallico. Il classico rumore di qualcosa che non è partito a dovere.

Galeno, infatti, abbandonò i comandi del tram e tornò sulla banchina. Sembrava turbato. «Galeno non capisce» ronzò. «Ci deve essere un problema... Il cancello non si apre.» Scese dal marciapiede e si ficcò tra i due binari del tram, guardando avanti, immobile, nel cuore della galleria, da cui arrivavano lontani rumori di traffico cittadino.

«Ci risiamo» si lamentò Jago. «Adesso ricomincia a tamburellare.»

Sopra l'imbocco della galleria c'erano tre medaglioni rotondi, con altrettanti ritratti. Una donna e due uomini.

«Ecco i professori» esclamò Otto. «Ettore, Elisabeth e Arnauld.»

I tre sorridevano, diafani e quasi irreali; sullo sfondo un mare azzurro. Elisabeth aveva un volto spigoloso e appuntito, i capelli castani, lunghi e lisci, e occhi grandi e luminosi.

L'espressione folle di Arnauld, rotondo e sorridente, era accentuata da un pizzetto ricurvo e da un cespuglio di capelli ricci e brizzolati.

La chioma di Ettore Zap era biondissima e fitta come un groviglio di ginestre; i suoi occhi erano azzurri e quasi gelidi, lo sguardo serio e concentrato.

«*I sogni sono il carburante della realtà*» lesse Medea, nel cartiglio che accompagnava i tre ritratti.

«I professori sono sempre professori...» brontolò Jago. «Veri campioni di modestia...»

«Perché dici questo?»

«Vedi forse da qualche parte i ritratti dei ventisei studenti che li hanno seguiti?»

Mentre aspettavano che Galeno risolvesse il problema del cancello chiuso, avevano ripreso ad aggirarsi per la stazione deserta. Percorsero un vorticoso corridoio di marmo bianco e nero e sobbalzarono quando, nel bel mezzo di una parete, si spalancò una serranda.

I tre si accostarono, sorpresi.

Dietro un bancone d'avorio spuntò un buffo automa femminile, vestito con una cuffietta che un tempo doveva essere stata bianca e con un grembiulino da hostess, ricamato con la solita fiaccola.

La testa dell'automa era un triangolo ornato da ciglia di metallo, sorretto da un lungo collo a molla. Ruotava il busto con un cigolio sospetto e aveva una voce da vecchio grammofono.

«Prego! Venite! Ultima edizione! Ultima edizione! Notizie fresche della Città Nuova.»

Alcune rotative di stampa rombavano dietro di lei, sputando fogli madreperlacei.

Otto ne afferrò uno.

Era un giornale composto da un unico foglio, ancora caldo di stampa. L'inchiostro era molto scolorito, di un grigio scuro, a tratti lucido.

16 MAGGIO 1939

IL CYBORIANO

LA CITTÀ È PRONTA!
SI INAUGURA LA STAGIONE DEL POPOLAMENTO!

Abbiamo impiegato trent'anni per mettere a punto ogni dettaglio, ma ora siamo pronti a ricevere i primi Esterni. Topografia, architettura, meccanizzazione e costituzione sono stati votati e realizzati. A chi ci chiede quale sarà il criterio di selezione, rispondiamo: uno solo. Il cervello. Cyboria è per tutti, ma non per ognuno.

ETTORE ZAP

Io e i miei assistenti della Clinica siamo a dir poco emozionati. Ho scommesso con gli altri due gruppi che la prima persona a mettere piede in Cyboria sarà una donna. Non mi fate perdere la scommessa, cittadine del futuro! Cyboria è il luogo dove possono esistere tutte le differenze, perché la differenza è uguale per tutti.

ELISABETH BUWLER-LYTTON

Andate, guide! Raggiungete le città del mondo e portateci i nostri bramati cittadini. Insegnate loro il luminario, la lingua più facile e più immediata del mondo! A Voi, cittadini del futuro, chiediamo di accorciare ancora di più la nostra attesa, perché il viaggio è ormai a un passo dal suo compimento.

ARNAULD D'URÒ

COPIA OMAGGIO – VIETATA LA VENDITA – DA REGALARE CON CIRCOSPEZIONE – STAMPATO IN PROPRIO. TIPOGRAFICA MONOTYPE D'URÒ, PARIGI.

«Avete notato la data?»

«Siamo rimasti fermi a quell'anno lì.»

«È molto vecchio.»

«Ma continuano a stamparlo» disse Jago. «Sembra che questi signori di latta non abbiano novità da molto tempo, ormai.»

«Devono essere anni che nessuno viene più qui ... »

Lui rise. «Ho dei seri dubbi che qualcuno ci sia mai stato.»

«Dimentichi il numero del tram? Quell'ottantacinquemila e rotti che è scattato avanti quando Galeno lo ha acceso? Se indica il numero di corse fatte ... »

«Sì ... sull'inesistente linea ZANG-TUMB-TUMB.»

«Lo dici tu, che è inesistente! I binari e il ponte per arrivare fin qui c'erano eccome!»

«Vuoi che chieda qualche informazione?» scherzò Jago, avvicinandosi all'automa edicolante. «Ehilà, fanciulla! Sai dirmi quante copie di questa cartaccia hai distribuito?»

«Il suo giornale, signore! Per ingannare l'attesa! Ultime novità dalla Città Nuova!»

«Ce l'ho già, il tuo giornale!» sbottò Jago.

«Nell'attesa! Segua il Gran Ballo Excelsior nel Teatro della stazione!» continuò lei, imperturbabile. «Ultime novità! Il suo giornale, signore!»

Jago scrollò il capo.

Medea guardò l'automa con un misto di pena e di compassione. «Un po' la invidio» disse. «È sempre allegra, anche se il giornale che regala è indietro di cent'anni ... »

Jago piegò la sua copia nella tasca dei pantaloni. «Mentre io, invece, non sono allegro per niente.»

«Otto ... pochi mesi dopo la stampa di questo giornale» continuava intanto Medea «Hitler invase la Polonia e diede inizio alla Seconda guerra mondiale.»

«Già.»

I loro passi echeggiavano sul pavimento.

«Pensi che significhi qualcosa?»

«Forse. I professori potrebbero semplicemente essere stati *molto* sfortunati a cercare i loro cittadini all'alba di una guerra.»

«Magari sono andati loro stessi a combattere.»

«Vi ricordo che stiamo parlando di tre professori ormai ottantenni e di una manciata di "ragazzi" di cinquanta.»

«O magari ... le guide sono state distrutte dai carri armati e dai bombardamenti.»

«O fuse per farne proiettili.»

«E così tutti si sono dimenticati di loro.»

«Può anche darsi che la stessa Città Nuova sia stata ... bombardata o distrutta.»

«Fandonie!» quasi gridò Jago. «Sono tutte fandonie! Vi rendete conto di cosa state dicendo?» Gli altri due lo guardarono. «Non esiste nessuna Città Nuova! E nessuno ci è mai andato!»

«Ah no?» si impermalì Otto. «E allora come giustifichi ... tutto questo?»

«È solo una specie di grande gioco, una caccia al tesoro per miliardari!»

«Ma ti rendi conto di cosa stai dicendo?» esplose Medea. «Non ti è bastato il viaggio in treno che abbiamo appena fatto? Con quel ponte comparso dal nulla? O Galeno?»

«D'accordissimo. Siamo davanti a una serie di invenzioni strepitose, ad autentici miracoli della robotica e… dell'architettura. Ma niente di più!»

«Lì fuori c'è un tram che aspetta di portarci alla Città Nuova!»

«Ti ricordo che siamo a Parigi, mia cara!» sbottò Jago. «La Città della Torre di Ferro! Non in una fantomatica città perfetta! Siamo dentro a una bizzarra stazione abbandonata di Parigi! Guarda!» Condusse zia e nipote, quasi strattonandoli, fino a uno dei finestroni che si affacciavano all'esterno. Attraverso i vetri offuscati si godeva di un scorcio di tetti scuri e oblò rotondi. «La vedi quella? La riconosci? È la *gare d'Orsay*. La vecchia stazione di Parigi, che ora è diventata un museo.»

«E allora?»

«Prima eravamo a Pisa, in Italia. Come la potremmo chiamare… vediamo… la Città della Torre che Pende?»

«E con questo?»

«Con questo… smettiamola di seguire queste indicazioni assurde… e queste marionette di vetro e metallo che parlano come cent'anni fa! Cerchiamo invece il modo di uscire di qui… e torniamocene a casa!»

Otto sventolò la sua copia di giornale del 1939, indignato. «Io non esco» disse, quasi sottovoce. «Se volete, andatevene pure voi.»

-9. GLI INDOMABILI

Era davvero furioso.

Otto proseguì oltre il chiosco dei giornali e raggiunse una grande porta girevole sui cui vetri era serigrafato il logo di Cyboria. Senza dire una sola parola, si ritrovò in un ambiente molto spazioso.

L'Ufficio Corrispondenze.

La stanza era arredata con decine di tavolini rotondi simili a funghi stilizzati. Al di là dei tavolini, un'intera parete della stanza era ricoperta da tubi di rame, che uscivano ed entravano dai muri, raggiungendo un centinaio di contenitori cilindrici, allineati uno accanto all'altro, in più file, alla base delle parete. I contenitori sembravano piccole lavatrici, con un oblò trasparente modellato come quelli del Convoglio del Sud, una serie di targhette d'ottone, e tante serrature quadrate.

Sulle targhette di ogni cassetta c'erano scritti diversi nomi. Poiché erano in ordine alfabetico, Otto si recò davanti alla lavatrice con la lettera "F".

«Ci sono!» esclamò.

Jago e Medea, nel frattempo, lo avevano raggiunto.

«Come sarebbe a dire che ci sei?»

«C'è scritto "Folgore". È il mio cognome. Cioè ... è anche il cognome del nonno, naturalmente, e del trisnonno, ma ... comunque sia ... c'è.»

«Che cosa significa?»

Otto era raggiante. «Significa che ci stavano aspettando.»

«È logico ... » approvò Medea. «Hanno mandato gli automi guida là dove c'erano persone che già conoscevano. Persone che avrebbero potuto partire.»

Jago si guardò intorno. «A proposito di guide: la nostra dove' è finita?»

«Deve essere rimasta sui binari del tram.»

«Vado a vedere che cosa sta facendo» si offrì Jago, piuttosto acido.

«Jago ... »

«Non dirmelo: cercherò di non fare a pugni con lui e di non farmi tostare i capelli. Intanto voi non muovetevi di qui, va bene?»

Otto nemmeno gli rispose: stava passando le dita su quello strano contenitore a muro, domandandosi che cosa fare. Mentre la zia e Jago discutevano di Galeno, decise di fare la cosa più semplice. Prese la Scatola Prismatica dalla tasca e la introdusse nella serratura della cassetta, come se fosse una chiave.

Entrò con un lampo azzurro.

«Otto! Cosa hai fatto?»

«Niente, almeno credo ... »

Ma naturalmente non era così.

Le tubature della stanza vennero percorse da un getto d'aria compressa, che le fece gemere e scricchiolare. Poi nei tubi venne sparato qualcosa che corse a tutta forza al loro interno. Dopo aver attraversato con una serie di tonfi quel groviglio di condotti, il misterioso proiettile si andò a fermare esattamente dietro all'oblò della cassetta dei Folgore, che si aprì con un sibilo.

«Wow! Ecco che cosa sono! Cassette per la posta pneumatica!» sorrise il ragazzo.

Il pacchetto era grande come una scatola da scarpe. Medea sorrideva e scuoteva il capo, interdetta. «Non ci posso credere ... »

«Invece credici, zia» rispose Otto, raggiungendo uno dei tanti tavolini rotondi, «perché è indirizzato proprio a noi.»

Jago era turbato.

Mentre tornava sui suoi passi nella stazione abbandonata, era furibondo e turbato. E più camminava, più il suo turbamento aumentava. Quando raggiunse la sala della fontana, notò che le porte del Teatro Excelsior si erano aperte. Ci sbirciò dentro; una voce registrata ripeteva: «Accomodatevi, signori! Mentre aspettate la vostra partenza, godetevi la rappresentazione del Ballo Excelsior! Il Grande Ballo coreografico, in sei parti e undici quadri! Osservate per la prima volta sulle scene il battello a vapore, il piroscafo, il telegrafo, la lampadina, il traforo del Moncenisio e il grande canale di Suez!»

La musica salì di volume e il sipario si aprì: dodici ballerini automatizzati comparvero sulla scena spostandosi su minuscole rotaie.

Fu troppo.

Il turbamento di Jago divenne un vero e proprio eccesso di ira.

Si lasciò il teatro alle spalle cercando di dominare l'istinto di spaccare qualcosa.

Era percorso da stati d'animo contrastanti: oltre alla rabbia, c'erano un bel po' di senso di colpa, ma anche stupore, paura, incertezza. Si sentiva come una di quelle marionette sul palcoscenico, affidate a un maestro burattinaio. Solo che la sensazione di essere continuamente guidato cominciava a diventare insopportabile. Non aveva la libertà di fare o decidere niente. E il suo segreto, ora dopo ora, diventava sempre più difficile da custodire. Galeno aveva riconosciuto Calibano, e lo aveva anche chiamato "amico"...

Un bel problema.

Che prima o poi Jago avrebbe dovuto risolvere.

Posso sempre sparire, si diceva, tra un passo e l'altro. *Posso sparire e non tornare più. Posso raggiungere Cyboria e rimanerci per sempre, lontano da tutto e da tutti. E da mio padre.*

Cyboria, certo! E se invece Cyboria si fosse rivelata un'illusione? Se fosse stato soltanto una caccia al tesoro per miliardari, come l'aveva chiamata poco prima? Che cosa avrebbe raccontato a suo padre? Come avrebbe potuto affrontare la sua furia?

Jago camminava arrabbiato e spaventato, e procedeva senza realmente vedere quello che gli stava intorno. Non sentì l'altoparlante invitare i passeggeri diretti a Cyboria a dirigersi alla banchina delle partenze. Per lui il tram, il treno e quella stazione desolata e perfetta altro non erano che l'ennesimo teatrino per automi.

E infine eccolo lì, Galeno, ancora seduto tra i piccoli binari che stava percuotendo per produrre i suoi strani codici acustici.

Chi stava chiamando, adesso? E perché?

Ogni volta che guardava il volto impassibile dell'automa, Jago avvertiva una sola cosa: pericolo.

Pericolo di essere scoperto.

E poi ... era troppo simile a un altro automa, un gigante che lo terrorizzava fin da quando era piccolo.

Galeno e il gigante sembravano costruiti dalla stessa mano.

Galeno non lo udì arrivare e continuò a picchettare sui binari. Jago rimase a lungo fermo a pensare cosa fare. Poi, quasi per caso, notò una spranga di metallo appoggiata per terra: la afferrò e la strinse forte tra le dita. Un folle desiderio cominciò a impossessarsi di lui. La rabbia di poco prima non era ancora svanita, anzi: covava sotto le braci.

Lentamente, con la spranga in mano, Jago costeggiò il tram e scese sui binari. Non appena ne sfiorò il metallo, l'automa si voltò verso di lui.

«Oh, è lei, signor Jago ...» ronzò, con quell'insopportabile tonalità da vecchio disco di vinile. «Galeno non l'aveva sentita arrivare.»

E quel modo assurdo di parlare di sé in terza persona!

«Che cosa stai facendo?»

L'altro rimase accovacciato sui binari. «Galeno cercava ... amici.»

«Che tipo di amici?»

«Cercava altre guide come Galeno. Galeno ... non capisce il cancello chiuso. Non capisce tutto questo. Galeno aveva istruzioni diverse.»

«Cosa significa "istruzioni diverse"?»

«Galeno sta consultando i binari per trovare una soluzione.»

«E i binari cosa ti dicono?»

«Per ora niente, nessuna risposta.»

«E allora? Di che istruzioni vai cianciando?»

«Le istruzioni memorizzate dentro a Galeno erano diverse. Prima istruzione: chiamare il Convoglio del Sud. E questo Galeno l'ha fatto. Seconda istruzione: guidare il Convoglio del Sud fino alla Città della Torre di Ferro. E anche questo l'ha fatto. Terza istruzione: seguire la ZANG-TUMB-TUMB. E questo Galeno non lo può completarlo. Per questo, ora, sta chiedendo ai binari altre istruzioni.»

«E c'è anche una quarta istruzione?» domandò Jago, stringendo la spranga.

«Oh, naturalmente, signor Jago. Quarta istruzione: Domare il Gigante.»

Nella gola di Jago si formò un grumo di saliva, che non andava né su, né giù. L'uomo allentò di poco la presa sulla spranga. «Domare il Gigante?»

«Proprio così, signor Jago. Ma naturalmente fino a quando non troveremo il Gigante, Galeno non saprà come domarlo ... Oh, attenzione, prego!»

«Cosa?»

L'automa si voltò verso la galleria, posando entrambe le mani sui binari. «Le dispiace stare fermo, signor Jago? Sto ricevendo una risposta.»

Il grumo di saliva si fece ancora più grosso.

–8. PASSAPORTO PER L'IMPOSSIBILE

Lo spago e la ceralacca che si levavano gli diedero la stessa identica sensazione di quando aveva aperto la scatola di nonno Primo. Il nuovo pacco, però, conteneva oggetti ancora più bizzarri: un carillon laccato di nero, una tessera rigida traforata e alcuni documenti legati tra loro da una rafia arancione. All'interno del carillon era dipinta un'isola incappucciata da una ghirlanda di nuvole, con la scritta:

BREVE INTRODUZIONE
AGLI USI E COSTUMI DI CYBORIA

Una volta aperto, però, non produceva alcun suono.

«È rotto» disse Medea.

Otto lo rigirò tra le dita. «Oppure ... » Trovò un piccolo alloggiamento, da cui fece uscire un cilindretto di metallo che osservò controluce. Lesse la scritta LUMEN che correva attorno alla base. Accanto alla sua Scatola, non produceva alcuna scintilla azzurra. «Oppure gli si è semplicemente scaricata la pila.»

Richiuse il carillon e controllò le altre cose che erano nel pacco. La tessera di bachelite traforata aveva le dimensioni di una normale tessera magnetica, ma era molto più spessa, avvolta in un foglietto con alcuni disegni che spiegavano come utilizzarla.

«Fondi qui le tue monete passatiste!» lesse Medea sul retro delle istruzioni. «Oro e argento non hanno valore a Cyboria! Utilizza solo la tua Carta + Affari Personalizzata!» Poi fece un sorriso. «A quanto pare, i professori avevano pensato alla carta di credito con un bell'anticipo sui tempi ... »

Otto, nel frattempo, si era concentrato su un documento con il dorso di marocchino rosso. Aprendolo, ne fece scivolare fuori un foglio:

ATTENZIONE!

NOI CITTADINI DI CYBORIA NON CREDIAMO NELL'IDENTITÀ, MA NEL SUO ESATTO OPPOSTO, OVVERO LA DIFFERENZA. COMPILA PERTANTO IL TUO DOCUMENTO DI DIFFERENZA IN OGNI SUA PARTE, TRALASCIANDO QUALSIVOGLIA ASPETTO CHE NON TI SIA DEL TUTTO CHIARO. NON È OBBLIGATORIO INDICARE PRECISAMENTE LA TUA CITTADINANZA PRECEDENTE, NÉ LA TUA ETÀ, POICHÉ L'UNICA CITTADINANZA CHE AVRAI È QUELLA DELLA CITTÀ SENZA CITTADINANZA E L'UNICA ETÀ CHE CI IMPORTA È QUELLA DELLA TUA INTELLIGENZA SENZA ETÀ.
UNA VOLTA TERMINATA LA COMPILAZIONE, TRATTIENI CON TE IL DOCUMENTO SE VUOI CHE QUALCUNO POSSA LEGGERLO, OPPURE DIMENTICALO DOVE VUOI, SE VUOI CHE QUALCUNO SI INCURIOSISCA. E ORA CORRI! PRESTO! SALI SULLA ZANG-TUMB-TUMB! NON PERDERE ALTRO TEMPO.

TI STIAMO ASPETTANDO! DECIDI ORA IL TUO FUTURO: SII IL NUOVO CITTADINO CHE SARAI.

Otto aprì il documento da cui il foglietto era caduto, e sorridendo disse: «È il passaporto per Cyboria ... »

PASSAPORTO DI LIBERA CIRCOLAZIONE

COMUNEMENTE DETTO CARTA DI DIFFERENZA

[DA COMPILARSI A MANO]

Nome: Otto

Cognome: Folgore Perotti

Nome luminario: Lampo da Pisa

Motto (avvertenza: il motto sarà inciso sul registro dei cittadini spenti di Cyboria): Remedium frustra est contra fulmen quaerere

Le mie origini in percentuale

Arboricole: 70% Boschi Pisani

Cittadine: 20% Pisa, la Città della Torre che Pende

Marine: 10% Livorno (ma non ditelo ai pisani)

Sotterranee: –

Siderali: –

Glaciali: –

Altro (specificare): –

Principali abilità intellettuali: matematica, costruzioni, cose che si studiano a scuola (quanto basta per non farmi bocciare)

Principali abilità fisiche: pedalare

Quantità e qualità di animali domestici allevati prima di arrivare a Cyboria: 1 pesce rosso, 2 tartarughe di terra, 1 riccio (ma è scappato dalla scatola nella notte)

Quantità e qualità di oggetti rotti o danneggiati prima di arrivare a Cyboria: più di cinquecento (impossibile elencarli)

Contenuto delle tasche nel momento della compilazione del presente documento: una Scatola Prismatica, un mozzicone di matita, un fazzoletto di carta, un cucchiaino da zuppa preso in prestito sul Convoglio del Sud

Altre cose che vuoi che siano conosciute: sono il nipote di Primo Folgore Perotti e di Atamante Folgore Perotti, che doveva partire con il professor Zap nel 1915

-7. UNA FUGA DA MANUALE

All'interno della galleria ZANG-TUMB-TUMB, Galeno ascoltava un lontano richiamo dei binari.

«Che cosa dicono i tuoi amici?» gli domandò Jago, quando non riuscì più a trattenere la curiosità.

«Oh, signor Jago, a Galeno duole avvisarla che non sono i suoi amici a rispondere, quanto il sistema automatico d'emergenza per la risoluzione dei problemi.»

«Sistema automatico ... ?»

« ... di emergenza per la risoluzione dei problemi. Mi sta appunto comunicando le istruzioni manuali per poter seguire la ZANG-TUMB-TUMB. Il cancello non si apre perché la linea è interrotta, e i motivi per cui la linea è interrotta possono essere: A) l'espansione urbana incontrollata ha divelto parte dei binari o dell'impianto Lumen di alimentazione del convoglio; B) un'invasione nemica ha preso il controllo della città, impedendo la libera circolazione dei tram; C) una catastrofe naturale - terremoto, maremoto, eruzione vulcanica - impedisce al sistema di connettere le sue estremità ... »

«È la A, Galeno! Di sicuro la A! Che cosa dicono, poi, le tue istruzioni d'emergenza?»

Galeno tambureggiò brevemente. «Sono molto complesse, in realtà. Le istruzioni sono: A) servirsi dell'uscita di insicurezza C accanto al cancello Z; B) consegnare il lasciapassare al cancelliere automatico; C) ritirare la mappa con il percorso della ZANG-TUMB-TUMB; D) raggiungere l'Imprevenergetico Picasso; E) Impostare il punto Zang.»

«E non c'è altro?»

«Il messaggio si ripete. A) servirsi dell'uscita di insicurezza C ... »

«Ho capito! Ho capito!»

«Ha capito, signor Jago? Questo sembra una cosa importante, perché Galeno non ha capito quasi niente.»

Jago strinse di nuovo la spranga di metallo.

Galeno indicò i binari. «E quindi a Galeno ... » cercò la parola «dispiace.»

Jago abbassò impercettibilmente la spranga. «Dispiace? E perché? Da quando ti interessa capire qualcosa?»

Galeno ruotò il collo da una parte e dall'altra, imitando lo scuotere del capo tipico di Medea. «Ah, signor Jago. Questo Galeno ... non lo sa ... » decise, dopo aver fatto gracchiare la puntina. «Ma Galeno pensa che non sapere una cosa può essere giusto. Non capire, invece, è sbagliato. E non è tutto quello che Galeno sta pensando. Galeno è dispiaciuto anche per un secondo motivo: le altre guide non gli rispondono. Gli amici di Galeno non sentono le sue domande, come se non ci fossero. È come se Galeno fosse rimasto solo. Senza amici. E questo lo rende ancora più dispiaciuto.»

Jago allentò ancora di più la presa sulla spranga. «Lo sai perché le tue guide non ti rispondono?»

«Galeno non lo sa.»

«Non lo immagini?»

«Galeno non sa dare un significato a "immaginare".»

«È quando non sai una cosa e devi inventarla con quel poco che sai.»

«Immaginare è come non sapere una cosa?»

«Puoi immaginare che le altre guide siano tutte morte.»

«Morte: una questione difficile e dolorosa al mattino. Con questo lei intende dire, signor Jago, che Galeno deve provare a chiamare i suoi amici alla sera?»

«Intendo dire che le altre guide sono ... spente. Così lo capisci meglio?»

«Oh, signor Jago, sì. Ora Galeno capisce decisamente meglio. Tutte le guide sono spente. Quindi ... è sufficiente riaccenderle, perché loro rispondano alle domande di Galeno.»

«Sei un inguaribile ottimista, Galeno» sussurrò Jago, come se avesse paura di farsi sentire.

Per tutta risposta, l'automa disse: «Ha trovato un bel pezzo di metallo, signor Jago ... Posso chiederle a cosa le serve?»

Jago lasciò scivolare a terra la spranga di metallo. «A niente, ferraglia. Qualche minuto fa pensavo di usarlo per spaccarti la testa, ma adesso ... » Galeno si ritrasse cigolando sulla difensiva. «Ma adesso ho cambiato idea. Mi sembra che tu stia ragionando in modo diverso.»

«Galeno non capisce ... cosa significa "ragionare".»

«È quando ti domandi "perché", e non sai trovare una risposta.»

«"Ragionare" è molto simile a "immaginare", quindi?»

Suo malgrado, Jago sorrise. «Sappi che è esattamente per questo tipo di frasi che ho deciso di non picchiarti con quella spranga.»

«Per queste frasi, signor Jago ... o perché sono l'unico che può comprendere le istruzioni manuali per seguire la ZANG-TUMB-TUMB?»

Il sorriso di Jago si allargò. «Stai iniziando a ragionare, bello.»

Due sale più in là, una voce registrata avvertì i viaggiatori di preparare i loro bagagli, perché la partenza era imminente.

«In carrozza! In carrozza!» ripeteva.

Otto e Medea infilarono i documenti all'interno del loro pacchetto e tornarono nella Grande Sala d'Aspetto, cercando Jago e Galeno. Gli ragno avevano fatto un discreto lavoro. Il pannello del tabellone era quasi interamente visibile. La linea serpeggiante, viola, della ZANG-TUMB-TUMB attraversava Parigi da parte a parte, compiendo strane giravolte e numerose fermate, alcune delle quali avevano nomi francesi, come *Place de la Bastille* o *Rue de Rivoli*, altre, invece, palesemente fantasiose, come: FRAN-BLA-BLAU o KRAK-PIN-PIN.

La voce dell'altoparlante continuava imperterrita a invitare alla partenza.

Ma per dove?

E come?

Otto seguì con gli occhi l'intero percorso della ZANG-TUMB-TUMB, che partiva dalla Stazione Centrale in cui si trovavano e si dirigeva a nord-ovest della città per fermarsi a Zang, Tumb e Tumb, per l'appunto.

E quindi? Cosa dovevano fare?

La doppia porta che conduceva alla banchina del tram si spalancò per far passare Jago e Galeno. «Dove eravate finiti? Vi avevo chiesto di rimanere nell'Ufficio Corrispondenze!»

«Abbiamo sentito l'avviso e siamo corsi a vedere cosa stava succedendo!»

«È un falso allarme, un disco registrato. Non parte niente da qui. È tutto bloccato.»

«Bloccato?»

«Il cancello non si apre.»

«E perché?»

«Perché: A) l'espansione urbana incontrollata ha divelto parte dei ... » attaccò Galeno, prima di essere interrotto da Jago.

«I fatti sono questi: il tram è fermo e bisogna procedere con le istruzioni manuali. Roba complicata, anche se la prima sembra essere abbastanza alla nostra portata.»

«Servirsi dell'uscita di insicurezza C accanto al cancello Z» ripeté Galeno.

«E qual è il cancello Z?»

«L'unico che c'è» rispose la guida. «Z sta per "Zang". È in fondo alla galleria.»

«Ok» disse Otto «allora andiamo.»

Non ci pensarono molto.

Galeno aiutò Medea a scendere sui binari, poi fece strada nella galleria, attivando una minuscola luce azzurra per rischiarare il percorso.

–6. UN'IDEA LAMPANTE

Superati non più di cento passi, la galleria terminava con un grande cancello di ferro battuto, che faceva impallidire, per dimensioni, quello di Villa Folgore. Due uomini muscolosi ne reggevano le estremità e, nel centro, due mezzi medaglioni formavano una grande fiaccola scolpita. Oltre il cancello si intravedevano, in basso, le strade e gli altri palazzi di Parigi, come se la rotaia corresse sopra una specie di ponte sopraelevato.

Galeno fece dardeggiare la luce azzurra tutto intorno.

«La porta di insicurezza C» esclamò Jago, quando il fascio luminoso inquadrò un porta stagna modello sommergibile, su cui spiccava la "C" di Cyboria. Gli si avvicinò e la tastò. «Credo sia questa» disse, provando ad aprirla. «Qualcuno sa dire come si apre? Forse qui ... ?»

Nel mezzo della porta c'era una fessura, in cui Jago infilò la mano.

Bzzzt! Stack! urlò la fessura.

Jago ritrasse la mano, spaventato. «Ahia! Mi ha punto!» La sua mano aveva il dorso segnato da una decina di puntini rossi ravvicinati.

Una vocina di vinile sibilò: «Lasciapassare non corretto. Prego voler introdurre lasciapassare valido.»

Otto non se lo fece ripetere due volte: tirò fuori dal pacchetto postale il passaporto della Città Nuova e lo introdusse nella fessura, sotto lo sguardo attento della torcia di Galeno.

Bzzzt! Stack!

E il passaporto venne sputato fuori.

«Lasciapassare non corretto. Prego voler introdurre lasciapassare valido.»

«Lascia provare me» disse Medea. Con un certo spirito fatalista infilò la Carta + Affari nella porta, attese il *Bzzzt! Stack!* e la ritirò dalla fessura.

«Lasciapassare corretto! Novantanove Lumen rimanenti» sibilò la vocina.

Poi la porta stagna scattò all'indietro, aprendosi su un corridoio in salita, su cui era distesa una lunga passatoia.

«È orribile» disse Jago, sbirciando l'ipnotico disegno zebrato che ricopriva il pavimento.

«Non direi: i motivi animali stanno tornando di gran moda» lo corresse Medea, prima di fare strada. «Venite anche voi?»

Lungo le pareti del corridoio erano appesi progetti di case e di abitazioni futuristiche, che li accompagnarono fino a una porticina di legno chiusa, su cui era scritto:

USCITA DI INSICUREZZA

A mano a mano che procedevano verso l'alto, il corridoio si faceva più basso e stretto, tanto che davanti alla porticina di legno il solo Otto camminava ancora senza piegare la schiena. Accanto alla porticina c'era un tavolinetto rotondo, rischiarato da una lampada verde e ottone, con tanto di catenella, e sul tavolo c'erano anche una pila di fogli e un minuscolo cartello:

PRENDI QUI
LA TUA MAPPA GRATUITA.
BUONA ZANG-TUMB-TUMB!

Ne presero tre copie, passandosele l'un l'altro.

«Scusate ... » sbottò Jago, tutto ripiegato su se stesso, «ma non avete anche voi la sensazione che questi benedetti professori ci stiano un po' ... per così dire ... prendendo per i fondelli? Che senso ha fare una porticina così piccola?»

«Dipende sempre da cosa c'è dall'altra parte» replicò Otto, aprendola lentamente.

Non appena lo fece fu investito da un soffio di vento e dai rumori della città. Fece un balzo all'indietro: la porticina si apriva a più di venti metri da terra, nel bel mezzo della parete di un palazzo.

«Santo cielo!»

«E adesso che facciamo?»

«A questo punto sono d'accordo con te, Jago ... » mormorò Medea, sporgendosi nel vuoto.

La facciata in cui erano sbucati era stata dipinta con un enorme e sbiadito manifesto pubblicitario. Ritraeva una lampada

Hoffman: la stessa che era sul tavolo, con tanto di catena in ottone.

Cominciarono a parlare tutti insieme.

«Torniamo indietro?»

«E poi?»

«Potremmo provare a uscire dalle vetrate ... »

«La catenella, prego» disse Galeno.

«Troppo alte.»

«E poi io indietro non ci torno.»

«A quanto saremo da terra?»

«La catenella, prego» disse di nuovo Galeno.

«Se percorriamo i binari del Convoglio del Sud ... »

«Oppure proviamo a forzare il cancello ... »

«Forse dall'altra parte del Teatro ... »

Galeno si fece bruscamente largo in mezzo a loro. «Galeno ha detto: provate a tirare la catenella, prego!» ruggì l'automa, cui mancava la tonalità di voce infastidita.

Otto, Medea e Jago si zittirono. Galeno tirò la catenella della lampada sul tavolino e la luce si spense.

«Bel colpo» disse Jago. «Davvero geniale.»

Galeno tornò alla porticina e un refolo di vento gli strappò il cappello dalla testa, facendolo planare lontano.

«Tsk! Tsk!» fece l'automa.

Gli altri rimasero per un po' a guardare il suo panama che si allontanava tra i tetti di Parigi, poi si accorsero che lungo la facciata esterna cominciavano a ticchettare alcuni ingranaggi.

Otto, Medea e Jago si sporsero a turno per guardare. Sotto alla porticina si stava lentamente formando una scala a pioli che scendeva fino a terra.

E a quel punto, sempre a turno, guardarono Galeno.

«Ma come ti è venuto in mente?»

Lui era concentratissimo sul suo cappello in fuga. Rispose, distrattamente: «Lampada fuori, lampada dentro. Lampada grande, lampada piccola. Catenella che scende, scaletta che scende.»

Quando i pioli raggiunsero il marciapiede, Jago fece per uscire, ma venne bloccato dal braccio meccanico di Galeno.

«Mi rincresce comunicarle, signor Jago, che Galeno intende scendere prima di tutti voi. Altrimenti ... difficilmente recupererà il suo cappello.»

Detto questo, l'automa si appese ai pioli più alti della scala e iniziò a scendere.

«L'ultimo chiuda la porta, signori!» aggiunse, prima di sparire verso il basso. «Prego.»

Una volta arrivati a terra, a nessuno dei tre parve una cattiva idea fare una sosta nel primo *bistrot* per mangiare una gigantesca *crêpe* al cioccolato e recuperare, così, forza e buonumore.

Fu un tripudio: ignorando la polvere e le macchie che ricoprivano i loro vestiti, era come essere ritornati, finalmente, alla normalità.

«Magnifica» concluse Medea, con due lunghi sbaffi di cioccolato. «Adesso potete anche dirmi quali sono le prossime istruzioni.»

«È facile. Dobbiamo raggiungere l'Imprevenergetico Picasso» le rispose Jago, prima di sparire in bagno.

«Cioè?»

Otto scosse il capo, mangiando l'ultimo boccone. «Non ne ho idea.»

«Aspetta ... magari è più semplice di quanto ci immaginiamo» Medea aprì la sua copia della linea ZANG-TUMB-TUMB e controllò le varie fermate. Dopo alcuni minuti indicò una delle ultime fermate. «Eccola qui: fermata Picasso. Credo che sia lì che dobbiamo andare.»

Galeno era rimasto fuori, a poca distanza da loro, appoggiato con noncuranza al lampione dell'incrocio, con le persone che gli camminavano accanto senza accorgersi delle sue mani, dei piedi e del volto metallico. Aveva recuperato il panama bianco e lo teneva distrattamente in bilico sul naso, nascondendosi così alle occhiate superficiali dei passanti. Solo un paio di bambini, passandogli accanto, urlarono qualcosa, che non venne comunque ascoltato dai loro genitori.

Medea domandò informazioni su una qualche via o piazza intitolata a Picasso, per cercare di capire quanto fosse distante e quale fosse il modo migliore per raggiungerla. Era improbabile poter prendere un taxi con Galeno, senza dare nell'occhio.

La donna scoprì che era il nome di una via che si trovava oltre al quartiere degli affari. Un luogo piuttosto lontano da dove si trovavano: dovevano attraversare la Senna e piegare verso nord-ovest, lungo l'asse storico della città e proseguire oltre i grattacieli del distretto della *Défense* per un altro bel pezzo.

«Metropolitana?» azzardò Otto.

Il proprietario del caffè non sembrò della stessa idea. «È una bella giornata. C'è un altro modo, per arrivare fin lassù.»

«E sarebbe?»

«Avete mai sentito parlare delle Velib?»

–5. AVENUE PABLO PICASSO

Totem disseminati per la città.

Biciclette.

Le Velib erano una rete di postazioni di biciclette che si potevano affittare in alcune rastrelliere automatizzate disseminate in tutta la città, per poi riconsegnarle, dopo averle usate, in qualsiasi altra rastrelliera. Bastava digitare il proprio nome, pagare con una qualsiasi carta di credito, e il gioco era fatto. La carta di credito, l'unica funzionante, era quella di Jago, che la utilizzò con un certo sospetto.

Otto, invece, non poteva essere più felice. Pedalava allegro tra i viali e i monumenti della città (il Louvre, i giardini delle Touilleries, l'Arco di Trionfo, gli Champs-Élysées ...) incurante della zia che arrancava dietro di lui (e di tanto in tanto lanciava urletti compiaciuti, alla vista di questo o quel monumento) e di Jago, che sbuffava in fondo a tutti.Galeno li precedeva di corsa, come un pugile con il panama calcato in testa e la mappa di Parigi davanti agli occhi.

«Semaforo!» gli urlarono, al primo incrocio. Galeno si bloccò in mezzo alla strada, facendo inchiodare una colonna di automobili.

«*Prends-garde à ou tu marches!*» imprecò uno degli automobilisti, incrociando lo sguardo di vetro dell'automa.

Otto, Medea e Jago lo condussero rapidamente lontano da lì, e nel primo vicolo che trovarono cercarono di insegnargli i rudimenti del codice stradale.

«Dare sempre la precedenza ... » ripeté Galeno, al termine della spiegazione. «Va bene, Galeno ha capito.»

E così ripartirono.

Erano talmente visibili, da non essere notati. I molti turisti e cittadini che videro sfilare quella strana creatura in ferro, con panama e impermeabile, pensarono a una nuova, bizzarra trovata pubblicitaria, magari di un film, o di qualche libro per ragazzi; e nessuno osò fermarli, per paura di vedersi affibbiare un qualche buono sconto o un questionario da compilare.

Sfilarono sotto la grande arcata di vetro della *Défense* e piegarono verso sud-ovest, in strade sempre più ampie e trafficate; costeggiarono un parco; imboccarono Avenue Pablo Picasso che erano quasi le sei del pomeriggio e lì si fermarono, esausti.

Jago si sedette per terra, stravolto. Erano anni che non faticava tanto su una bicicletta. Zia Medea aveva il volto rubizzo di chi ha appena fatto una bella faticata, mentre Otto, perfettamente a suo agio, sprizzava energia da tutti i pori.

«Cosa pensate che sia un Imprevenergetico?» chiese il ragazzino.

Naturalmente, non ne avevano la minima idea.

«Potrebbe essere una specie di ... non so ... di casa? Forse un magazzino?»

«Oppure una fabbrica di energia elettrica?»

«Cosa ne dite di un'officina per le riparazioni?»

Rimasti a corto di idee guardarono l'automa, che era rimasto in silenzio.

«Non chiedete a Galeno» si scusò lui. «Non ha abbastanza ... immaginazione!»

Cominciarono a spingere a mano le biciclette, con il naso all'insù e lo sguardo che passava da un lato e dall'altro della strada nel tentativo di identificare la misteriosa costruzione. Avenue Pablo Picasso era piuttosto anonima, compieva un'ampia curva, e si intersecava con uno slargo alberato, fiancheggiato da palazzi a otto piani, nessuno dei quali sembrava sufficientemente interessante per essere l'Imprevenergetico Picasso. Otto perse alcuni minuti a controllare i nomi sulle targhette sui campanelli, poi proseguirono.

«Potrebbe essere un ventilatore eolico ... »

«Oppure un traliccio del telefono modificato.»

«O un tombino con stampato sopra la fiaccola di Cyboria.»

Lo incontrarono cento metri più a nord. E non ebbero dubbi: proprio alla fine della via dedicata al geniale pittore cubista si trovava una specie di grande scatola con finestre, sospesa a tre piani da terra da una palafitta centrale, rotonda, larga quanto la rampa di un parcheggio per automobili. Assomigliava a una colossale cassetta per gli uccelli abbarbicata sopra un palo.

«Che ne dite? Potrebbe essere opera di Arnauld?» domandò Otto, fermando la bici davanti al palazzo.

«Nessun dubbio» disse Medea.

«È sua» concordò Jago.

Si avvicinarono alla palafitta centrale con timore reverenziale. Era piuttosto inquietante camminare al di sotto della casa sospesa: sollevando lo sguardo dal prato si potevano vedere tutte le tubature che fuoriuscivano da sotto il pavimento e si convogliavano, come un groviglio di fili, nella struttura portante centrale. La palafitta era fasciata da due ordini di putrelle di metallo imbullonate, simili a quelle che formavano la Tour Eiffel, che si allargavano poi sulla sommità per sorreggere il peso di tutto il piano aereo.

Si entrava attraverso un vialetto, due gradini circolari, un ballatoio di piastrelline viola scuro e una massiccia porta d'ingresso a doppia anta, con due grandi "I" e "Z" applicate sopra. Nessuna serratura visibile.

Accanto alla porta c'erano la piastra zigrinata di un microfono, un campanello rotondo e uno specchio.

«Io suono» disse Otto.

«Dici?»

«D) raggiungere l'Imprevenergetico Picasso; E) impostare il punto Zang» ricapitolò Galeno.

«Raggiunto l'abbiamo raggiunto.»

«Siete sicuri che sia questo?»

«È la casa più assurda che abbia mai visto in vita mia. E ci sono una "I" e una "Z" sulla porta: Imprevenergetico e Zang. Per me lo abbiamo trovato.»

«Quindi suono.»

«E cosa può significare ... impostare il punto Zang?»

«Suono?»

«Suona!»

Otto premette il campanello. Lo specchio sopra il microfono ruotò di quarantacinque gradi, rivelando al suo interno un condotto verticale e un secondo specchio, che puntava verso l'alto. Un ingegnoso videocitofono a mano degli anni Trenta.

Dalla ghiera di ottone posta sotto il campanello provenne una delicata musica di pianoforte e violoncello.

«La riconosco ...» sussurrò Medea. «È la stessa della stazione.»

Otto rimase per qualche secondo in trepidante attesa, poi la musica si spense e lo specchio tornò al suo posto, come se nulla fosse.

«Non va.»

«Non c'è nessuno.»

«Riprova.»

Otto riprovò, ma ... inutilmente.

«Aspettate ... aspettate ... ragioniamo ...» iniziò allora a rimuginare Jago, camminando avanti e indietro davanti alla porta. «Non ci sono chiavi, quindi il campanello sembra essere l'unico modo per entrare. Questo significa che ci sono due possibilità. La prima è che un unico trillo di campanello non sia sufficiente, ma che sia necessario suonare in qualche modo particolare, tipo ... tre squilli brevi, tre squilli lunghi e altri tre squilli brevi: un po' come fa Galeno con i suoi binari. Ma ... »

«Ma ... »

«Ma se dovessimo usare un simile codice, noi lo sapremmo.»

«E perché lo sapremmo?»

«Lo sapremmo perché siamo qui dopo aver seguito le istruzioni della procedura manuale d'emergenza per utilizzare la linea ZANG-TUMB-TUMB, procedura appositamente prevista per casi di questo tipo. Chi l'ha prevista non ci può aver fatto venire fin qui senza darci la possibilità di entrare, giusto?»

«Il tuo ragionamento fila» concordò Medea.

«Quindi ... io credo che *loro* abbiano previsto tutto. In particolare, che noi arrivassimo qui non da soli, ma in compagnia della nostra guida: l'unica, tra l'altro, in grado di comunicarci le istruzioni della procedura manuale di emergenza. Giusto?»

Attorno a Jago c'era silenzio, come quello che circonda un grande oratore.

«E quindi?» domandò Medea, dato che Jago non dava cenno di voler concludere il suo ragionamento.

«Quindi ... secondo me ... la soluzione è molto semplice. Non siamo noi a dover suonare il campanello, ma Galeno.»

L'automa fece un immediato passo indietro. «Galeno non ha istruzioni di suonare un campanello.»

«Non avevi nemmeno istruzioni di tirare la catenella della lampada» gli ricordò Otto «però l'hai fatto!»

Galeno ticchettò, confuso. «Lì ho semplicemente fatto un ragionamento, mentre qui ... »

«Immagina, Galeno!» lo rimbeccò Jago. «Chi è che i professori possono fare entrare in un loro edificio? Di chi possono essere sicuri, se non di una creatura che loro stessi hanno progettato e costruito?»

Ancora una volta, il ragionamento di Jago sembrava inattaccabile. Lo stesso Galeno, pur sprovvisto di capacità logiche e immaginative così allenate, si trovò d'accordo.

«Come vuole lei, signor Jago: suonerò il campanello. Ma solo con il permesso del signorino Otto.»

«Hai il mio permesso» disse il ragazzino.

Galeno si avvicinò al bottone rotondo, sollevò una mano e tirò fuori un dito, così come aveva visto fare a Otto. Premette il tasto per la terza volta, lo specchio ruotò di nuovo su se stesso, si diffuse la musica di pianoforte e, pochi secondi dopo, la "Z" sull'anta di destra del portone d'ingresso ruotò su se stessa per due volte.

Tack. Tack.

La "Z" si trasformò così in una "N", e le due lettere, una vicino all'altra, formavano la parola "IN".

In: entrare.

Medea fece un sorriso a Jago, appoggiò una mano alla porta, e la fece scivolare lentamente verso l'interno.

«Che cosa vi avevo detto?» esultò l'uomo, lisciandosi i baffetti.

«Direi che ci hai azzeccato ... » mormorò l'archeologa, entrando nell'Imprevenergetico Picasso.

–4. APPUNTAMENTO A PARIGI

Rimasero senza parole.

L'interno dell'Imprevenergetico era di cemento grigio. Una scala a chiocciola, con i gradini bianchi e neri, saliva verso l'alto e scendeva sottoterra. Nell'alveo della scala a chiocciola, si trovava la cabina trasparente di un ascensore profilato di ottone.

Ad accoglierli fu un grande ritratto di Arnauld D'Urò, seduto a tavola davanti a piatti di matite, pennini per la china, cazzuole, martelli e una boccetta di inchiostro nero. Ai lati del ritratto c'erano due grandi frecce rosse, una che puntava vero l'alto, la seconda che puntava verso il basso.

La scritta in caratteri teatrali annunciava:

NESSUN TIMORE, SIGNORI!
QUALE CHE SIA IL MOTIVO PER CUI SIETE QUI,
SIETE NEL POSTO GIUSTO!

↑	↓
SU	GIÙ
GUASTI ALLA LINEA	PROBLEMI DI ALIMENTAZIONE

«Su o giù?» si domandò Medea, fermandosi davanti alla cornice del ritratto.

«Problemi di linea o di alimentazione? Non sono la stessa cosa?»

«Non credo che stia parlando di cibo.»

«In ogni caso, direi su: non abbiamo problemi di alimentazione.»

«Abbiamo altri problemi: impostare il punto Zang.»

«Tu hai qualche idea, ferraglia?»

Galeno non rispose. Chiuse alle loro spalle la porta d'ingresso, facendola scattare con un suono minaccioso.

«Magnifico» sbottò Jago. «Così siamo bloccati dentro. Faceva parte anche questo delle tue istruzioni?»

«Galeno ha solo un'altra istruzione» ricordò l'automa. «Domare il Gigante.»

«Davvero confortante» sussurrò Medea, ironica. «Dovresti ricordarmelo più spesso.»

Otto socchiuse la porticina dell'ascensore a forma di uovo trasparente. All'interno c'era una catenella che pendeva dal centro esatto dell'uovo.

TIRARE BREVEMENTE PER SALIRE. TIRARE A LUNGO PER SCENDERE.

Tirò a lungo.

Si ritrovò in una specie di cantina. Quando uscì dall'ascensore sentì la voce della zia Medea che lo stava chiamando dal piano superiore (ma quanto superiore? La voce della zia gli arrivava decisamente lontana). Fece un cono con le mani e gridò: «Va tutto bene! Do solo un'occhiata e torno!»

Era tutto buio.

Otto cercò un interruttore della luce, sollevò la levetta di ceramica e diede il la all'accensione di una serie di luci azzurre, che illuminarono uno sterminato corridoio. Una passatoia leopardata correva tra due file di rastrelliere colme di bottiglie di vino di diverse dimensioni. Bottiglie minuscole, grandi, enormi. Ai due lati della passatoia alcuni numeri sul pavimento indicavano ... che cosa? Le diverse annate?

Otto guardò meglio e si accorse che le bottiglie di vino non erano bottiglie di vino, ma ... batterie. Erano capsule di vetro e metallo di varie dimensioni, sistemate in ordine di grandezza fin dove lo sguardo poteva arrivare. Otto ne prese una dalla rastrelliera e la rigirò tra le dita.

«Lumen ... » mormorò.

Era circondato da un'immensa riserva di batterie di Lumen. Probabilmente, i numeri sul pavimento indicavano le diverse intensità di corrente, o il tipo di energia che veniva sprigionato dalle pile.

Si tirò fuori dalla tasca la Scatola Prismatica, i cui contatti elettrici pulsavano di ramificazioni azzurre, e poi si ricordò del carillon con la pila scarica che aveva ricevuto alla stazione. Doveva assolutamente approfittarne per sostituirla.

A metà circa del corridoio incontrò una grande fotografia in bianco e nero. Ritraeva i tre professori, con i tetti di Parigi alle spalle, seduti intorno a quello che con tutta probabilità doveva essere il caffè in cima alla Tour Eiffel. I tre erano sorridenti. In mezzo a loro, su un giornale, «Le Figaro», disposto perché se ne potesse leggere il titolo, campeggiava la scritta:

Lumen: energia del futuro o surrogato del petrolio?

Otto indugiò a lungo su Arnauld, l'architetto che aveva progettato la casa sospesa in cui si trovava: in quello sguardo adulto c'era una scintilla di entusiasmo totalmente infantile. Il matematico al suo fianco sembrava più cupo, come infastidito dall'essere stato fotografato. Le sue dita sembravano ancora sfiorare quelle della dottoressa, l'unica dei tre a essere ritratta di profilo, con il naso regolare che continuava la linea affusolata del cappellino.

Otto si staccò con una certa difficoltà dall'immagine: quando lo fece, sentiva il cuore battere forte in gola, come quello di un ladro che avesse rubato, al passato, un momento di verità.

Dopo aver recuperato la pila per il carillon, Otto tirò leggermente, per due volte, la cordicella dell'ascensore e salì.

La porzione di appartamento sospesa sopra alla palafitta centrale aveva tutte le finestre aperte che lasciavano filtrare l'ultima luce del giorno.

Era un unico ambiente molto luminoso, con un pavimento di altezze diverse che gli conferiva un certo movimento. Dietro ad alcune porte laccate di nero si intravedevano una stravagante cucina, un piccolo bagno e una camera da letto. Le pareti erano ricoperte da una libreria con i ripiani di acciaio e da numerose altre fotografie in bianco e nero.

Galeno era rimasto al piano terra, a sorvegliare l'ingresso della casa. Zia Medea scrutava le fotografie, mentre Jago aveva appena sollevato la cornetta di un vecchio telefono di bachelite nera.

«Chi stai chiamando?» gli domandò Otto.

«Nessuno. Guardavo solo se funzionava.»

«E funziona?»

Zia Medea fischiò. «Guarda che roba! Qui è con Gustave Eiffel, il papà della Torre!»

Jago infilò un dito nel disco combinatore e compose un numero. «Aspetta, mi pare di sentire qualcosa. Una voce. Direi che è... una voce registrata, tipo segreteria telefonica.»

«E cosa dice?»

Jago ascoltò per una manciata di secondi, poi riattaccò. «Ah, molto bene.»

«Cosa?»

«La voce mi ha detto di aspettare. Che il guasto alla linea è stato segnalato e arriveranno a ripararlo nel più breve tempo possibile.»

«Arriveranno chi?» domandò Medea.

«E di quale linea stava parlando?»

«Non lo so! Era una voce registrata, ti ho detto!»

«Quanto ha detto che ci metteranno?»

«Il più breve possibile.»

«Il che significa tutto e niente» decise la zia.

Otto si fermò a guardare le foto insieme a lei. Erano per lo più foto di cantieri: Arnauld con gli operai, Arnauld in una fonderia, Arnauld accanto a un gigantesco piede di ferro, Arnauld in cima a un'impalcatura.

I libri della biblioteca erano suddivisi in scaffali bizzarri: libri che voglio leggere da moltissimi anni, ma che non ho ancora avuto il tempo di leggere; libri che ho cercato dappertutto, e stupidamente, per anni; libri che non devo prestare per nessuna ragione al mondo; libri che posso tranquillamente mettere da parte, regalare o prestare; libri di argomenti che mi interessano; libri di argomenti che non mi interessano; libri stranamente curiosi, anche se di argomenti che non lo sono affatto; libri che mi sono stati regalati per i motivi più futili; libri che stanno bene su questi scaffali.

La cucina era priva dei consueti elettrodomestici, e i fornelli si scaldavano a Lumen; la stessa energia che permetteva a un rudimentale frigorifero di mantenere fresche una dozzina di bottiglie di Champagne.

Il bagno era ricco di specchi e sfoggiava una bizzarra doccia orizzontale, con beccucci che sparavano acqua da ogni direzione, e una vasca verticale, con una capsula di vetro graduata, dove era necessario fissare la propria altezza prima di entrare, per non correre il rischio di riempirla di troppa acqua e annegare.

L'ultima stanza che esplorarono fu una sorta di locale caldaia, in una curiosa posizione panoramica, con una finestra spettacolare aperta sui lontani tetti parigini. Il quadro comandi era per certi versi simile al cruscotto di un'automobile: c'erano alcuni indicatori rotondi, da un lato, che indicavano la situazione della pressione e della velocità (per una caldaia?). Nel centro c'era la scanalatura e, sull'altro lato, tre pulsanti: Zang, Tumb e Tumb.

Impostare il punto Zang.

Sembrava facile.

Otto premette il tasto Zang: il vecchio meccanismo produsse un debole cigolio e nulla più. Prese la Scatola Prismatica e la inserì nell'incastro.

Zap.

Arrivarono anche Jago e Medea.

«E ora?»

L'intera casa sussultò: i libri caddero dagli scaffali e le posate in cucina tremarono dentro i cassetti.

«Spegni! Spegni subito!» gridò la zia, allarmata.

«Non ho acceso nulla!»

«Leva quell'affare!»

Otto tentò di recuperare il prisma dall'incastro, ma non ci riuscì. «È una parola! È bloccata!»

«Ho una brutta sensazione!» disse sua zia. «Non mi è piaciuto per niente il modo in cui tutta la casa ha cominciato a vibrare.»

«Neanche a me!»

Otto era molto indeciso. «Se volete provo ancora a premere il tasto Zang… adesso forse funziona!»

«No! Aspetta!» esclamò Jago. «Voglio dire… aspettiamo

ancora qualche istante, per vedere se arriva davvero qualcuno ad aiutarci.»

Galeno comparve nell'appartamento, salendo lentamente i gradini. «Hanno suonato» disse con calma.

Jago, Medea e Otto si voltarono di scatto verso di lui.

«Cosa hai detto?»

«Chi ha suonato?»

Dietro a Galeno comparve la sagoma gigantesca di Calibano, che stringeva in mano due minacciose pistole dal caricatore sproporzionato e dalle canne nere, profonde.

Spalancate.

–3. IL TRADITORE

Attimi di terrore.

Jago, Medea e Otto erano impietriti. Calibano si mosse con la velocità di un incubo. Sollevò una delle pistole e la calò con tutte le sue forze sul cranio metallico di Galeno. Poi, quando l'automa perse l'equilibrio, lo afferrò all'altezza della vita e lo costrinse a girarsi verso di lui.

«Amic ... ?» fece in tempo a gracchiare Galeno, poi le dita metalliche di Calibano si ficcarono tra i suoi ingranaggi e ne strapparono via la batteria di alimentazione. Il gigante la gettò a terra ancora pulsante di energia azzurra e la frantumò con un piede.

«NO!» gridò Otto, buttandosi avanti.

Galeno si irrigidì e crollò a terra. Riuscì in qualche modo a ruotare il capo verso di lui e a sussurrare qualcosa. Poi la luce dietro i suoi occhi di vetro svanì e la mascella si irrigidì.

«Ossignore, no!» esclamò Medea, coprendosi gli occhi.

Jago afferrò Otto e lo sollevò, evitandogli di scagliarsi contro Calibano e le sue pistole.

«Che cosa hai fatto a Galeno? Che cosa hai fatto?» urlava il ragazzino, agitando i piedi in aria.

Calibano sibilò un paio di ordini, minacciandoli con le armi.

6° 17'

La stazione aveva la forma di una grande galleria dal soffitto sospeso: rivetti di acciaio e bulloni tenevano sollevate arcate dipinte di grigio, che si infittivano al termine delle banchine, dove si intuiva la presenza di una grande sala d'aspetto, con tanto di fontana.

p. 149

CY-41-O-Z

Il dirigibile perse quota e tagliò le nuvole: dense matasse bianche avvolsero lo scafo, che continuò a scendere, sobbalzando per le scosse dei vuoti d'aria.

p. 232

«Non fate movimenti strani. Venite qui, in sala. Avanti! Senza proteste, prego. Uno accanto all'altro. Così.»

Medea, Jago e Otto obbedirono. Calibano passò la canna di una delle due pistole sui loro polsi e caviglie: ne uscirono decine di sfere calde, che li imprigionarono in una strana mistura di nylon colloso. Otto si lasciò legare in silenzio. Non riusciva a staccare lo sguardo dallo scheletro senza vita di Galeno.

«Scotta!» protestò invece Jago. «Vacci piano!»

«Che cosa vuole farci?» domandò Medea, spaventata.

«Ci prepara a un bell'incontro» rispose l'uomo, indicando con la pistola il guscio dell'ascensore che stava lentamente salendo.

Ne scese una persona.

Il conte Liguana.

«*Bon jour*, signora e signori!» esordì il conte, poggiando la punta di un bastone sul pavimento di radica. «Ben trovati. Perdonate i modi di Calibano, ma dovevo assicurarmi che nessuno avesse cattive intenzioni. Signorina Medea, signorino Perotti Junior ... »

Alla vista del conte, Otto schiumò di rabbia, maledicendosi per essersi fatto imprigionare con tanta felicità. Gli tornò in mente quando aveva incontrato il vecchio uomo nella biblioteca, e quando il gigante al suo servizio gli aveva teso un agguato al cancello di casa, e cercò di liberarsi da quella sostanza collosa che gli impediva i movimenti. Ma più si muoveva, più quella si stringeva e gli lacerava la pelle.

Il conte avanzò nel salotto facendo ticchettare il bastone. «Abbiamo fatto una certa fatica ad arrivare in tempo, dato che, diversamente da voi, non abbiamo viaggiato su un convoglio speciale capace di fare i quattrocento chilometri all'ora.»

Come lo sapeva? Come li aveva trovati?, pensò il ragazzo. Ancor più di quello che diceva, Otto odiava il modo di parlare del conte.

Liguana diede un'occhiata sommaria al corpo di Galeno, passandoci sopra la punta del bastone, poi raggiunse Otto. «E dunque eccoci qui, ragazzino ... » sibilò malvagiamente. «Tuo nonno sarebbe molto fiero di te. Guarda quanto lontano sei riuscito ad arrivare!»

Il conte cominciò a percorrere con il bastone le varie tasche di Otto, premendo la stoffa alla ricerca di un qualche contenuto. «Mi dicono che hai con te un prodigioso congegno meccanico. È vero? Dove lo tieni?»

Otto digrignò i denti. «Mi lasci stare!»

«Non si azzardi a toccarlo!» esclamò Medea.

Il conte Liguana sbuffò. «Ah, già! La coraggiosa archeologa! Preferisce che tocchi lei?»

«Screanzato!»

«Ma una persona di cultura come lei non si sente un po' fuori luogo in questa brutta storia di città cadenti e rozze creature meccaniche? Non è un controsenso che un'affermata studiosa del passato voglia mettere il naso in qualcosa che ha a che fare con il futuro? Edifici avveniristici, mezzi di trasporto d'élite, personale di servizio di un certo livello ... »

Con un colpo secco del suo bastone, Liguana percosse il petto di Calibano, facendolo risuonare di cupo metallo. Il viso impassibile della sua guardia del corpo sogghignò.

«Ci sono geni dimenticati che hanno realizzato automi di metallo, come l'ingegnere Zap ... e altri che successivamente hanno perfezionato le sue invenzioni, seguendo una via ibrida ... ossa e metallo ... sangue e ingranaggi, come mio padre.»

«Com'è possibile?» domandò Medea, con la voce che tremava.

«Com'è possibile cosa?» disse secco il conte Liguana. «Unire il sangue al ferro? I nervi ai circuiti? Non lo so! Non ne ho la minima idea. Ma può sempre chiederlo a Calibano ... e ai miei giardinieri.»

«Com'è possibile che lei sia qui?» replicò Medea.

«Uh, signora archeologa, potrei farle la stessa identica domanda. E credo che la sua risposta sarebbe molto più complessa e lunga della mia. Vuole la mia? Eccola: mio padre cerca questa città da più di cento anni ... da quando venne scartato per far posto ad Atamante Folgore Perotti.»

Il conte Liguana rise, quando gli occhi di Medea e di Otto si spalancarono per lo stupore. «Avete capito bene, certo. Avete capito benissimo. Lui doveva partire, non il vostro ... antenato! Mio padre sì che era un autentico genio della meccanica. E Zap lo sapeva, lo conosceva bene. Ma alla fine non lo scelse. Gli preferì quell'idiota sentimentale di Atamante ... che poi ebbe paura ... paura di partire ... e non si imbarcò mai.»

«Non si imbarcò per amore!» ringhiò Otto. «Per amore della mia trisnonna!»

«La bella Armilla, già!» fece il conte Liguana. «Che di certo devi ringraziare, se dopo qualche inutile generazione sei venuto al mondo tu. Ma a parte te, chi altri lo dovrebbe ringraziare?»

«Io» borbottò Medea.

«Atamante scelse la banalità di tutti i giorni, anziché il sogno della Città Nuova. Di una città perfetta al servizio degli uomini. Un luogo che ci è rimasto precluso per anni ... fino a oggi. Non è vero, figlio mio?»

Lo sguardo del conte Liguana si spostò di colpo su Jago, che fino a quel momento era rimasto silenzioso.

«*Figlio mio?*» esclamò Medea, stupefatta. «*Come figlio mio?*»

E poi, di colpo, tutta una serie di frasi strane, di cose non dette, di improvvisi sbalzi di umore, andarono al loro posto, come tessere di un puzzle.

«Vuoi dire che sei il figlio di ... di ... sei uno dei Liguana?»

Il conte rise di gusto. Jago, invece, teneva lo sguardo a terra. «Mi dispiace. Non volevo che venisse fuori così.»

«E come volevi che venisse fuori? Ecco come hanno fatto! Tu! Sei stato tu a chiamarli!»

«Medea, io ... »

«Li hai chiamati alla *crêperie* questo pomeriggio! È vero? È stato così?»

«No, non è come credi ... » bofonchiò l'uomo.

«Ci hai tradito! Brutto vigliacco traditore che non sei altro! Scommetto che non mi hai conosciuta per caso a quella mostra! Tu *volevi* conoscermi! E non c'era nulla di vero, in tutto quello che mi hai detto!»

Il conte sghignazzò. «Ha usato lo struggente racconto del pittore fallito?»

Medea avvampò. «Quindi è stato tuo padre a convincerti a stare con me? L'archeologa spiantata! La nipote strana dei Folgore Perotti! L'hai fatto per sorvegliarmi?»

Jago non replicava nemmeno più, limitandosi a scuotere il capo.

«Oh, oh, oh. Che brutta gatta da pelare, figliolo» rise il conte Liguana, davanti a lei. «Ma non si agiti, signorina. Non servirà a nulla. Quello che è fatto è fatto! E non è certo la cosa più importante di cui dobbiamo discutere! La cosa importante è che siamo venuti a prenderci una cosa, non è vero?» Tornò davanti a Otto. «La chiave» ordinò.

«Scordatela.»

«Come vuoi.» Liguana fece un cenno con le due dita della mano sinistra. «Calibano ... puoi riservare alla signorina Medea lo stesso trattamento che hai usato per il loro automa.»

Il gigante di ferro scattò in avanti e afferrò Medea prima ancora che lei riuscisse a gridare un: «No!»

Otto era sbigottito. «Zia!»

«Papà! Fermati!» urlò anche Jago. «Ordinagli subito di lasciarla!»

«Altrimenti, smidollato? Che cosa farai? La vuoi difendere tu?» Lo sguardo del conte tornò a fissarsi su quello di Otto. «Dimmi dov'è la chiave e non le succederà nulla. Continua a fare l'eroe e dovrai sentire tua zia gridare, mentre Calibano andrà in cerca del suo cuore ... Credo che sia una cosa molto, *molto* dolorosa.»

«Tu sei pazzo» sibilò Otto, ricacciando indietro un vago senso di nausea.

«Otto, non credergli!» esclamò Medea, stretta tra le enormi mani di Calibano. «Non preoccuparti per me, sta bluffando! Non lo farà! Non ... *Ahia!*»

Le dita di Calibano le strinsero il collo.

«Non mi sottovaluti, signorina ... » sibilò il conte Liguana. «Sono più di cent'anni che io e mio padre stiamo seguendo questa flebile traccia ... e ora che la traccia è diventata tutto questo, non ci fermeremo davanti a nulla. Non certo davanti a un'archeologa senza cuore!»

Zia Medea gemette, piano, mentre il braccio gelido di Calibano le cingeva i fianchi.

Jago saltellò per la stanza. «Papà!»

«La vuoi finire di frignare, una volta tanto?»

Otto vedeva tutto turbinare e sentiva lo stomaco rivoltarsi per la paura e il disgusto. «La chiave è nell'altra stanza» disse sottovoce.

«Otto, no! Stai zitto!»

«Come dici, ragazzo?»

«È nell'altra stanza» ripeté il ragazzo. «Mi liberi e gliela darò.»

Un brillio di cupidigia passò negli occhi del conte. «Scioglilo.»

Il gigante di ferro posò a terra il corpo di Medea, snudò una seconda volta la pistola e l'appoggiò sull'impiastro di plastica collosa che teneva serrati i polsi di Otto. Dalla canna si diffuse un forte calore, che cominciò a fondere la plastica. Otto sentì bruciare la pelle, ma strinse i denti e si obbligò a non emettere nemmeno un lamento.

Non appena le caviglie furono libere, Calibano passò ai polsi.

«Fammi strada, ragazzo ... » sussurrò il conte Liguana.

Otto si avviò, titubante, in quella che aveva battezzato la "stanza delle caldaie". Ignorò il corpo freddo di Galeno riverso accanto all'ingresso.

Il conte Liguana camminava un passo dietro di lui. Si fermarono davanti al quadro di comando.

«È questa.»

«Levati di mezzo!» esclamò il conte Liguana, afferrando l'impugnatura della Scatola Prismatica e tirandola verso di sé. «Non esce!»

Otto sogghignò, mentre un abbozzo di idea si faceva strada nella sua testa. «Certo che non esce. È scarica.»

«Scarica? Cosa significa che è scarica?» Un ciuffo di capelli lucidi e unti si staccò dalla testa del conte e rimase sospeso come un punto interrogativo. L'uomo passò le mani, tremanti, sul quadro dei comandi, sfiorò gli indicatori e i bottoni, come se stesse contenendo il desiderio di attivarli e comprenderli tutti, ma si trattenne. «A cosa serve… questa macchina?» domandò, febbrile.

«Non lo abbiamo ancora scoperto, dato che è senza alimentazione…» mentì Otto.

Il conte Liguana annuì, lentamente. «L'alimentazione, certo. Il leggendario Lumen. Credo di sapere che cosa è. Mio padre…»

«C'è tutto il Lumen che vi serve, nelle cantine.»

–2. LA CASA ERRANTE

Decisero di scendere in tre.

Il conte, Otto e Calibano, che incombeva dietro di loro come un presagio.

Una volta raggiunte le cantine, Otto accese di nuovo la schiera di luci azzurrine. Gli occhi del conte brillavano, bramosi. Percorsero la passatoia senza fiatare. Il cervello di Otto era in funzione al massimo della sua velocità, ma la paura gli rendeva difficile pensare. Sobbalzava impercettibilmente ogni volta che Calibano posava un piede per terra.

«Centinaia, migliaia di ricariche di Lumen ... » sussurrava il conte Liguana, fermandosi di tanto in tanto per estrarre un contenitore dalle rastrelliere. «Ce ne sono a sufficienza per illuminare un emisfero.» Ne accarezzò le lettere incise, una per una. «Gli altri dicevano che era una follia, che non poteva esistere un'energia simile, che era instabile. E invece *loro* ... l'hanno resa stabile. E ce l'hanno tenuta nascosta per tutti questi anni ... Ragazzo, avanti, muoviamoci! Quale tipo di ricarica serve per la chiave di tuo nonno?»

Otto si fermò dinanzi alla fotografia dei tre professori in cima alla Tour Eiffel, con il loro sguardo proiettato sul futuro. Dietro di loro, sotto di loro, i tetti del secolo appena trascorso. Otto non sapeva esattamente che cosa fare per continuare il suo bluff. Fissò lo sguardo in quello infantile e sognatore dell'architetto, come per stringere un patto con lui, e poi indicò il fondo del corridoio. «È laggiù» disse, riprendendo a camminare.

Nell'appartamento sospeso tre piani sopra di loro, Jago cominciò prima a saltellare, poi si gettò a terra e strisciò verso la cucina.

«Verme. Sei solo un verme!»

Lui non rispose. Continuò a strisciare.

«Che cosa stai facendo?» gli domandò Medea, vagamente allarmata.

«Ancora non lo so.»

«Non c'è tuo papà a darti gli ordini?»

«Non è colpa mia» ansimò Jago, stringendo e distendendo le ginocchia contro il petto.

«Sei patetico.»

«Ti dico che non li ho chiamati io.»

«E pensi che ti possa ancora credere?»

«Non mi interessa che cosa pensi.» Lentamente, l'uomo raggiunse l'ingresso della piccola cucina. Arrivò a ridosso dei fornelli, poi, aiutandosi con le spalle, si mise a sedere. Fece scivolare i piedi sotto alle gambe, si puntellò con la schiena contro il mobile e facendo forza sulle reni, si rimise in piedi.

«Jago?»

L'uomo accese i fornelli a Lumen servendosi di bocca e testa, poi ci distese i polsi sopra. La fiamma azzurrognola cominciò a scottare e a ustionargli la pelle: i peli del braccio si strinarono, incendiandosi, ma Jago non disse niente. Con il calore, l'impasto di nylon e colla cominciò lentamente a colare, fino a sciogliersi del tutto. Non appena si liberò i polsi, Jago si tirò a sedere sul mobile e passò le caviglie sul fuoco.

«Jago ... ?»

«Ho quasi finito!» le rispose lui con la voce che tremava.

Si liberò del tutto, scese sul pavimento e cominciò ad aprire tutti i cassetti. Trovò un coltello, lo allineò sul bancone accanto ai fuochi e cominciò a fissarlo.

«Mio padre sa sempre dove mi trovo. Ho un sensore, sotto l'unghia del pollice. Ce l'ho da quando sono piccolo.»

«Jago ... »

«Quando avevo la stessa età di Otto, Calibano era il mio sorvegliante. Sono cresciuto con il terrore di quella ... macchina. Ho paura di lui. Ho paura di loro. Di mio padre e di ... Mercuzio, mio nonno.»

«Il vecchio Mercuzio?» sbottò Medea. «E come? Ormai sarà morto da cinquant'anni.»

Jago prese un profondo respiro, poi prese una decisione. Con uno scatto improvviso, ficcò il pollice della mano destra dentro alla fiamma.

E ce lo tenne fermo.

«Jago!»

Quando il dolore fu insopportabile, l'uomo ritrasse la mano, poi barcollò all'indietro, incapace anche solo di pensare. Ficcò il pollice annerito sotto un getto d'acqua e ce lo tenne a lungo, mugolando per il dolore; poi cercò un asciugamano, mise anche quello sotto l'acqua e se lo avvolse attorno alla mano.

Afferrò il coltello, fece scaldare la lama sul fuoco e tornò in salotto a liberare Medea.

La donna non riusciva a parlare. Fissava la sua mano ferita, avvolta nell'asciugamano. «Perché l'hai fatto?»

«Perché voglio essere libero» balbettò, sciogliendole le manette dai polsi.

«Jago, io ... non potevo sapere. Quando ho visto tuo padre ... e ho sentito quello che ha detto ... »

Jago alzò la mano ferita. «Ora mi credi? Non è colpa mia, non potevo farci niente.»

Medea sentì lacrime di tensione pungerle dietro agli occhi. «Sì, ti credo.»

«Dobbiamo fare in fretta» sussurrò ancora lui.

«Cosa?»

Jago la baciò. Appoggiò le labbra su quelle della donna e le premette con forza.

Le sue labbra tremavano.

Quando si scostò, i loro occhi erano molto vicini.

«Mettiamo in moto quest'affare» disse.

La scossa arrivò improvvisa e imprevedibile. Tutta la cantina tremò di colpo, a causa di una vibrazione fortissima. Le migliaia di ricariche tintinnarono con un rumore di mille folli campanelli. Il pavimento sussultò al punto di far cadere a terra Otto e costringere il conte Liguana a puntellarsi con il bastone.

«Che cosa succede?» ruggì il vecchio.

Otto riuscì solo a intuirlo: era la stessa vibrazione che aveva provocato quando aveva girato il prisma nel quadro comando della sala delle caldaie. E questo significava che Medea ... o Jago ...

Jago! Al solo pensarci, il cervello gli si riempì di nero.

Il ragazzo si rimise in piedi e ascoltò. A differenza della volta precedente, la scossa non cessò. Tutte le pareti della cantina oscillavano piano, come l'interno di un motore.

Erano liberi?

Anche il conte Liguana ebbe la stessa intuizione. «Sali a vedere! Presto!» ordinò a Calibano. Poi si si passò una mano tra i capelli e puntò il bastone contro Otto. «E tu, muoviti! Prendi quella dannata carica!»

Ma Otto non si mosse, limitandosi a ridacchiare. Un atteggiamento che fece infuriare il suo aguzzino.

«*Che cosa hai da ridere?*»

Un nuovo sussulto, tutto che oscillava e tremava.

«*Prendi quella maledetta carica!*»

Otto guardò con attenzione le diverse batterie di Lumen che vibravano nei loro scaffali e ne afferrò un paio.

«*È questa?*» ringhiò il conte Liguana.

Otto le controllò rapidamente. Quali erano? Quali doveva prendere?

Vide la porticina dell'ascensore a uovo che si chiudeva dietro la sagoma di Calibano, e accentuò il sorriso.

Ora il conte era da solo. Un uomo anziano e malvagio, in compagnia di un ragazzino di tredici anni. Un ragazzino terribilmente vendicativo.

«Non avresti dovuto ... » sussurrò Otto, con un tono di voce terribile.

Liguana allungò una mano per afferrare la batteria di Lumen. «Che cosa dici? *Dammela!*»

Lui gliela tolse da sotto gli occhi. «Non avresti dovuto fare del male a Galeno» ripeté Otto.

Ci fu una nuova scossa, più violenta delle altre. Persero entrambi l'equilibrio. Otto si afferrò alla rastrelliera degli scaffali e la sentì cedere.

La strattonò.

Il conte Liguana si accorse degli scaffali di Lumen che gli stavano per crollare addosso e sollevò le mani per proteggersi.

Ci fu un grande fracasso.

E poi più niente.

Nell'appartamento, Medea guardava l'orizzonte di Parigi alzarsi e abbassarsi impercettibilmente, come se la casa stesse oscillando, piano, in su e in giù.

«Si muove!» quasi urlò. «Si sta ... muovendo?»

«Forse sì» ammise Jago. Guardò il tasto Zang che aveva appena premuto.

A Medea vennero in mente, come in un flash, le fotografie dell'architetto accanto a un enorme piede metallico, all'articolazione di una rudimentale gamba, e spalancò gli occhi. «La casa si sta muovendo, Jago! Dobbiamo fermarla! Non possiamo lasciare Otto con loro!»

Jago riprese il coltello nella mano sana. «Non lo lasciamo, infatti.»

Nel salone, la cabina dell'ascensore stava salendo.

Jago sbirciò dall'alto. Calibano. Da solo. Si fiondò verso l'imboccatura delle scale. «Ferma l'ascensore!»

«E come faccio a fermarlo?»

«Non lo so, ma fallo!»

Poi si buttò giù per i gradini, a perdifiato.

A metà circa della salita, il guscio trasparente dell'ascensore si fermò di colpo.

L'intera struttura della palafitta vibrava e ondeggiava, e c'erano rumori di parti metalliche che strisciavano tra loro, come se fosse in corso una specie di complessa trasformazione.

Calibano guardò verso l'alto, imperturbabile. Una pioggia di frammenti di vetro aveva cominciato a piovere sulla parte superiore della cabina. Come se qualcuno avesse sfondato la porta di vetro del piano alto.

Poi, attraverso quell'uscita, comparve la sagoma spigolosa di un mobile. Come se qualcuno lo stesse spingendo nella tromba dell'ascensore. Calibano lo vide oscillare con due zampe nel vuoto, e intuì che da un momento all'altro gli sarebbe piombato addosso.

Una nuova scossa fece oscillare ogni cosa.

Il gigante di ferro non perse altro tempo. Frantumò il guscio di vetro e si attaccò con le dita metalliche al muro. Guardò di nuovo verso l'alto: il mobile gli sembrò più distante, come se l'intero piano alto dell'abitazione da cui veniva spinto si fosse sollevato di un paio di metri.

Usò le dita come ramponi da ghiaccio e iniziò a salire, rapido e letale. Le sue falangi stridevano sul cemento, producendo scintille. Il mobile gli precipitò addosso. L'impatto fu violentissimo. Il legno si frantumò sulle sue spalle, ma Calibano non mollò la presa. Si mosse quel tanto che bastava a farlo precipitare sulla cabina dell'ascensore. Sentì il rumore del guscio di vetro che si rompeva, seguito dal rumore di metallo contro metallo che proveniva dalla casa intorno a lui.

Ricominciò a salire.

La palafitta oscillò come il bastone di un rabdomante e Calibano conficcò ancora più profondamente le dita nel cemento. Guardò verso l'alto e vide una porzione di cielo notturno. Vide le stelle, là dove pochi istanti prima c'era un soffitto. E poi vide l'ombra gigantesca dell'appartamento che si allontanava da lui.

Otto imboccò la scala a chiocciola, salendo i gradini bianchi e neri due alla volta. Con la coda dell'occhio notò fuori dalle finestre una serie di movimenti meccanici, archi di ferro che si aprivano e si saldavano tra loro e mutavano la loro conformazione. Ma non aveva tempo di fermarsi a guardare.

Non aveva il tempo di comprendere cosa stava accadendo.

Con una grande batteria di Lumen stretta sottobraccio, Otto volò su quella scala ondeggiante, con il cuore che palpitava, rapido e confuso. Salì a perdifiato fino a scontrarsi con Jago. L'uomo stava scendendo, un coltello in mano. Si fronteggiarono, poi Jago gettò il coltello sui gradini e si inginocchiò per abbracciarlo.

«Otto! Stai bene?»

Otto vide che aveva l'altra mano avvolta in un asciugamano.

Nessun tempo per pensare. Nessun tempo per decidere.

«Sto bene ... e ... la zia?»

«Sì, siamo liberi. Presto! Saliamo! La casa se ne sta andando!»

Il ragazzo annuì, senza fare domande. Nessun tempo per le risposte. Le poteva solo immaginare.

La casa se ne sta andando.

Sta partendo.

Galeno.

Zia.

E ricominciò a correre, fianco a fianco di Jago.

Nella tromba dell'ascensore, Calibano non riusciva a capire: stava succedendo qualcosa che non rientrava nei suoi meccanismi logici. Aveva visto la casa sollevarsi e spostarsi nel cielo notturno. L'aveva vista trasformarsi. Le arcate di ferro e i bulloni si erano incurvati e rimodellati tra loro, formando prima due tozzi arti, poi due piedi arcuati, che poggiavano su tre grandi dita di uccello.

Ora sentiva sotto di sé una serie di esplosioni e di scariche elettriche. Guardò verso il basso: con un gemito di metallo urlante, ciò che restava del guscio precipitò nelle cantine. Il cavo che lo sorreggeva si strappò e guizzò verso l'alto come un serpente di ferro. Calibano lo sentì arrivare, ne percepì il sibilo da frusta. Il cavo saliva velocissimo, lasciando ferite infuocate sulle pareti che toccava.

Era un'appendice della casa che si stava spostando. Una corda che veniva strappata via.

Che saliva.

Calibano pensò all'ultimo ordine che aveva ricevuto. *Sali a vedere!*

Salire.

Certo.

Lasciò la sua presa nel cemento e saltò.

–1. DOMARE IL GIGANTE

A Parigi, quella notte, molti giurarono di aver visto passare un incubo. Guillaume De Pois lo descrisse sul giornale del Liceo. Dissero che aveva un futuro come scrittore di fantascienza. Lui replicò di non aver inventato niente.

Era sveglio davanti alle finestre di camera sua, impegnato nel ripasso della lezione per il giorno dopo, quando era comparsa un'intera casa. Prima l'aveva *sentita* arrivare: tonfi pesanti, passi giganteschi, che gli avevano fatto appiccicare il naso al vetro, e guardare giù, in strada.

Poi una porzione di cielo si era improvvisamente oscurata e un mastodontico piede di ferro, massiccio e aggraziato, era spuntato dall'alto, era sceso fin sulla strada e lì si era appoggiato. Al piede era collegato lo scheletro di una gamba metallica e ... alla gamba metallica ...

L'incubo ... la casa ... Il mostro aveva due gambe e un corpo rettangolare: un parallelepipedo con grandi finestre luminose.

C'era qualcuno affacciato a quelle finestre.

Un ragazzo. Che l'aveva salutato.

La casa-mostro aveva scavalcato il palazzo di fronte e si era allontanata, nella notte, con il suono dei suoi passi da gigante. Aveva scavalcato altri palazzi e altri tetti, come un trampoliere che si aggiri in una palude conosciuta.

Guillaume non era stato il solo, quella notte. In molti l'avevano vista.

Ubriachi, amanti, sognatori. Osservatori di stelle e uomini abbandonati. Metronotte, poliziotti, ballerine che andavano a fare il loro spettacolo.

La casa che camminava attraversò gli occhi e la fantasia di moltissime persone. E lì rimase, per sempre, come un'illusione. Come quelle cose che si vedono da bambini e che poi, quando si cresce, non si vedono più.

Tagliò la città da parte a parte, spingendosi verso i quartieri periferici che settant'anni prima erano probabilmente campi di aperta campagna. Procedeva con attenzione, di strada in strada, alzandosi e abbassandosi come un giocattolo sofisticato.

La casa attraversò Parigi in una decina di minuti spingendosi in un'area urbana priva di luci, dove soffiava un leggero vento proveniente da nord. Una volta lì si accovacciò, ripiegandosi sulle sue stesse gambe d'acciaio. Ferro vecchio e tiranti stridettero, l'uno sull'altro, poi tutto si fermò.

Come se fosse perfettamente normale.

Il punto Zang.

Un gigantesco capannone abbandonato.

Nel salotto della casa errante, Otto distese il corpo di Galeno sul tappeto e osservò con l'aiuto di una torcia a energia azzurra, gli ingranaggi e gli oscilloscopi del suo organismo meccanico.

Medea e Jago stavano in piedi dietro di lui, come gli assistenti di un chirurgo. O come sentinelle.

Otto era molto concentrato, calmo e determinato. Fece un'attenta analisi dei mille fili, delle ruote dentate e delle molle a orologeria che componevano il corpo segreto dell'automa, poi poggiò la torcia di lato, sul tappeto, e disse: «Potrebbe andare bene».

Introdusse in quel labirinto di equilibri meccanici la batteria di Lumen che aveva preso nelle cantine di Avenue Pablo Picasso, la spinse fino a quello che reputava essere il suo corretto alloggiamento e lì la collegò. Alcuni morsetti scattarono e i loro *clack* gli diedero la sensazione di aver fatto una cosa giusta.

«Manca ancora questo ... » mormorò il ragazzo, ficcando lo sguardo a fondo dentro all'automa. «E dovremmo sapere se ho preso la batteria giusta, oppure no.»

Clack.

Non appena il circuito venne chiuso, la batteria di Lumen si animò con una vampata di luce azzurra. L'automa si contorse in uno spasmo improvviso, come una persona che avesse rischiato di morire soffocata.

Otto saltò indietro, spaventato, e si rifugiò tra le braccia della zia. La luce azzurra, così come era apparsa, scomparve di colpo. Il corpo di Galeno si accartocciò nuovamente sul tappeto, la schiena arcuata, un braccio rigido verso l'alto, il viso triangolare con gli occhi di vetro reclinato all'indietro.

«Forse ho sbagliato» sussurrò Otto, quando i secondi cominciarono a farsi pesanti come macigni.

«Oppure quel mostro l'ha davvero ... » disse Medea, senza riuscire a terminare la frase. Non c'erano parole giuste per dirlo. Non "ucciso". E nemmeno "rotto".

Otto si divincolò dall'abbraccio, guardando Galeno che restava immobile sul pavimento. Gli tremava il labbro e aveva una gran voglia di piangere

Una mano gli si posò sulla spalla. Era una mano coperta da un asciugamano.

«Hai fatto il possibile» disse Jago. «Ma ora dobbiamo uscire di qui.»

«Per andare dove?»

Fuori dalle finestre si vedevano solo ombre. Parigi era lontana. Si trovavano di fianco a un capannone abbandonato.

Per fare cosa?

«Jago ha ragione. Noi dobbiamo ... continuare» disse Medea. «Anche senza la nostra guida. Dobbiamo ... farlo per lui.»

«Lui voleva solo tornare a casa» mormorò Otto. E quella frase lo colpì come una staffilata.

Si voltò. Guardò la zia. Guardò Jago.

«Forse anche io, adesso, voglio solo tornare a casa.»

Poi ci fu un ticchettio.

Un ronzio.

Un lungo brivido serpeggiò lungo la schiena di Otto.

Un leggero cigolio.

No!

Otto non si voltò.

Assistette alla scena attraverso gli occhi di sua zia e di Jago, guardandola in uno specchio. Come fece Perseo per affrontare la Medusa.

Galeno mosse prima un braccio, poi l'altro. Stirò il collo, girò il busto. Con un gemito stridente, si tirò in piedi. Mosse gli occhi di vetro da un lato e poi dall'altro.

«Qualcuno di voi ...» gracchiò dal nulla la sua voce, calmissima e imperturbabile, «ha visto il mio cappello?»

Dentro al suo petto, la pila Lumen mandava un ritmico baluginio azzurro.

Non c'erano luci, nel capannone. Sterpi ed erbacce avevano invaso la stradicciola che conduceva all'ingresso. I due grandi portoni, alti dieci metri e poggiati su rotaie, erano chiusi da una vecchia catena arrugginita, che cedette al primo colpo bene assestato.

Entrarono.

Non era un semplice capannone.

Era un hangar.

Galeno faceva strada. Si muoveva con passo sicuro sotto alla grande pancia del Gigante che si trovava all'interno della casa.

Un Gigante pieno d'aria.

Un dirigibile, trattenuto a terra da una rete di cavi.

L'automa raggiunse la cabina appesa sotto la pancia dell'aeromobile: una gondola affusolata con la prua arcuata e gli oblò dorati decorati con piume di uccello. Alzò la mano metallica per digitare un codice sulla tastierina di sicurezza, si voltò verso i suoi passeggeri ed esclamò: «Mi ricordo perfettamente!»

Galeno era cambiato, da quando si era riacceso. Non parlava più di se stesso in terza persona, ma in prima.

«Venite, presto!» li chiamò. «La cena sarà servita un quarto d'ora dopo il decollo!»

Otto, Medea e Jago erano ancora fermi all'ingresso dell'hangar, con lo sguardo che percorreva l'immensa sagoma del dirigibile imbrigliata a terra come un cetaceo di metallo leggero. Era la cosa più grande che avessero mai visto in vita loro.

Su una delle fiancate, con lettere grandi ognuna quanto un'automobile, c'era scritto:

ZAPPELIN

E subito sotto era disegnata una colossale fiaccola azzurra.

Zia Medea passò un braccio sulle spalle del nipote e, ancora rapita dalla mole affusolata dell'aeronave, mormorò: «Ora capisco. Il Gigante da domare è un dirigibile».

Aprirono i portoni, sganciarono tutte le funi e spinsero fuori lo Zappelin con la facilità con cui si spinge il giocattolo di un bambino. Salirono a bordo e in meno di dieci minuti si stavano librando nel cielo notturno di Parigi.

La Tour Eiffel era illuminata come un'enorme bacchetta

magica. Galeno era alla guida, silenzioso e preciso. Medea e Jago confabulavano tra loro, tra dissapori e tensioni, cercando di recuperare il più velocemente possibile una fiducia di cui avevano entrambi necessità. Guardavano la città illuminata che si stendeva sotto di loro, come una grande creatura fatta di luci.

Otto, invece, dormiva.

Era sprofondato in un sonno pesantissimo, una coperta di lana appoggiata sulle ginocchia, a mille metri d'altezza.

Ben presto, il mare scintillò sotto di loro. Nessuno immaginava dove fossero diretti: a prua, il Grande Nord faceva baluginare i suoi richiami boreali.

Sotto alla gondola, aggrappato con dita di acciaio, il corpo di Calibano si stava ricoprendo di minuscoli cristalli di ghiaccio.

FUTURO

Perché dovremmo guardarci alle spalle,
se vogliamo sfondare le misteriose porte dell'impossibile?

Manifesto del Futurismo, «Le Figaro»
20 febbraio 1909

1. LA CONQUISTA DELLE STELLE

Cielo e mare. Cielo e mare.

Fuori dagli oblò si apriva uno sconfinato panorama di stelle fredde, che si riflettevano sulle distese arricciate delle nuvole del nord. Il mare al di sotto era nero, lucido. Nessuna traccia di terra, in nessuna direzione.

I quattro motori a scoppio da 1100 cavalli dell'aeronave ruggivano piano, e mentre procedevano a tutta velocità verso "nessun dove", Galeno controllava di tanto in tanto gli impennaggi e i propulsori.

Il dirigibile attraversava come un coltello le praterie bianche e grigie delle masse nuvolose atlantiche, vibrando per le forti raffiche di vento e gli improvvisi vuoti d'aria.

Medea e Jago si erano addormentati una nelle braccia dell'altro sulle poltrone del salotto della gondola.

Otto, invece, si era risvegliato di colpo.

Per colpa di un incubo.

Aveva sognato Calibano.

Stretto sotto alla coperta di lana, il ragazzo cercò di abituarsi al senso di precarietà del volo. Recuperò il telefono cellulare della zia e notò un messaggio da casa.

Lì a Capraia ti sei già dimenticato di noi? State bene? Stai mangiando abbastanza? Non fare il bagno con lo stomaco pieno! Fatti sentire appena puoi. Mamma.

Nel leggerlo, il ragazzo scoppiò nervosamente a ridere e digitò una breve risposta rassicurante.

L'unica luce dell'aeronave proveniva dalla cabina di pilotaggio. Otto si alzò dal divano, raggiunse Galeno alla cloche dei comandi e si sedette accanto a lui. «Ci vuole ancora molto?» chiese.

«No.»

Passò un'ora. Sotto di loro, l'oceano cominciò ad assumere sfumature indaco. Le quattro del mattino. L'alba era vicina. Otto ripeté la sua domanda.

«Siamo quasi arrivati» rispose Galeno.

«Lo hai già detto.»

«E tu hai già fatto questa domanda.»

Otto sbuffò. «Che posto è Cyboria? Non riesco a immaginarla in nessun modo.»

«Immaginare è quando non sai una cosa. Tu invece sai che cosa è Cyboria: è una Città Nuova.»

«Ma cosa significa?»

«Questo, proprio, non posso dirtelo.»

Otto si ricordò improvvisamente del carillon contenente la *Breve Introduzione agli Usi e Costumi di Cyboria* e andò a recuperarlo. Lo portò a Galeno e glielo mostrò.

«Tu sai come farlo funzionare?»

«Certamente, signorino Otto.» L'automa infilò un dito nell'alloggiamento della pila Lumen ormai scaricata e fece una leggera pressione. Il rullo dentellato del carillon cominciò, lentamente, a girare.

Otto lo posò sul cruscotto dell'aeromobile, tirò su i piedi sugli strumenti e ascoltò. A sorpresa, dal carillon uscì la voce di una donna.

«È la Formatrice Elisabeth ... » disse Galeno.

«La Buwler-Lytton?» domandò Otto. Poi si zittì per ascoltare il messaggio.

Elisabeth salutò chiunque fosse in ascolto. Poi, con tono calmo e professionale, fornì le sue indicazioni.

«Gentile cittadina, cordiale cittadino,

«Ci auguriamo che il tuo viaggio per Cyboria sia stato rapido e confortevole. Ci scusiamo per ogni disguido tu abbia dovuto sopportare, ma la segretezza della Città Nuova deve rimanere una priorità assoluta, almeno fino a quando i tempi non saranno maturi. Ricordati, quindi, che non potrai parlarne apertamente con nessuno al di fuori del perimetro della nostra città.

«Una volta sbarcato, ti chiediamo di recarti immediatamente all'Ufficio degli Ozi e dei Mestieri per registrare il tuo arrivo, iscriverti a una delle nostri dieci corporazioni e ricevere la chiave per la tua attività e la tua abitazione. Cyboria è sia un luogo di incessante lavoro, sia di piacevole oziosità. Il lavoro, anche il più umile, se bene eseguito, tende alla bellezza e orna il mondo. L'ozio, come momento di svago dopo un lavoro così inteso, serve a godere di tale bellezza.

«Nel muoverti liberamente per la città, ricorda di avere sempre con te la Carta + Affari, di non sostare nelle Rotonde all'alba per non intralciare il Momento delle Pulizie e di prestare attenzione ai Richiami dei Cartelli per il Cambio dell'Orizzonte. Per ogni dubbio, rivolgiti alla tua guida, o a uno dei Cartelli che si trovano agli incroci delle principali arterie stradali.

«Nel ricordati che la lingua ufficiale di Cyboria è il luminario, sappi che al momento della registrazione potrai ritirare il tuo Marchingegno Traduttore per utilizzare la tua lingua corrente o, se preferisci, inventarne una nuova.

«Per concludere, ci permettiamo un consiglio: non perdere il Concerto di Mezzogiorno e il Rinfresco di Metà Pomeriggio. Sii integro e libero. Che tu possa inventare ogni giorno la tua propria virtù e offrire ai tuoi fratelli un nuovo dono.»

Il rullo del carillon smise di girare. Otto lo chiuse e rimase a fissare il cielo orientale, che cominciava a striarsi di lilla e di rosso fuoco. Le stelle erano ormai impallidite e si preparavano a scomparire nella luce del giorno.

Galeno spinse avanti la cloche per abbassare il muso dell'aeromobile. «Cyboria è in vista» annunciò.

Otto si sedette dritto, appoggiandosi allo schienale. Il dirigibile perse quota e tagliò le nuvole: dense matasse bianche avvolsero lo scafo, che continuò a scendere, sobbalzando per le scosse dei vuoti d'aria.

Bucarono le nubi e planarono sopra all'impressionante distesa nera del mare.

Galeno inclinò verso di sé la cloche, alzò gli impennaggi e si stabilizzò in una discesa meno ruvida. Dall'oscurità notturna emerse la sagoma di un'isola rocciosa, incappucciata di nubi.

«Eccola ... » mormorò Otto. «Sembra un'isola deserta: non c'è nemmeno una luce.»

«Contromisure mimetiche» disse Galeno, premendo alcuni comandi. «Tieniti forte, stiamo per atterrare.»

Otto guardò il mare, indistinguibile nella semi-oscurità, se non per i riflessi argentei delle onde.

«Spero che tu stia scherzando ... » sussurrò il ragazzo, incredulo.

«Niente affatto, signorino Otto.»

A pochi metri dall'acqua, la velocità si azzerò di colpo e, con una lentezza esasperante, la chiglia della gondola sfiorò la superficie del mare.

«Ehi!» gridò Medea dalla cabina dei passeggeri. «Che succede?»

Per qualche istante l'intera struttura veleggiò sulle onde come la barca meno idrodinamica e aerodinamica del mondo.

«Stiamo affondando!» urlò Jago, quando vide l'acqua che lambiva gli oblò in un ribollio di bollicine.

Galeno azionò un'ulteriore levetta e buona parte dell'elio presente nel pallone venne espulso. Lo scheletro rigido del dirigibile s'immerse molto più rapidamente e venne inghiottito in meno di un minuto dalle acque scure dell'oceano.

«È tutto sotto controllo, signori!» esclamò l'automa, poi accese un grosso faro sul muso della gondola, e l'elica posta sulla coda cominciò a girare, spingendo l'improbabile sottomarino a un nodo di velocità.

«Che forza!» disse Otto, con la faccia attaccata all'oblò. «Stiamo andando sott'acqua!»

Lo Zappelin individuò una fila di fari azzurri posti nella parte di scogliera sommersa e vi si diresse. Galeno continuò a muovere le dita sulle apparecchiature del quadro comandi e, poco dopo, nel mezzo della scogliera si aprì un grande portellone circolare. Imboccarono il varco a velocità ridotta, sentendo la struttura del pallone che raschiava di tanto in tanto contro le rocce. Galeno pilotava il dirigibile-sottomarino con grande calma e maestria, come se stesse eseguendo una manovra di routine.

Due file di coni luminosi azzurri li guidarono in uno stretto tunnel. Poi il gas ancora presente nel pallone venne soffiato nelle celle di galleggiamento e la gondola si sollevò, quel poco che bastava a emergere dall'acqua e affiancare una banchina di roccia levigata. Galeno spense i comandi. Medea, intimorita, sbirciava dagli oblò. Otto era ancora seduto sul sedile del copilota. Jago scrollava il capo, titubante.

«Benvenuti» disse Galeno. I suoi dischi di memoria ronzarono. «Ecco... mmm... La Città Nuova ha il privilegio di accogliervi nel suo Porto Chiuso, sicura che il vostro contributo al suo sviluppo sarà costante e generoso.»

L'automa ticchettò, poi aggiunse: «Scusatemi per questa frase così pomposa, ma le mie istruzioni mi imponevano di dirvelo. Venendo alle cose pratiche, vi consiglio di prendere i giubbotti imbottiti, un cambio di calze e i maglioni di lana nell'apposito armadietto in coda allo Zappelin. A Cyboria fa piuttosto freddo». Poi si alzò dai comandi e fece strada fuori dalla gondola. «Quando vi sarete cambiati seguitemi: il comitato di accoglienza, ormai, ci starà già venendo incontro.»

2. IL COMITATO D'ACCOGLIENZA

Oblò spalancati. Tendaggi svolazzanti!

Il portello stagno della gondola si aprì con uno sbuffo d'aria compressa. Galeno uscì per primo e fece così il suo primo passo su Cyboria. «Ah!» sospirò. «Mancavo da casa da oltre ottant'anni!»

Dietro di lui scesero Otto, Jago e Medea, infagottati per resistere al freddo pungente. I tre procedevano impacciati, guardandosi intorno. Si trovavano in un piccolo porticciolo sotterraneo, ricavato all'interno di una grotta marina. La volta superiore era sospesa da arcate taglienti e affilate, mentre la banchina su cui erano attraccati era collegata con l'esterno da quattro geometrici ponti di cristallo. File di luci azzurre disegnavano spirali tutt'intorno, illuminando un complesso sistema di ponti e passatoie.

Ovunque regnava il silenzio, fatta eccezione per l'acqua che grondava dallo scafo dello Zappelin come la fontana di un giardino zen, e il lento brusio delle illuminazioni.

Sembrava che il porto fosse deserto.

Galeno prese a girare su se stesso, quasi faticasse a riconoscere il luogo. «Siamo arrivati!» annunciò ad alta voce, non ottenendo alcuna risposta. Ci fu solo un tonfo, come quello di un corpo che cade in acqua, ma non videro nessuno.

«Forse il comitato d'accoglienza non ci ha sentito arrivare» disse l'automa. I suoi passi metallici risuonavano sordi. «In ogni caso ... per di qui, signori.»

Jago e Medea si scambiarono un'occhiata preoccupata. «Forse non c'è più nessuno» mormorò l'uomo, stringendo l'asciugamano sulla mano ustionata.

Seguendo i ponti di cristallo, si ritrovarono finalmente all'esterno. Rimasero a bocca aperta: quelli che dal mare erano sembrati i denti di pietra di una scogliera, si erano trasformati in palazzi rastremati, alti quattro piani e più, con file e file di finestre buie. Costeggiavano una grande via, invasa da una fitta vegetazione.

Galeno si fece largo tra le erbacce che si innalzavano davanti a loro e aggirò una collinetta erbosa di cui non ricordava l'esistenza. «C'è qualcosa di molto strano, in questo posto» commentò.

Otto e Medea lo seguirono senza fiatare. Jago, invece, sollevò parte dei rampicanti che formavano la collinetta erbosa, producendo un cupo suono metallico. «Avete visto?» domandò agli altri.

Il rampicante era cresciuto attorno a una catasta di automi, ammassati gli uni sugli altri come rottami.

«Ehi, c'è nessuno? Siamo arrivati!» gridò di nuovo Galeno, procedendo oltre.

Raggiunsero una specie di rotonda: il manto stradale era ricoperto di morbido muschio e i muri dei palazzi che ci si affacciavano avevano tralci di rampicanti che grondavano dalle finestre. L'illuminazione stradale era spenta e, in quell'ombra dominante, si potevano solo intuire altri ponti sospesi, architetture verticali, campanili taglienti e scalinate che serpeggiavano lungo le rocce della scogliera. Ma nessun movimento. O suono, eccetto quello delle onde del mare che si rifrangevano sugli scogli.

Cyboria era completamente abbandonata a se stessa.

Attraversarono ammutoliti l'intera rotonda e raggiunsero un palo color rosso fuoco, che reggeva due vecchi altoparlanti. Sul palo c'erano alcuni bottoni arrugginiti, contrassegnati da scritte in luminario. Galeno le tradusse rapidamente.

Cartello n. 45
Buona giornata, cittadino!
Dove devi andare?

1 - UFFICIO degli OZI e dei MESTIERI
2 - PALAZZO del CONSIGLIO
3 - OSSERVATORIO
4 - LIBERA UNIVERSITÀ delle ARTI BELLE
5 - ROTONDA
6 - BANCA + AFFARI
7 - CLINICA-SALUTE
8 - ALTRA DESTINAZIONE

«Dobbiamo andare nel primo» disse subito Otto, e poi spiegò agli altri quanto aveva appreso dal carillon, direttamente dalla voce di Elisabeth.

«E perché mai dovremmo registrare il nostro arrivo?» mormorò Jago. «Non lo vedete? Siamo in una città morta.»

«Magari stanno dormendo tutti. Forse non dovevamo arrivare di notte» ipotizzò Medea, anche se lei per prima non credeva alle proprie parole.

«Cyboria è la città che non si ferma mai» disse Galeno. «Dell'eterno lavoro e dell'eterno ozio.»

«E allora perché non si vede anima viva?»

«Forse perché non c'è anima viva» rispose Otto.

Poi premette il tasto uno.

Trascorsero alcuni minuti.

Un vento carico di salsedine fece ondeggiare i viticci dei rampicanti. Il cielo era nuvolo e coperto, di un grigio striato di viola.

«Ci spostiamo da questo cartello?» domandò Jago. «O dobbiamo aspettare qualcosa?»

«Io sento un rumore» disse Otto.

«Anch'io.»

«Viene da là.»

"Là" era una stradina laterale, da cui poco dopo sbucò un minuscolo tram da pochi posti, color rame e ottone. A Medea si gelò il sangue nelle vene: era come vedere un fantasma.

L'omnibus seguì una pista di microrotaie che conduceva fino al cartello rosso e, una volta arrivato lì, si fermò, in attesa.

«E adesso?» domandò Jago.

Si scambiarono un'occhiata e salirono a bordo. L'omnibus si rimise in moto: Medea e Jago si attaccarono ai lacci di cuoio che pendevano da una stecca di acciaio sul soffitto, mentre Otto e Galeno si afferrarono ad alcune maniglie più in basso.

«Ehi!» esclamò d'un tratto Otto.

«Cosa?»

Otto strizzò gli occhi. «Niente, per un attimo... mi era parso di vedere qualcuno.»

«Dove?»

«Da quella parte.»

Si sporsero in tre a guardare, ma non videro niente.

Otto si grattò la testa. «Scusate, mi devo essere sbagliato.»

Eppure, era sicuro di aver visto un'ombra, un'ombra massiccia e imponente, che aveva sbirciato da dietro l'angolo e poi si era rapidamente nascosta.

L'omnibus costeggiò tutta la piazza e scese in direzione del mare; attraversò un pontile decorato con ali d'angelo che si protendeva sull'oceano, illuminato da una corona di lampioni spettrali, e risalì verso una serie di tunnel dagli ingressi maestosi che perforavano la montagna.

Grazie alla mappa affissa all'interno della vettura di rame, si resero conto delle dimensioni della città: Cyboria era disposta come un grande anello lungo tutta la costa dell'isola, il cui perimetro era composto da aspre scogliere. Nel centro dell'isola, più alto delle scogliere, sorgeva il palazzo dell'Osservatorio. Da lì, una rete di tunnel permetteva di muoversi rapidamente da un lato all'altro e di raggiungere i magazzini sotterranei.

Con l'aumentare della luce, si resero anche conto che la città non era del tutto immobile. Il loro cigolante mezzo di trasporto rallentò davanti ad alcune abitazioni che si spostavano da una parte all'altra, come colossali autovetture.

Galeno spiegò che era una cosa normale: le case di Cyboria ruotavano su loro stesse e si spostavano di continuo, per permettere ai suoi abitanti di cambiare ogni giorno vista e paesaggio, senza dover cambiare residenza.

Mentre la attraversavano, si resero conto che la città era una monumentale opera d'arte, rovinata solo dagli automi accasciati dovunque al suolo, nella posizione in cui la loro carica energetica si era esaurita.

Dopo aver superato una lunga rampa sospesa, il portellone dell'omnibus si aprì.

Si trovavano davanti a un maestoso palazzo. Una statua commemorativa, invasa dalle erbacce, raffigurava due uomini e una donna, vestiti il primo da operaio, il secondo da contadino e la terza con un sobrio abito da ufficio, con la fiaccola cyboriana. Una scalinata conduceva a un colonnato e a un ampio portone, su cui splendeva una scritta in luminario:

QUI SI FORMA L'UOMO LIBERO NELLO SFORZO DEL LAVORO E NELL'ACREDINE DEL TRAFFICO

I quattro salirono tra le colonne del porticato. Otto era inquieto e non riusciva a togliersi di dosso la sensazione di essere seguito. Forse era tutto quel silenzio, oppure il sibilo del vento che soffiava dalle scogliere tra tutte quelle case vuote o, ancora, il rumore del mare che mormorava costante nel sottofondo.

«Otto, va tutto bene?» gli domandò la zia.

«Non proprio. Ho delle brutte sensazioni.»

«Sensazioni di che tipo?»

Otto guardò l'omnibus che si rimetteva in moto e scompariva da qualche parte nella città abbandonata e rispose: «Non mi aspettavo tutta questa desolazione».

«Mette un po' i brividi, vero?»

«Più che altro mette una grande tristezza» ammise il ragazzo.

La porta d'ingresso del palazzo era imponente, ma Jago la aprì senza sforzi. «C'è nessuno?» domandò.

La sua voce echeggiò nel vuoto.

Il soffitto del palazzo era altissimo, con un mosaico dorato che gli dava splendore. Un grande lampadario di gocce di cristallo emanava una febbrile luce azzurra, che pareva sul punto di spegnersi da un momento all'altro. L'atrio aveva la forma di un ventaglio e conduceva a dieci sportelli distinti, simili agli ingressi di altrettanti ascensori. Sugli sportelli erano indicate le dieci diverse corporazioni a cui ogni nuovo cittadino poteva iscriversi.

LE CORPORAZIONI DI CYBORIA

I) Corporazione degli operai d'industria e degli agricoltori
II) Corporazione dei tecnici manutentori
III) Corporazione dei commercianti
IV) Corporazione dei trasporti
V) Corporazione dei cognitari
VI) Corporazione degli studiosi, degli scultori, pittori e artefici delle Arti Belle
VII) Corporazione delle libere professioni
VIII) Corporazione dei medici
IX) Corporazione delle genti di mare
X) Corporazione senza nome riservata alle forze misteriose di chi ancora non è arrivato, al genio ignoto, all'uomo nuovissimo

Jago si avvicinò al primo sportello, che si aprì con uno sbuffo: al di là, si intravedeva un breve corridoio.

«È sufficiente oltrepassare la propria porta» spiegò Galeno «e prendere le chiavi della casa che vi verrà assegnata.»

«E come faccio a decidere qual è la mia porta?»

«Devi semplicemente sceglierla.»

«Non sarà pericoloso?» domandò Otto.

«È solo un corridoio» disse Jago.

«E cosa c'è ... dall'altra parte?»

«L'uscita» rispose Galeno.

Jago guardò tutte e dieci le porte delle corporazioni, poi si strinse nelle spalle. «Al diavolo. Per quello che serve ... io scelgo quella dei commercianti. Qualcuno viene con me?»

«Io sono un'archeologa» obiettò Medea. «E quindi mi iscriverò agli studiosi.»

«Come vuoi, ma andrò io per primo.» Jago superò la porta della corporazione dei commercianti e, non appena quella si chiuse alle sue spalle, cominciò a parlare ad alta voce: «Allora, signori! Qui non succede niente! No: aspettate! Si è aperta una nicchia ... e ora ... mi è arrivata una chiave ... c'è anche una voce registrata ... "Benvenuto a Cyboria", grazie ... anche a te ... ecco fatto! Sono uscito dall'altra parte!»

Zia e nipote si scambiarono un'occhiata. Dopodiché Medea si avvicinò alla porta della sua corporazione, la superò e scomparve.

Una volta rimasto solo, Otto domandò all'automa: «Che cosa significa ... la decima corporazione ... quella senza nome?»

«È l'inaspettato» rispose l'automa, per poi aggiungere: «Ciò che non è prevedibile. A dire il vero, signorino Otto, non so esattamente cosa significhi, e probabilmente nemmeno i Formatori. L'hanno inserita proprio per questo motivo: perché in ogni schema, c'è sempre qualcosa che non rientra nello schema. Oppure perché ne volevano dieci e non nove.»

Otto annuì. Qualunque fosse il motivo, scelse la decima corporazione.

«Dov'è finita la zia?» domandò, quando uscì dalla parte opposta del breve corridoio. Teneva in mano una chiave rotonda con un numero, 4893, e un foglietto di istruzioni in luminario che spiegava come raggiungere la sua nuova casa.

Jago stava guardando il paesaggio esterno attraverso le vetrate. Stava ormai albeggiando. Le onde si erano trasformate in oro liquido e il tetto di nubi che avvolgeva l'isola di Cyboria aveva la stessa consistenza del velluto.

L'uomo si voltò. «Non ne ho idea. Pensavo che fosse con te.»

«No che non era con me.»

La stanza in cui si trovavano era una copia esatta di quella da cui erano entrati.

Otto contò le uscite dei corridoi deserti uno accanto all'altro. «Ha scelto gli studiosi.»

«Forse è ancora dentro.»

«È entrata molto prima di me.»

«Medea?» chiamò Jago dalla porta d'uscita della corporazione.

«Forse è tornata indietro.»

«Magari ha cambiato idea.»

Da quella parte, però, le porte non si aprivano. Dovevano uscire dall'edificio e fare il giro. Passarono accanto a un piazzale dove erano ferme decine di vetture simili a quella che li aveva portati fin lì.

«Certo che è strano» disse Otto.

Jago non rispose, ma cominciò a camminare più velocemente.

Il vento si impennò.

«Ci avrebbe avvisati, se fosse tornata indietro.»

Iniziarono a correre.

All'ingresso del palazzo incrociarono Galeno, che li stava raggiungendo. Gli domandarono se avesse visto Medea.

Galeno era una maschera muta di ferro e vetro. «Mi dispiace, signorino Otto e signor Jago.»

Zia Medea era scomparsa.

3. LA BOTTEGA DELLE PERSONE SCOMPARSE

Risuonavano voci, nel silenzio della città abbandonata, sovrastando il sibilo del vento e il frusciare dei rampicanti.

«Medea!»

«Zia!»

«Signorina Medea!»

Setacciarono l'Ufficio degli Ozi e dei Mestieri palmo a palmo senza risultato; percorsero le vie che conducevano agli isolati più vicini; sbirciarono dentro a tutte le vetture ferme nel parcheggio; entrarono nuovamente insieme nello sportello della corporazione degli studiosi, e tutto ciò che trovarono fu un corridoio bianco, del tutto identico a quello che loro stessi avevano attraversato.

Tranne che per un particolare, che prima non avevano notato: tutti i corridoi, circa alla loro metà, erano attraversati da due scanalature parallele di acciaio.

Una botola? Un condotto di servizio?

«Ne sai qualcosa?» domandarono a Galeno. «Che cos'è questa botola? Dove conduce?»

Galeno non lo sapeva.

Ma dovevano capirlo. Il soffitto del corridoio era compatto e uniforme. Quello stretto passaggio era l'unica altra possibile uscita.

«Che cosa può essere? Pensa, Galeno, pensa!»

«Ci sono numerosi condotti, naturalmente» ronzò allora l'automa. «Condotti pneumatici per la posta. Condotti per le pulizie del mattino, condotti per il riscaldamento e il raffreddamento. Condotti per la manutenzione delle macchine automatiche.»

«E questo quale condotto può essere?»

Galeno era molto indeciso.

«Io dico pulizie o manutenzione» decise Otto. Poi spiegò: «Si trova nel pavimento: non ha senso che sia per il riscaldamento o per il raffreddamento. E non ha senso che da lì esca la posta».

Ci passarono sopra e batterono con i piedi, poi con le mani, ascoltando.

«È vuoto.»

«Non si apre ... ma ... è stato aperto.»

«Magari era difettoso. La zia ci è passata sopra e ... »

«Non credo: non ha gridato. Nemmeno un suono.»

«E allora?»

«Allora qualcuno gliel'ha aperto sotto i piedi. Qualcuno che ... la aspettava. Che *ci* aspettava.»

La sola idea era terribile, ma era inutile tenersela dentro e non esprimerla. Era la prima cosa che avevano pensato entrambi.

Qualcuno.

«L'ombra che ho visto prima.»

«Spiegati meglio.»

«È stato un attimo: si è nascosta appena mi sono girato a guardarla, ma ho avuto la sensazione che … ci stesse seguendo.»

Il vento sibilò. Il mare ruggì contro la scogliera.

«Dunque non siamo soli.»

«Così sembra. C'è un vigliacco che ci spia.»

«Un vigliacco che ha catturato Medea.»

«Jago … »

«Hai visto quanto era grande?»

«No, però mi sembrava … enorme. Davvero enorme.»

Jago guardò Galeno. «Ti viene in mente qualcosa? O qualcuno? Un tuo compagno? Un abitante sopravvissuto? Un naufrago?»

«Mi dispiace, signor Jago. Non so dire di che cosa stiamo parlando.»

Jago cominciò a camminare nervosamente avanti e indietro. «Dobbiamo trovarla. Dobbiamo assolutamente trovarla. A costo di setacciare l'isola palmo a palmo!»

Otto annuì. «Dove conducono i condotti delle pulizie?»

«C'è un unico centro di raccolta» rispose Galeno. «Si trova sottoterra, nel centro della montagna. Si chiama Ricyblatore (o Riciclatore). È dove si produce il Lumen.»

«Vuoi dire che il Lumen si estrae dai rifiuti?»

«Credo che sia esattamente così, signorino Otto» rispose l'automa. «I rifiuti vengono mescolati tra loro prima di entrare nel Ricyblatore e ne escono sotto forma di capsule di Lumen. Ma … non lo so con sicurezza: la mia è solo l'immaginazione di una macchina automatica, signori. Niente di più.»

Otto e Jago si scambiarono un'occhiata. Non avevano altre piste da seguire.

«Portaci a questo Ricyblatore, allora.»

Si avviarono lungo le strade spazzate dal vento. Maschere di salsedine avevano coperto le facciate degli edifici esposte a est. Le finestre chiuse erano come le orbite vuote di altrettanti visi sconsolati. Il cielo si era schiarito in un azzurro quasi bianco, e solo una corona di nuvole persisteva sull'isola.

Otto e Jago arrancavano dietro Galeno, risalendo il pendio che dalle scogliere conduceva all'altopiano centrale. Dovevano raggiungere gli imbocchi di alcune gallerie che Galeno sperava di poter aprire. L'automa spiegò loro che solo gli iscritti della corporazione dei tecnici manutentori ne possedevano le chiavi.

«E non potevamo iscriverci?» sbottò Jago.

«Lei ha scelto la corporazione dei commercianti, signor Jago.»

«Non posso iscrivermi una seconda volta?»

«Credo che prima dovrebbe uscire dalla sua corporazione.»

«Ma non sapevo questa cosa!»

«Non l'ha nemmeno chiesta.»

Jago fece tintinnare le sue chiavi rotonde. «E queste chiavi, quindi, che cosa aprono?»

«Oltre a casa sua, aprono la prima bottega libera che incontra» spiegò Galeno, indicando le vetrine chiuse dei numerosi negozi che si trovavano ai lati della strada.

Su alcune campeggiavano ancora le insegne: FIASCHI E

OGGETTI D'ARTE; BOTTEGA DEL PESCE FRESCO; PIANOFORTI ZECCHINI - LA TUA SCELTA PER LA MUSICA. E all'interno si potevano vedere vecchi oggetti e scaffali abbandonati. Molte altre vetrine, invece, erano vuote.

«Vuoi dire che è sufficiente che io avvicini la chiave a uno di questi negozi, per... farlo diventare mio?»

«Esattamente, signor Jago.»

«E dentro al negozio posso fare quello che voglio?»

«Il commercio di Cyboria è libero.»

«E se tutti i negozi fossero già occupati?»

«Il numero di negozi è stato deciso al momento della fondazione. Se non ci fossero più negozi liberi, non si potrebbe ricevere nuove chiavi della corporazione dei commercianti. Quindi occorrerebbe sceglierne un'altra.»

Otto tastò le sue chiavi. «E le chiavi della mia? A cosa servono?»

Galeno impiegò alcuni secondi prima di rispondere. «Questo non mi è stato comunicato, signorino Otto. Non so se aprano qualcosa, oltre alla tua porta di casa. Ma una cosa posso dirtela, se vuoi.»

«La stai facendo sembrare una cosa spaventosa.»

«E forse lo è, signorino Otto» Galeno si fermò e si voltò. Un raggio di sole fece brillare la sua "pelle" lucida. «Che io sappia, nessuno si è mai iscritto alla corporazione senza nome.»

Incrociarono numerose vie trasversali. Il cielo si era fatto di un bianco azzurro che riverberava sugli infissi lucidi di metallo e sul selciato umido della città. Là dove non arrivava il sole si erano formate distese di morbido muschio; piccoli fiorellini punteggiavano quelle che un tempo erano state piazze, e licheni azzurri avevano rivestito le statue agli angoli delle vie. Incontrarono alcune vetture che procedevano come dei sonnambuli, senza una meta precisa da una parte all'altra di Cyboria, e qualche raro gabbiano, che strideva nel cielo, o li osservava incuriosito, appollaiato su un lampione ricurvo o su un parapetto.

Quando raggiunsero una via esposta al sole, con un bel panorama di scogli e mare, Jago si fermò a prendere fiato. Quasi senza pensarci, accostò la sua chiave al primo negozio della via, e lo aprì.

«Che cosa fai?» gli domandò Otto.

«Oh, niente» rispose Jago, asciugandosi la fronte imperlata di sudore. «Per un attimo ho smesso di pensare a Medea e al nostro misterioso inseguitore ... e sono stato rapito dalla bellezza di questo posto. Non riesco proprio a capire perché questa città sia deserta. Io mi fermerei qui per sempre: mare, sole, vento fresco ... e potrei anche aprire una bottega in cui vendere i miei quadri.»

«Non sapevo che dipingessi.»

«Immagino di non saperlo nemmeno io» sorrise Jago. «Ma mi è sempre piaciuto.»

Otto ricominciò a camminare. «Muoviamoci.»

«Dammi ancora mezzo minuto» disse Jago. «Vai avanti tu: riprendo fiato e ti raggiungo.»

Otto non se lo fece ripetere due volte. Si rimise in marcia

dietro a Galeno e gli domandò quanto mancava all'imbocco delle gallerie.

«Qualche centinaio di passi» rispose l'automa.

Sotto i vestiti invernali, anche Otto aveva caldo. Gli si era formata una patina di sudore, che li rendeva fastidiosi ogni volta che il vento glieli appiccicava addosso. I suoi piedi erano caldi, come se l'intero manto stradale della città fosse riscaldato dal basso. Il ragazzino si slacciò il giubbotto imbottito e sfilò la sciarpa: durante il giorno non faceva così freddo.

«Ci siamo» disse Galeno, all'incrocio successivo.

Bene. Otto si girò a chiamare Jago. «Jago?» domandò, non vedendolo. «Jago?» ripeté a voce più alta.

L'uomo non si trovava nemmeno dietro di loro. Il cuore di Otto mancò un colpo. «Oh, no! Jago, no! Galeno, aspetta qui!»

Otto corse indietro con la consapevolezza che era successo qualcosa di terribile. Raggiunse la via in pieno sole dove avevano scambiato quelle poche parole e guardò in entrambe le direzioni. Non era nemmeno lì. Ma la porta del negozio era socchiusa, come se fosse entrato. Con il cuore che batteva furiosamente, Otto si affacciò nel negozio abbandonato. «Jago? Non è il momento di… »

La sua voce echeggiò nella stanza vuota, rimbalzando sui muri. Otto fece un passo dentro al negozio, poi un secondo. Non c'era nessuno. Né fuori, né dentro. «Ma dove diavolo ti sei cacciato?» imprecò, voltandosi di scatto.

Fu allora che vide la scritta. Era tracciata dall'interno sulla polvere della vetrina. Il vetro era stato graffiato, come da un dito metallico.

VIENI ALL'OSSERVATORIO

Improvvisamente, Otto cominciò a sentire freddo, molto freddo. Come se l'intera isola si fosse trasformata in una biglia di neve.

«C'è qualcuno?» disse, nella stanza echeggiante. «C'è qualcuno, qui?»

4. VERSO NORD

AW 101. Erano queste le lettere impresse sulla carlinga dell'elicottero attrezzato di tutto punto che si era sollevato dall'aeroporto di Aberdeen, Scozia, in un gorgo di aria gelida.

Seduto dietro al pilota in un'imbracatura di cinture nere, il conte Liguana era pallido come un cadavere. La sua impeccabile pettinatura era nascosta da un casco tattico da Marines, e il suo completo elegante era stato sostituito da una mimetica da neve, grigia e bianca, piena di tasche.

«Rotta tre due sei» ruggì il pilota nel microfono, tirando a sé la cloche e facendo virare bruscamente quel bestione a pale rotanti.

Il conte Liguana trattenne un conato di vomito e si strinse ancora di più alla ridicola presina che avevano montato sopra al suo sedile. La costola ammaccata gli comunicò una fitta di dolore. E così fecero i lividi nel resto del corpo.

«Seguiamo la rotta verso nord-nord-est, signore ... » disse il pilota, voltandosi verso di lui. «Va tutto bene, signore?»

Tutto ciò che il conte riuscì a fare fu il segno dell'ok con la mano libera, anche se non c'era praticamente niente che andasse bene.

Il velivolo si alzò. Per evitare vertigini, attacchi di panico o qualunque cosa si potesse provare a bordo di un elicottero da combattimento in volo a pieno regime, il conte decise di non guardarsi assolutamente intorno. Si concentrò sulla copia del «Figaro» che teneva ripiegata sulle ginocchia fin dal momento della partenza.

CROLLA L'ARTE ALLA DÉFENSE

Una probabile fuga di gas. Una fatalità che per pura coincidenza non ha causato vittime. In Avenue Pablo Picasso è improvvisamente crollata una delle costruzioni più insolite della città. Opera originalissima dell'architetto futurista Arnauld D'Urò, la casa era conosciuta dai vicini come "la giraffa", data la sua insolita forma slanciata. Progettata e realizzata agli inizi del secolo scorso, era disabitata da tempo. Il comitato di quartiere aveva depositato una domanda per la riqualificazione dell'abitazione e la sua messa in sicurezza. "Anni di cattivo gusto e cattiva gestione" ha commentato il portavoce Pierre Daninos "ci fanno trascurare meraviglie architettoniche sconosciute, ed edificare inutili palazzi-pollai, monumenti al brutto". Il sindaco in persona ha dichiarato che la casa verrà ricostruita, a patto che se ne trovino i progetti originali...

E via con proteste e inutili teorie. Difficile convincere la stampa ufficiale di come fossero andate davvero le cose, ovvero che l'abitazione di Arnauld D'Urò si era messa in moto da sola e aveva cominciato a "camminare" verso nord.

Solo un articolo minuscolo, nell'interno, era in tal senso illuminante: un contadino di Ezanville, all'estrema periferia nord della città, si domandava, perplesso: chi ha lasciato una casa nel mio campo?

Il conte Liguana era uscito dalla cantina con le ossa rotte appena in tempo per vederla scavalcare una superstrada e allontanarsi come il protagonista di un romanzo di Rabelais.

Poi si era accasciato sul prato accanto alle macerie della cantina, e aveva inutilmente chiamato Calibano. Le sirene erano arrivate una ventina di minuti dopo, quando il conte si era già allontanato.

Una volta in albergo, con più calma, aveva controllato la posizione di Calibano su uno schermo di dieci centimetri di lato, simile a quello di un navigatore satellitare. Il puntino luminoso brillava e si spostava rapidamente verso nord.

In qualche modo, la sua guardia del corpo si stava spostando con la casa. Di suo figlio, invece, non c'era più segnale. Era morto? Il pensiero lo colpì in modo inaspettato. Non provò dolore, ma una forma di acuta seccatura. Poi si impose di non pensarci. Doveva accontentarsi del fatto che Calibano non avesse perso la loro pista. Dov'era diretto?

Il conte aveva cominciato ad attivare i suoi potenti mezzi. Aveva bisogno di un… treno? Di un'auto privata?

Una mezz'ora dopo, il segnale sul display era come impazzito ed era schizzato velocemente verso nord, come se Calibano si fosse imbarcato su un razzo o un aereo.

Il conte non aveva perso tempo. Servendosi del telefono, aveva prenotato un treno per Bruxelles e da lì per Oslo, dove lo aspettava un elicottero che aveva opportunamente acquistato da un trafficante russo di mezzi militari riconvertiti.

Calibano puntava sempre più a nord.

Norvegia? Scozia? Le isole Shetland?

No. Ancora più a nord.

«Non c'è nulla, più a nord di qui, signore» aveva detto il pilota.

Si sbagliava. C'era eccome. C'erano l'Islanda, piegando verso ovest, le isole Faroe e le Spitzbergen, piegando verso est.

E poi c'era il circolo polare artico. C'erano i ghiacci eterni. E... ancora più a nord...

Cullato dal ronzio delle eliche, inaspettatamente, il conte Liguana si addormentò.

5. L'OSSERVATORIO

Giungere all'Osservatorio era come entrare nelle nuvole che cingevano la sommità dell'isola. Circondato da un prato di fiorellini bianchi, era un edificio semplice, di forma quadrata, con un rapido viale d'accesso. Aveva accanto una struttura a uovo, dai colori cangianti, che emetteva un sottile, ma costante, filo di fumo.

«Quella è la macchina delle nuvole» spiegò Galeno, quando l'avvistarono. «Serve a produrre nuvole.»

Ovvio, pensò Otto.

L'isola produceva artificialmente una coltre di nubi perenni che la nascondeva agli occhi dei satelliti. E in quanto agli occhi degli umani, dovevano essere davvero pochi, quelli che passavano di lì.

«Facciamo attenzione, signorino Otto. Questa faccenda non mi piace per niente.»

Non piaceva nemmeno al ragazzo: anche perché nessuno dei due aveva la minima idea di chi avesse potuto scrivere quel messaggio. E di cosa fosse successo a Medea e Jago.

«Che cosa c'è nell'Osservatorio?» domandò Otto, mentre procedevano verso la struttura in mezzo al prato. «Non vedo lenti telescopiche né altri strumenti per le stelle.»

«Non è quel genere di Osservatorio, signorino Otto.»

«E di che genere è, allora?»

«Credo che sia più facile che tu lo veda con i tuoi occhi.»

Lo raggiunsero in pochi minuti.

Le finestre dell'Osservatorio erano aperte e davano su un grande ambiente spazioso. Tenendosi a debita distanza, Otto e Galeno fecero un giro del perimetro, poi si avvicinarono all'unica, grande porta d'ingresso.

«C'è qualcuno?» gridò Otto prima di entrare. «Zia Medea? Jago?»

Nessuna risposta, se non il vento che saliva dal mare.

Non c'era nessuno. Ma quel posto, per qualche motivo, dava l'impressione di essere vivo.

In funzione, qualunque fosse il suo scopo.

Galeno aprì la porta ed entrò per primo.

L'interno dell'Osservatorio era composto da un grande spazio aperto e luminoso, con un pavimento di legno bianco e soffitti molto alti. Dal pavimento sbucavano quattro tubature di rame, simili a quelle della posta pneumatica che avevano già visto nella stazione di Parigi, circondate da montagne di lettere affrancate. Da un lato della stanza era in funzione un forno, davanti a cui si trovavano cataste di libri e di giornali, pacchi e scatole di lettere ordinate e impilate tra loro.

Contro la parete di fondo, subito dopo una strana ringhiera di metallo, si apriva un'immensa scaffalatura che sprofondava nel terreno: lì erano allineati migliaia e migliaia di libri tutti uguali, con il dorso bianco e le scritte in nero.

A lato dell'ingresso c'era una scala a chiocciola di legno bianco, che scendeva sottoterra e saliva fino a un soppalco.

«Ora capisco perché non me l'hai voluto descrivere ... » sussurrò Otto a Galeno. «Non assomiglia a nessun Osservatorio che ho visitato.»

La sensazione di vita che aveva provato fuori si acuì, ma non riusciva a capire se si trattava di una sensazione positiva o negativa. Il forno in funzione, le cataste di lettere, i libri impilati, erano tutti segnali di una qualche forma di attività.

«C'è qualcuno?» ripeté. «Zia? Jago?» Otto indicò il soppalco sopra le loro teste. «Hai sentito?»

Galeno scosse il capo. «No.»

«Io ho sentito come dei passi ... »

L'automa procedette spedito verso il centro della sala, da cui poteva guardare sopra al soppalco.

Non c'era nessuno.

«Ci abitava qualcuno qui?» domandò Otto, intanto.

«I Formatori, credo» rispose Galeno. «Poi, però, quando ... »

Un rumore, questa volta da sinistra. Una colonna di libri cadde per terra fragorosamente.

«Laggiù, dal forno!» urlò Otto. «L'ho visto!»

In realtà non aveva visto assolutamente nulla, nemmeno un movimento, una forma. Solo una macchia bianca che si spostava sul bianco delle pareti e del pavimento, una luce artica che filtrava attraverso le finestre.

Galeno corse verso le fiamme azzurre del fuoco; Otto schizzò dall'altra parte, verso i boccaporti di rame, e si acquattò dietro una montagna di corrispondenza.

Diede un'occhiata veloce a quella catasta: era composta da centinaia di lettere, tutte affrancate con lo stesso identico francobollo, una fiamma ardente, la "C" di Cyboria e il motto latino *Excitat Auroram*, "Chiama l'alba". Otto ne prese una in mano. Il timbro postale, di Madrid, era dell'8 febbraio 1941.

Poi tornò a guardarsi intorno. Galeno aveva raggiunto la pila di libri caduta e la stava aggirando con circospezione.

Otto sbirciò per tutta la sala, senza vedere niente o nessuno. Aggirò la montagna di lettere, il boccaporto di rame e gettò un occhio sul soppalco. Come già gli aveva fatto capire Galeno, non c'era nessuno. Ma quello che vide lo lasciò comunque sorpreso.

C'erano un tavolino con una macchina da scrivere, alcune risme di carta bianca, una decina di libri impilati, una poltrona con accanto una lampada, un letto. E tutta la parete di fondo ricoperta di cariche di Lumen, disposte ordinatamente le une sopra le altre, come una catasta di legna.

«Io non vedo nessuno, signorino Otto» disse Galeno.

«Fai attenzione» rispose il ragazzo. «E guardati bene intorno.»

«L'unica cosa che si muove è il fuoco.»

«Che cosa sta bruciando?»

L'automa raggiunse il forno e controllò. «Libri.»

«Che genere di libri?»

«*I Fratelli Karamazov*» lesse Galeno, sulla prima pila. «*Anna Karenina, Guerra e Pace* ... »

Passò all'altra e continuò a leggere: «*Calendario Atlante geografico De Agostini* e tantissime cartine stradali».

«Guarda di che anni sono.»

«Come si fa a saperlo?»

Lo fece lui. Erano libri di generi ed edizioni diverse, tutte vecchie. 1909, 1921, 1930. Lesse titoli in italiano, in francese e in inglese e non faticò a immaginare chi li avesse portati lì. Erano le tre nazionalità dei Formatori.

Ma perché li stavano bruciando?

E, soprattutto, chi lo stava facendo?

Erano raggruppati con un certo criterio: letteratura russa, atlanti, poesie ...

«Non riesco a capire a cosa serva questo forno ... » mormorò il ragazzo, grattandosi la testa.

«Immagino per alimentare la macchina delle nuvole» rispose Galeno.

In effetti, il camino del forno si trovava dallo stesso lato su cui sorgeva, più in là, l'uovo che generava la cortina di nuvole con il suo sottile filo di fumo.

Otto continuava a non capire. E gli scaffali? Che cosa c'era sugli scaffali? Altri libri da bruciare? E perché erano tutti uguali?

Raggiunse la ringhiera e si sporse a prenderne un paio. Erano tanti libretti dal dorso bianco, con il simbolo della fiaccola, in nero, stampato sul dorso. Li sfogliò.

«Questa, poi! È sempre più incomprensibile!»

«Che cosa, signorino Otto?»

«Questi non sono libri veri!» disse Otto, indicando gli scaffali dei libri. «Sono riassunti. Sono migliaia di riassunti di altri libri!»

La porta d'ingresso dell'Osservatorio sbatté di colpo.

Questa volta, Otto vide una sagoma bianca scivolare rapidamente fuori. Gettò il libro per terra e gridò a Galeno: «È uscito! L'ho visto! L'ho visto!»

Cominciarono a correre.

«Che cosa hai visto, signorino Otto?»

Otto schivò un boccaporto, saltò oltre alcune buste affrancate e continuò a correre. «Mi è sembrato un uomo!»

«Un uomo come?»

«Vestito di bianco, possibile?»

Uscirono fuori. Si divisero dopo un'occhiata. Otto prese a sinistra, Galeno a destra, verso la macchina delle nuvole.

Il ragazzo fece saettare lo sguardo in ogni direzione: vedeva solo il prato fiorito, i tetti di Cyboria, il mare color acciaio. Svoltò l'angolo. Niente.

Svoltò di nuovo. Ancora niente.

Svoltò l'ultima volta.

Vide per prima cosa l'uovo della macchina delle nuvole, poi Galeno che gli si avvicinava.

«Galeno!» lo chiamò Otto.

L'automa si voltò e gli fece cenno di restare fermo.

Otto, invece, cominciò a scendere lungo il prato, con Galeno a cinquanta passi da lui. L'automa si rifletteva sulla superficie liscia dell'uovo. Era una costruzione priva di entrate o di aperture, a eccezione di quella da cui usciva il fumo. E poi successe. Senza alcun preavviso, un lampo azzurro si staccò dalle nuvole e investì Galeno, colpendolo in pieno.

Otto rimase immobile, paralizzato. Aveva ancora il segno del lampo impresso sulla retina. E sentiva il forte odore dell'ozono bruciato. Galeno era disteso nell'erba, tramortito.

Prima che Otto potesse prendere qualunque decisione, sentì una voce accanto a lui: «La guida non corre alcun pericolo. L'ho solo immobilizzata per qualche tempo».

Il ragazzo si voltò, lentamente: sentiva le gambe fragili e la schiena congelata dalla paura.

Dietro di lui c'era un automa umanoide completamente bianco, la testa stretta e allungata come la chiglia di una piroga, lo sguardo rettangolare e gelido. Era una creatura magra, slanciata, con quattro braccia, altrettante mani dalle lunghissime dita, la vita sottile, le gambe snodate e telescopiche, che terminavano con piedi a tre dita.

«E tu… chi sei?» sussurrò Otto, con un filo di voce.

«Io sono Theo» rispose l'automa. «Il guardiano dell'isola.»

6. IL GUARDIANO

Galeno fu sollevato da Theo come se fosse privo di peso e portato dentro l'Osservatorio. Venne adagiato sopra una delle montagne di lettere. La guida non fece un solo movimento: pareva morto, come quando gli era stata strappata la carica di Lumen.

«Il fulmine lo lascerà in questo stato per ventotto minuti» commentò l'automa bianco, raddrizzando la schiena con un fruscio di oscilloscopi.

«Sei stato tu a ridurlo così?» gli domandò Otto, pochi passi dietro di lui.

«Sì, sono stato io» rispose l'altro, posando per terra una scatolina bianca, con un pulsante nero nel centro.

«E perché l'hai fatto?»

«Precauzione. Attenzione. Difesa» rispose Theo, poi inclinò il capo come un felino davanti alla preda. «Posso offrirti qualcosa? Acqua? Carne di pecora? Pesce? A voi uomini piace il pesce. L'ho letto sui libri. È... raffinato, non è vero?»

Otto scosse il capo. «Non voglio niente. Voglio solo che Galeno si riprenda, e voglio sapere dove sono finiti mia zia e Jago.»

«La donna dai capelli rossi e l'uomo con i baffi?» chiese Theo, avvicinandosi ai gradini della scala a chiocciola e iniziando a salire.

Otto lo seguì, infastidito. «Esatto. Sei tu che mi hai lasciato la scritta, sulla vetrina del negozio?»

«Sì, sono stato io.»

«Perché? Che cosa gli hai fatto?»

I passi di Theo risuonavano sui gradini della scala a chiocciola.

«Io non ho fatto niente. Ho solo applicato le istruzioni che ho ricevuto. Precauzione. Attenzione. Difesa.»

«Dove sono? Stanno bene?»

«Direi di sì.»

«Voglio vederli.»

«Te li farò vedere tra poco. Li sto ancora controllando.» L'automa bianco si fermò sull'ultimo gradino.

Il soppalco era arredato a imitazione di una camera umana: il letto era stato perfettamente rifatto e accanto al letto c'erano il tavolino, la macchina da scrivere, i libri, la poltrona. Theo scelse la poltrona e offrì a Otto uno sgabello.

Il ragazzo lo rifiutò. «Preferisco stare in piedi.»

«Come vuoi. So che voi umani parlate seduti delle cose importanti. Tu fai le domande e io rispondo. È così che funziona, non è vero?»

«Stammi a sentire, Theo... piantala di fare finta che vada tutto bene e che sia tutto assolutamente normale! Sono sbarcato su quest'isola con tre persone che hai fatto sparire e tramortito con... con un fulmine... e ora sono da solo! Devi darmi delle spiegazioni, io credo. E devi darmele subito!»

«Va bene, cominciamo dall'inizio. Mi chiamo Theo e sono il

guardiano dell'isola. In quanto a te... non conosco nemmeno il tuo nome.»

«Otto. Otto Folgore Perotti. Nipote di Atamante Folgore Perotti e di Primo Folgore Perotti.»

«Hai un nome molto lungo Otto Folgore Perotti nipote di Atamante Folgore Perotti e di Primo Folgore Perotti...» Theo inclinò il capo. «Potrei riassumerlo e chiamarti semplicemente Otto Folgore Perotti?»

«Fai come vuoi, basta che mi dici di mia zia e di Jago, perché adesso comincio a preoccuparmi.»

«Tua zia e Jago non corrono alcun pericolo, se è questo che vuoi sapere. Si trovano in quell'edificio laggiù, vedi?» Theo indicò la struttura appuntita di una torre della città, che spuntava là dove terminava il prato. «L'Ospedale Buwler-Lytton.»

Buwler-Lytton, pensò Otto. *Il cognome di Elisabeth, il medico dei tre Formatori.* «E come ci sono arrivati, lì?»

«Ce li ho portati io. Loro non erano esattamente d'accordo, ma è comunque una cosa che si doveva fare.»

«Rapire due persone e segregarle in un ospedale?»

Theo lo ignorò, continuando la sua spiegazione. «Da quando al porto si sono bloccati gli ugelli per la disinfestazione automatica dei nuovi cittadini, sono obbligato a farli passare all'Ospedale per una visita di controllo e una disinfestazione accurata.»

«Li hai rapiti per disinfettarli?»

«Per la precisione, li ho sottoposti a un rapido passaggio nel Centro di Disinfestazione Endemica.»

«E perché non hai portato lì anche me?»

Theo esitò un secondo di troppo prima di fornire la sua risposta e quell'esitazione fece intuire a Otto che quella che avrebbe ricevuto non sarebbe stata la risposta giusta. «Ci andremo non appena avremo finito questa chiacchierata.»

«Non ho alcuna intenzione di chiacchierare con te.»

«Ma io sì» rispose Theo. «E questo fa la differenza, Otto Folgore Perotti.»

Da qualunque parte la si vedesse, Otto era in svantaggio: non conosceva l'isola e le sue strutture, mentre il guardiano ne dominava ogni angolo. La cosa migliore che poteva fare era assecondarlo e cercare nel frattempo di scoprire più cose possibile.

«Quanti altre persone ci sono sull'isola?»

«Non c'è nessuno, naturalmente. Io sono l'ultimo abitante di Cyboria. Ed è per questo che ho voglia di chiacchierare.»

«Potevi chiacchierare anche con mia zia e con Jago.»

«Ho preferito cautelarmi. Se succedesse qualcosa a me, per la città sarebbe la fine. Come vedi, mi occupo di ogni cosa.»

Otto annuì, dopodiché gli indicò le cataste di pile Lumen. «E quelle?»

«Oh... quelle sono tutte le batterie che sono riuscito a trovare. Non so di preciso quanto dureranno, perché molte sono già state parzialmente usate, ma... in ogni caso dovrebbero fornirmi una certa autonomia. E poi...» una strana scintilla passò nei suoi occhi scuri «poi... chi può saperlo, cosa ci sarà, poi?»

Nel guardare quelle batterie di Lumen di diverse dimensioni, Otto ripensò ai corpi degli automi riversi lungo le vie della città. «Tutti gli altri si sono scaricati lungo le strade. Perché tu no?»

«Come dici, Otto Folgore Perotti?»

«Scommetto che ti sei impossessato delle batterie dagli altri automi per farne la tua scorta personale. Li hai colpiti con un fulmine e poi ... »

«Non giungere subito a conclusioni affrettate, Otto Folgore Perotti» lo interruppe Theo. «Con il passare degli anni molte delle procedure di organizzazione della città sono cambiate e molti automi sono diventati inutili, così li ho disattivati.»

«Come faccio a crederti?»

«Non comprendo i tuoi sospetti.»

«Li hai storditi come hai fatto con Galeno e poi gli hai strappato le cariche, vero?» insistette Otto. «E adesso hai fatto la stessa cosa con la mia guida.»

«Stai facendo ipotesi senza alcun fondamento. È una cosa che voi umani amate fare, non è vero?»

«Galeno mi ha parlato di un Ricyblatore sotterraneo. Dice che il Lumen si estrae dai rifiuti. Perché non continui a produrne?»

L'automa bianco si mosse sulla sedia, imitando il gesto di un uomo spazientito. «Perché non avevo i rifiuti necessari per farlo. Mi occorrono rifiuti particolari: rifiuti umani, se capisci che cosa intendo. Materiali organici che un automa non può produrre, perché non ha un metabolismo. Noi non mangiamo e non beviamo.»

Per sopravvivere ha bisogno degli uomini, pensò Otto. *Solo gli uomini possono produrre Lumen.* Un punto a suo favore. O, forse, l'esatto contrario.

«Tutto ciò che ho fatto, Otto Folgore Perotti, l'ho fatto per seguire le mie istruzioni. Perché il mio ruolo lo richiedeva.»

«E qual è il tuo ruolo?»

«All'inizio ... quando Cyboria era ancora nella sua Prima Fase, io ero un semplice compilatore» rispose Theo. «Mi occupavo di trascrivere e riassumere i documenti ufficiali del Consiglio di Cyboria. Cose tipo: *Cyboria è amministrata dal Consiglio degli Ottimi Uomini, cui sono devolute tutte le controversie*; oppure: *Se la città abbisogna di altri cittadini, solo un cittadino può selezionare uno sconosciuto e condurlo da una guida, perché sia sottoposto alla domanda d'ingresso*; o ancora: *Tutti i cittadini che abbiano compiuto il ventesimo anno d'età hanno diritto a votare e ad essere votati.* Non era un compito divertente, ma mi ha permesso di imparare ad ascoltare voi umani, a riassumere ciò che dite e a scrivere.

«Poi, dopo una ventina di anni, mi hanno spostato qui, all'Osservatorio, all'Ufficio Informazioni. Attraverso le tubature pneumatiche che passano sotto il mare (una delle invenzioni telescopiche di Ettore Zap), Cyboria era in costante collegamento con la terraferma. Nella sua Prima e Seconda Fase (costruzione e popolamento) noi non potevamo spedire informazioni, ma soltanto riceverle: i nostri inviati nelle varie città del mondo ci mandavano rapporti e informazioni su quanto accadeva. Ricevevamo anche libri e altro materiale, che io dovevo riassumere e catalogare. Solo in una Terza Fase, una fase che non è mai arrivata, Cyboria avrebbe potuto iniziare a comunicare con il resto del mondo. I Formatori volevano che la città funzionasse perfettamente, prima di rendere noto il loro progetto.»

«Ma perché riassumere i libri?» domandò Otto, guardando le migliaia di libri bianchi e uguali sugli scaffali.

«Loro non hanno mai creduto nella necessità di possedere una grande Biblioteca di testi integrali: i riassunti erano più che sufficienti per ritrovare le idee necessarie. Loro pensavano che i libri, come le biblioteche e i musei fossero un bagaglio del passato.»

«Che idiozia!» sbottò Otto.

Theo scattò sulla sedia come una tagliola, guardandolo minacciosamente. «Attento a come parli, Otto Folgore Perotti. Sei ancora un piccolo uomo in formazione, e stai giudicando dei giganti.»

«Signore! Il segnalatore si è avvicinato!» tuonò a un certo punto il pilota, molto più tardi.

Il conte Liguana si svegliò di colpo: vide sotto di sé la lingua di terra di un'isola; e poi mare, creste di spuma, e una serie di isole verdissime, che facevano venire i brividi di freddo solo a guardarle.

«Dove siamo?»

«Sopra Suðuroy, signore. La più meridionale dell'arcipelago delle Faroe.»

Le isole Faroe: un arcipelago sperduto, composto da diciotto isole, un territorio autonomo sotto la monarchia costituzionale danese.

Il pilota controllò sugli strumenti: «Il segnale arriva ... direi ... da quegli scogli laggiù» decise, indicando un'isola incappucciata da una corona di nuvole.

«Che cos'è?»

«Si chiama Litla Dimun, signore. Il computer mi segnala che è l'unica isola dell'arcipelago a essere disabitata.»

«È lei» sibilò il conte.

«Ci sono brutte notizie, però, signore.»

Il conte si sporse in avanti, per sentire la voce sopra il rombo dei rotori. «Quali brutte notizie?»

«Ora faremo il primo sorvolo, signore, ma ... a vederla così direi che non ci siano posti sicuri per atterrare. Guardi le scogliere ... forse nella parte alta ... sull'altopiano, ma ... c'è nebbia. O nuvole. O quello che sono ... in ogni caso: troppa poca visibilità, per avvicinarsi.»

«Che cosa vorrebbe fare?»

«La cosa più prudente e scendere a Vagar, l'aeroporto più vicino, e una volta lì cercare un'imbarcazione.»

Il conte Liguana guardò le ripide scogliere che cingevano l'isola e scosse il capo. «Non credo che con una barca sia molto meglio. E poi ... non siamo qui per fare la cosa più prudente.»

«Potrebbe essere pericoloso, signore!»

Il conte Liguana visualizzò vaghe contromisure di difesa di cui non conosceva nemmeno l'esistenza. L'istante successivo si infuriò. «Deve esserci un modo sicuro per raggiungerla!»

«Solo se è un uccello marino, signore!» scherzò il pilota.

Il conte guardava l'isola, le scogliere, il pendio verde, le nuvole e, mentre lo faceva, le scene di innumerevoli film d'azione balenarono davanti ai suoi occhi. Si agitò sul sedile.

«Non ha una di quelle corde?» sbottò.

«Un verricello, signore? Vuole calarsi sull'isola?»

«Sì!» esultò il conte, gli occhi dilatati dall'eccitazione.

«È una cosa piuttosto pericolosa, signore!» protestò il pilota.

Il conte Liguana si slacciò d'impeto le cinture di sicurezza. «Non mi importa! Mi dica cosa devo fare. Me lo dica ... subito!»

7. LA CITTÀ MORTA

Improvvisamente, Theo si sedette sulla sua poltrona, recuperando la calma.

«Ti stavo raccontando, Otto Folgore Perotti, della funzione dell'Osservatorio. "Osservare il mondo senza intervenire" diceva sempre il mio costruttore, Ettore Zap. Ma proprio all'inizio della Seconda Fase, quella del popolamento, in questa stessa stanza successe qualcosa di inaspettato. Nel vostro calendario era il 1939: la nostra città era pronta ad accogliere nuove persone. Ogni suo aspetto era stato progettato e realizzato secondo la visione dei Formatori. Le guide erano state istruite ed erano pronte a partire. Ci fu una grande festa, quando vennero imbarcate sullo Zappelin per essere mandate nelle varie città del mondo, prima dai nostri inviati sulla terraferma, poi da altre persone che avrebbero avuto il privilegio di poter diventare nostri cittadini. Ma pochi mesi dopo la loro partenza, le corrispondenze e le notizie che cominciammo a ricevere divennero terribili.»

«La guerra» sussurrò Otto.

«La guerra, sì. Una nuova guerra, che pareva ancora peggiore di quella che i Formatori avevano rifiutato di combattere trent'anni prima.»

«Loro erano fuggiti alla Prima guerra mondiale.»

«E lo avevano fatto con grandi sensi di colpa. Ma ora, di nuovo, le lettere parlavano di una potenza oscura che si stava diffondendo in tutta l'Europa. Parlavano del male che stava crescendo. E così i Formatori si riunirono, con tutto il Consiglio degli Ottimi Uomini al completo. Cominciarono a parlare, e a parlare: a cosa serviva la loro città?, si chiedevano. A cosa serviva la Libera Università, la Rotonda con i concerti di musica polifonica? A cosa era servito progettare gli automi che svolgevano i lavori di fatica e ripetitivi, per lasciare agli umani il tempo di coltivare i sentimenti, la genialità, la creatività? Dov'era il futuro che Cyboria doveva inventare (Prima Fase), sperimentare (Seconda Fase), consolidare (Terza Fase) e infine donare (Quarta Fase) al resto dell'umanità?

«La discussione, Otto Folgore Perotti, era molto accesa. Alcuni, come il mio costruttore, proponevano di ignorare le corrispondenze dei nostri inviati e procedere con il popolamento come previsto. Altri, invece, volevano intervenire: avevano già rifiutato una volta di combattere; erano già scappati e si erano nascosti una volta. Ma erano giovani, allora, giovani e sognatori. E non c'era una simile minaccia che aleggiava sul mondo.» Theo si prese alcuni secondi, prima di proseguire. «Questo problema ne generava un secondo: se davvero era giusto intervenire, allora a favore di chi bisognava intervenire? Anche su questo punto le idee erano diverse, e sembrava che nessuna riuscisse a prevalere sulle altre.»

«Come ne uscirono?»

«Con una votazione. Venne votato a maggioranza di sospendere il popolamento della Seconda Fase e di provare a fermare la guerra.»

«Fermare la guerra? E come pensavano di farlo, scusa?»

«Vennero costruiti cinque automi speciali, chiamati le "Macchine Mortali". Cinque automi da combattimento dotati di capacità aggressive sconosciute agli altri automi progettati da Ettore Zap. Cinque armi micidiali che vennero inviate nelle varie nazioni d'Europa: Germania, Inghilterra, Russia, Francia e Italia. Avevano un compito molto particolare: fermare il conflitto, distruggendone le radici stesse.»

«In che modo?»

«Uccidendo i comandanti delle varie nazioni. Senza comandanti, pensavano i Formatori, non ci sarebbero stati ordini. Senza ordini non ci sarebbero stati eserciti. E senza eserciti ... »

«Non ci sarebbe stata guerra.»

«Di nuovo esatto, Otto Folgore Perotti. Ma le Macchine Mortali fallirono. Di loro si persero le tracce con il progredire del conflitto. E così, a Cyboria si tenne un secondo Consiglio. Alcuni cittadini volevano lasciare l'isola per andare a combattere; altri preferivano restare nel segreto di questo luogo e allevare qui i loro figli. A loro non importava che sarebbero cresciuti senza sapere nulla del mondo: lontano dalla guerra, pensavano, sarebbero sopravvissuti. Il secondo Consiglio fu molto più difficile del primo. Non si riusciva a prendere una decisione, nemmeno con le votazioni (molti si rifiutavano di votare) e questo cominciò a minare le fondamenta stesse della Città Nuova. Così si ricorse a una soluzione estrema, pensata per i casi più difficili. L'articolo XLIII della Carta Fondamentale della Città permette di eleggere, nei casi più disperati e di estremo pericolo, un Comandante Unico dotato di poteri assoluti. Venne eletto, e il Comandante prese queste decisioni: ordinò alle madri e ai padri di lasciare l'isola portando con sé i loro bambini. Nessuno di loro è più tornato. Tutti gli altri uomini ebbero libertà di tornare nelle loro città e affrontare la guerra o di rimanere qui ad amministrare Cyboria, confidando nel loro ritorno. Rimasero in tutto diciotto persone, tra cui due Formatori.»

«Chi?»

«Ettore Zap e Arnauld D'Urò.»

«Elisabeth, quindi, se ne andò.»

«Partì con la prima nave, quella delle donne che avevano avuto un figlio nato a Cyboria.»

«Ma... perché mandarle via? Con la guerra e tutto il resto... non era più sicuro crescere i bambini qui, al sicuro?»

«Il Comandante non pensava che Cyboria fosse sicura, anzi. Pensava che ben presto Cyboria sarebbe stata scoperta e attaccata. Se solo una delle guide o delle Macchine Mortali fosse stata catturata e studiata... qualcuno dei generali avrebbe voluto sapere chi aveva costruito quegli automi e impossessarsi della nostra tecnologia. Per questo motivo vennero alzate le difese: il porto sottomarino, le bombe di profondità, le nuvole, i fulmini.»

«Le stesse difese che sono rimaste fino a oggi.»

«Sì, Otto Folgore Perotti, proprio così. Le difese non sono state mai abbassate. Le notizie che arrivavano all'Osservatorio erano sempre meno numerose e più confuse. Non sapevamo cosa stesse succedendo nel resto del mondo. Gli anni passavano, e nessuno di quelli che erano partiti fece ritorno. Nessuno di sconosciuto si avvicinò all'isola. Così, il Comandante decise di inviare un'ultima spedizione di cittadini per scoprire che cosa fosse successo. Attrezzarono una nave, su cui si imbarcò anche il mio vecchio costruttore Ettore Zap.»

«Quindi sull'isola... rimase solo l'architetto.»

«Il Comandante» puntualizzò Theo. «Sì, il Comandante di Cyboria morì sull'isola due anni dopo aver congedato anche gli ultimi umani rimasti a Cyboria. Le sue ultime parole sono state queste: "Siamo stati folli, Theo, e abbiamo sbagliato. Non può esistere una Città Nuova che si pensa essere migliore di tutte le altre. Una città in cui i fondatori si arrogano il diritto di scegliere i cittadini. La perfezione è nel caos, non nelle regole. Forse la guerra è perfetta. Di sicuro la morte è perfetta". Non so cosa volesse realmente dirmi. E forse non lo sapeva nemmeno lui.»

«Eri con lui, quando morì?»

«Sì, ero l'automa che lavorava da più tempo all'Osservatorio, ed ero ormai diventato il suo assistente. Per assumere nuovi compiti venni riprogrammato due volte. La prima lo fece Zap e la seconda... fu il Comandante a cambiare le mie istruzioni, perché imparassi a occuparmi di tutte le funzioni dell'isola. Mi diede l'ordine di attendere il ritorno degli abitanti di Cyboria e di occuparmi della manutenzione delle macchine; mi insegnò le procedure da seguire giorno per giorno per conservare l'Efficienza della Città;

mi disse di tenere alte le difese, e mi spiegò come riconoscere i nemici dagli amici. Mi disse di essere fiducioso e mi spiegò che cos'è la fiducia. Disse che prima o poi sarebbe arrivato qualcuno e che io l'avrei riconosciuto, perché avrebbe fatto qualcosa di particolare, e avrebbe cambiato per sempre le sorti della città. Mi disse che, per allora, la città doveva essere perfetta, come lui l'aveva lasciata. Mi disse che in questo avremmo finalmente realizzato le Fasi Tre e Quattro.

«Io eseguii gli ordini, seguii tutte le istruzioni. E aspettai. Aspettai. E aspettai ancora. Qualcuno venne, ma non quel qualcuno che avrei dovuto riconoscere. Il resto della storia è facile da riassumere: ho trascorso i giorni, i mesi e gli anni a occuparmi di tutto. Ho amato riassumere i libri e catalogarli. Mi è piaciuto trascrivere tutte le frasi dei vostri scrittori, distinguere quelle importanti da quelle inutili, e salvare quelle importanti. Ogni giorno attendevo che arrivasse quel qualcuno che mi era stato annunciato. Ho allenato la mia fiducia. E attendevo. E avanti così, fino a oggi.»

Alle parole di Theo seguì un breve silenzio.

Otto rimuginava sul racconto e su alcune parti che non lo convincevano. Pensava alle Macchine Mortali, i cinque automi da guerra che erano stati distrutti al tempo della Seconda guerra mondiale, e a una frase di Theo che continuava a ronzargli in testa: l'arrivo di questo qualcuno che lui doveva riconoscere.

«Hai detto che qualcuno è sbarcato, sull'isola, prima di noi.»

«È vero. Pescatori, per lo più. O naufraghi.»

«E che cosa ne è stato di loro?»

L'illuminazione stradale era spenta e, in quell'ombra dominante, si potevano solo intuire altri ponti sospesi, architetture verticali, campanili taglienti e scalinate che serpeggiavano lungo le rocce della scogliera.

p. 238

In mezzo al prato, i due automi si fermarono a dieci passi uno dall'altro. Da una parte Theo, con la sua armatura bianca, le quattro braccia spalancate come le zampe di un ragno; dalla parte opposta Calibano, la Macchina Mortale, la maschera umana resa impassibile dal corpo di metallo.

p. 294

«Alcuni se ne sono andati poche ore dopo lo sbarco, senza nemmeno accorgersi della città. Ci sono procedure mimetiche ancora in funzione. Altri, invece, sono sbarcati per morire qui.»

«Li hai uccisi?»

«Ho provato a curarli, ma non sono un buon dottore.»

Otto continuava a non afferrare qualcosa. «Quando ... quando il Comandante ti ha detto tutte quelle cose ... »

«Istruzioni, Otto Folgore Perotti, non cose. Istruzioni.»

«E ti ha detto di qualcuno che avresti ... riconosciuto ... » continuò Otto « ... ti ha anche insegnato a riconoscerlo?»

«Naturalmente» rispose Theo. «Ed è per questo motivo che stiamo conversando.»

«Cosa vuoi dire?»

«Vi ho visto arrivare su uno Zappelin.»

«Era questo il modo per riconoscerci?»

«Era un indizio. Come lo erano la presenza di una guida, la tua Scatola Prismatica ... »

«Come fai a sapere che ... »

«La sento. Tutti noi la sentiamo. E lei sente noi.»

Otto la tirò fuori dalla tasca dei pantaloni. «È di mio nonno. È stato lui a darmela. Lui ... non era riuscito a usarla.»

«Oppure voleva che ci provassi tu.»

«Come?»

«La prima regola dei cittadini di Cyboria è che non si può parlare di Cyboria fuori dai confini della città.»

Otto annuì, confuso. L'aveva sentito sul carillon, direttamente dalla voce di Elisabeth Buwler-Lytton.

«In ogni caso non deve essere stato facile venire fin qui» continuò Theo.

Otto sorrise. «Lui diceva sempre che è meglio provare a fare una cosa difficile, perché quelle facili, tanto, riescono a farle tutti.»

«Sembra una buona regola per vivere.»

«Lo diceva per farmi sentire speciale.»

«Anch'io ho avuto le mie regole per vivere. La principale è stata: seguire tutte le istruzioni che mi sono state date.»

«E non ti sei mai chiesto se le istruzioni che avevi ricevuto fossero sbagliate?»

«No, perché mi davano la possibilità di sentirmi speciale, come dici tu. Ogni volta che finivo i miei compiti di manutenzione e di efficienza, mi sedevo alla scrivania e riassumevo i libri. Faceva anche quello parte di un'istruzione, ma, al tempo stesso, mi dava la possibilità di poter ... provare. Il Comandante lo ripeteva sempre: "Mai perdere la speranza! Bisogna provare. Provare. E provare ancora". Ed è quello che ho fatto con voi. Ho provato a capire da che parte stavate.»

«Non ti è bastato lo Zappelin, Galeno e la chiave di mio nonno?»

«Quelli sono solo indizi, Otto Folgore Perotti, come lo è il fatto che tu abbia scelto la corporazione senza nome. È per quella scelta che ho deciso di parlarti, perché non capivo che cosa stesse succedendo. Ti avrei riconosciuto senza dubbi, credimi, se solo ... »

«Se solo cosa?»

«Non avessi portato con te anche una Macchina Mortale.»

Il labbro di Otto si spalancò. Incapace di comprendere che cosa Theo intendesse dire, aspettò un'altra spiegazione, che però non arrivò. In quel momento, infatti, sentirono un rumore lontano.

Il rumore di un elicottero.

Theo si alzò di scatto dalla poltrona e corse alla finestra, preoccupato. Non appena individuò il puntino nero che si avvicinava sull'oceano, disse: «Forse sono stato uno stupido, Otto Folgore Perotti, a voler parlare con te».

«Non ho la minima idea di chi sia, Theo.»

«È un attacco. Prima tu, che riporti a Cyboria una Macchina Mortale, e ora ... »

«Theo! Non so di cosa tu stia parlando!» Poi Otto vide una figura enorme e nera correre sull'erba. Ripensò al tonfo d'acqua che aveva sentito nel porto sottomarino, all'ombra che aveva visto quella mattina. Alla sensazione di essere costantemente seguito.

Non era Theo, che li seguiva.

Era qualcosa di ben più terribile.

Era una Macchina Mortale.

Calibano.

8. PAZIENTI POCO PAZIENTI

«Ora mi senti? Stai bene?» domandò Jago a Medea.

La donna era distesa a letto, parzialmente assopita. Lui era appoggiato al bordo dello stesso letto e cercava a fatica di rimanere in piedi. Aveva la testa che gli ronzava e sentiva le gambe molli, senza forze.

Medea sembrava altrettanto debole. Socchiuse gli occhi, poi domandò: «Dove siamo?»

«Non ne ho idea» rispose Jago. «Ma sembra ... una specie di ospedale.»

C'erano file di letti allineati uno accanto all'altro, separati da tende di garza. Il pavimento era di piastrelle verde acqua, molto chiare, i soffitti azzurri. Le finestre, ampie e quadrate, si affacciavano sul mare.

Lei si tirò su a sedere, con grande fatica. Solo allora si accorse di non indossare più i suoi vestiti, ma un camice lilla, con la fiaccola di Cyboria e il numero 87. Si tastò il corpo, perplessa. «Che cosa mi hanno fatto?»

Jago le mostrò l'incavo del braccio sinistro, dove c'erano ancora i segni di un prelievo del sangue. Scosse il capo e le accarezzò i capelli. «Se siamo fortunati, tesoro, nessuno dei due se lo ricorderà. Credo che ci abbiano addormentati e ... controllati. Ti dona il lilla.»

Medea sorrise. «E a te l'azzurro. Maschietti e femminucce?»

Jago si stropicciò gli occhi. «Ti fa male qualcosa?»

«No, e a te?»

«Sto bene, a parte la sensazione di essere passato dentro una grande lavatrice ... » Si sedette sul bordo del letto. «L'ultima cosa che ricordo è che ti stavamo venendo a cercare e poi ... »

«Il corridoio!» esclamò lei. «Ero nel corridoio di quel palazzo delle corporazioni, quando all'improvviso mi è mancato il pavimento sotto i piedi e ... »

«Lo so. Lo sappiamo. Io ero davanti a un negozio. Un negozio in pieno sole, Medea. Stavo fantasticando che ... » I suoi occhi si fecero lucidi, ricacciarono indietro un pensiero fuori luogo e si voltarono dall'altra parte. «Poi mi sono svegliato due letti più in giù.»

«Che razza di posto.»

«Guarda il lato positivo: è pulito e silenzioso. Direi che non c'è un grande affollamento, qui. Anzi, credo che oltre a noi non ci sia proprio nessuno.»

Gli occhi di Medea si spalancarono di colpo. «Otto?»

«Non lo so, ma non è qui» rispose Jago. «Mentre tu dormivi, l'ho chiamato. Sono arrivato fino alla porta, poi sono tornato indietro a prendere te.» Jago si annusò l'avambraccio. «Profuma di limone. Anche il tuo?»

Medea non gli rispose e cercò di scendere dal letto. «Dobbiamo uscire di qui e ... ohhh, la mia testa!»

Jago la sorresse. «Lo so. Gira anche a me. Dopo un po' ti passa. Ma non è l'unico problema.»

Medea lo guardò con espressione interrogativa, e Jago continuò: «Non possiamo uscire così: si congela fuori. Dobbiamo ritrovare i nostri vestiti».

Medea si fece abbracciare e poi fu percorsa da un brivido. «Jago? Mi ricordo delle mani, lunghe mani dalle dita bianche. Mi hanno afferrato e poi ... »

«Io non ricordo nemmeno quello» rispose lui, accarezzandole i capelli. «Un attimo prima ero in strada a guardare il sole e quello successivo ero sdraiato su quel letto a fissare il soffitto della camera. Qualunque cosa sia successa, è successa in fretta. In modo indolore e ... profumato al limone.»

«Il tuo dito?»

«Non mi fa più male. Strano, vero? È come se ... me l'avessero curato.»

«Non mi piace, non mi piace e non mi piace.»

«Nemmeno a me. Tranne che per il dito.»

«Andiamo via di qui» insistette Medea. «Dobbiamo trovare Otto.»

«Aggrappati a me.»

Uscirono con passo malfermo dalla camerata e sbucarono in un lungo corridoio. Le piastrelle del pavimento erano fredde sotto i piedi.

«Da che parte?» domandò Jago.

Si misero in ascolto. Il mare si rifrangeva lontano, e il suono delle onde era coperto da un cupo ronzio di apparecchiature sotterranee. Dalle grate sui muri soffiavano getti di aria calda.

I due barcollarono verso sinistra, passando davanti ad altre camerate vuote, dove le sottili tende di garza oscillavano seguendo correnti invisibili. Sulle pareti c'erano disegni e scritte in luminario, che però non riuscivano a leggere.

Tipico degli ospedali, pensò Jago.

Era un posto gelido e spettrale. A ogni stanza nuova chiamavano Otto, senza ricevere risposta. Superarono letti e tavoli operatori, scaffali di medicinali, altre stanze deserte. Poi, di colpo, Jago coprì gli occhi di Medea.

«Non guardare» disse, con un accenno di preoccupazione.

«Che cosa non devo guardare?»

Jago camminò più velocemente per portarla via da lì, ma lei si divincolò dall'abbraccio e guardò. «Oh, mio Dio! Ma è orribile!»

«Te l'avevo detto di non guardare!»

Erano davanti a una camera. Sui quattro letti erano distesi altrettanti scheletri: tre indossavano camici azzurri come quello di Jago, uno, invece, un massiccio giubbotto di pelle e un paio di pantaloni pesanti, coperti da strati di polvere che l'impianto di riscaldamento stava lentamente sollevando.

Come attratta da una calamita, Medea entrò nella camera a guardare gli scheletri. Raggiunse quello vestito da aviatore e notò che portava una targhetta appuntata al petto.

Il teschio aveva i denti serrati e le orbite vuote. Le mani intrecciate sul bacino. Medea e Jago l'osservarono a lungo, prima di riuscire a parlare.

«Che brutta fine» disse lei. «Morire così, senza nemmeno un funerale, una preghiera, qualcosa ... Potevano almeno seppellirlo da qualche parte.»

«Chi? Gli automi superstiti? Non credo che siano tipi molto sentimentali. E forse hanno ragione loro. O sei vivo o sei morto.» Le poggiò una mano sulla spalla e la portò via. «Andiamo. Non c'è niente altro da vedere, qui.»

Medea invece lo trattenne, indicandogli l'armadietto di metallo in fondo alla stanza.

Lo aprirono.

All'interno si trovavano alcuni cambi di vestiti. Abiti da marinaio, per lo più. Giacche cerate, stivali.

«Non mi piace l'idea di indossare i vestiti appartenuti a queste persone» disse Jago, non appena li vide.

«O sei vivo o sei morto» gli ricordò Medea. «Non credo che per loro faccia molta differenza. Mentre per noi può farla, se usciamo fuori.» Afferrò una camicia e un paio di pantaloni che le sembravano della sua taglia e guardò Jago. «Girati, per favore.»

9. LA MACCHINA MORTALE

Turbinando, il conte Liguana scendeva verso il prato. Il vento gli sferzava la faccia. Aveva il volto congelato dal freddo e stringeva il cavo del verricello con entrambe le mani. Sentiva sopra di sé il motore dell'elicottero e le grandi pale rotanti che giravano a mulinello sopra la testa. Era come sentire direttamente il rumore dell'Aldilà. Schiacciando un pulsante si faceva calare, lentamente, a strattoni, verso l'isola.

«Giù! Giù!» gridava al pilota, che non poteva sentirlo. «Mi faccia scendere!»

Gli occhi del conte erano come spiritati. Il terrore per quello che stava facendo era compensato dall'euforia.

L'aveva trovata! Aveva trovato la città delle macchine, dell'energia perfetta, dei soldati meccanici! La città della vita eterna, di cui suo padre gli aveva sempre parlato! La città che avevano inseguito per quasi un secolo!

Esisteva davvero, ed era lì, sotto di lui, pochi metri sotto i suoi piedi e sotto quell'infernale elicottero. Mentre scendeva nel vuoto, appeso a una semplice cordicella di metallo, il conte Liguana ripensò a tutti gli anni di ricerca; alle mappe che aveva consultato; alle persone che aveva corrotto, inutilmente, senza trovare mai nulla di concreto. Ripensò a quando stava per smettere di credere alla leggenda di una città popolata di robot e di macchine da guerra, con un'energia talmente potente da poter essere usata per sottomettere il mondo intero.

«Ti dico che esiste!» gli aveva urlato suo padre, dal letto a cui lui stesso si era imprigionato da due generazioni. Il letto-macchina che gli permetteva di vivere e respirare, dopo più di cento dodici anni. «Io dovevo partire con loro! Io ho lavorato per loro come informatore! Ho inviato le mie lettere, per anni!»

Mercuzio, il padre del conte Liguana, non aveva mai ricevuto risposte alle lettere che inviava con quello strano francobollo, ma denaro contante. Denaro che veniva depositato automaticamente nella sua banca, senza che risultasse alcun deposito, o nessun nome. Era quella, la prova dell'esistenza della meravigliosa Città Nuova? Dell'esistenza dei Formatori? Il denaro?

E da dove arrivava, quel flusso incessante di soldi?

Avevano inutilmente battuto palmo a palmo gli istituti di credito svizzeri, universalmente conosciuti come depositari dei migliori segreti bancari del mondo. E le domande erano rimaste tali.

Fino a quel momento.

Era arrivato! Era arrivato seguendo il moccioso nipote dei Folgore Perotti, gli unici che oltre alla sua famiglia fossero al corrente della leggenda. Della storia. Del mito della Città degli Automi.

Anche loro erano stati reclutati dai Formatori? Anche loro ricevevano denaro, per le loro informazioni? Anche loro avevano in casa scatole di francobolli con lo stemma della fiaccola e il motto latino *Excitat auroram*? E, soprattutto, anche loro avevano, a casa, un automa come Calibano?

Prima di calarsi, il conte Liguana aveva controllato sul display la posizione della sua guardia del corpo: il puntino luminoso brillava proprio sotto di loro, su quell'isola sperduta del nord.

Era arrivato!

«Giù! Più giù! Mi faccia scendere!» urlò ancora il conte, vedendo il prato avvicinarsi. Sgambettava nell'aria fredda come un bambino.

Un bambino, già. Lui non era ancora nemmeno nato, quando Calibano era giunto a casa Liguana, l'anno in cui l'Italia era entrata in guerra. L'automa aveva con sé alcune istruzioni, ma Mercuzio gliele aveva sostituite: Calibano era stato inviato per uccidere il re, ma non lasciò mai la Certosa di Calci. Grazie all'incredibile abilità di suo padre, venne trasformato nel loro servitore. Mercuzio gli applicò una maschera di cera e plastica, per farlo confondere con le altre persone, e da allora lo presentò come la loro guardia del corpo. Un demone meccanico sputato fuori direttamente dall'inferno.

L'avevano chiamato Calibano, come lo schiavo ripugnante della *Tempesta* di Shakespeare.

Calibano, il fedele mostro da compagnia.

Calibano, l'uccisore.

Eccolo.

Mentre scendeva sul pendio, il conte Liguana lo vide spuntare dal lato della scogliera e correre verso di lui, sul prato dell'isola su cui ormai stava per mettere piede.

Come si atterra con un verricello? Cosa doveva slacciare? Il panico venne e se ne andò. Con l'adrenalina che gli pompava a mille nelle vene, il conte guardò il suo servitore correre ingobbito in suo soccorso, poi la palazzina quadrata dell'Osservatorio, e infine la strana costruzione a uovo, nascosta a ridosso delle nuvole.

Che cosa erano quegli edifici? A cosa servivano? Oh, ma che senso aveva domandarsi tutto subito? La città e i suoi segreti lo stavano aspettando. E sarebbero finalmente stati suoi!

Il conte agitò le gambe nel vuoto. Ormai mancavano non più di cinque metri, per toccare terra. Armeggiò con le imbracature e si ripeté per l'ennesima volta come doveva fare per sganciarle. Il suo sguardo fu attirato da un altro movimento: vide due figure uscire dall'Osservatorio e correre verso l'elicottero.

Dunque l'isola era abitata?

Il vento gli scompigliò i capelli. Lo sguardo del conte si iniettò di sangue: aveva riconosciuto il ragazzino, il nipote di Primo Folgore Perotti. Il genietto. Il mostriciattolo che gli aveva fatto franare le cariche di Lumen addosso. Strinse i pugni. Ah, se solo Calibano avesse potuto sentirlo! Gli avrebbe ordinato di sistemare quel moccioso una volta per tutte!

Ma chi c'era con lui?

Chi era la seconda figura?

Non era la donna, non poteva essere suo figlio … e sembrava un … anzi … *era* un automa. Una creatura di metallo completamente bianca, dal passo agile e rapidissimo.

Il conte Liguana oscillò pericolosamente nel vuoto, mentre l'elicottero, sopra di lui, faceva una manovra brusca. Sollevò il pugno verso il pilota e gridò: «Che cosa diavolo fa, idiota?!»

Poi dal cielo piovve un fulmine azzurro, che colpì il rotore con un'esplosione di scintille.

«Oh, no! No! No!» fece in tempo a urlare il conte, a meno di tre metri da terra.

Il cavo del verricello lo strattonò violentemente verso l'alto, mentre l'elicottero si impennava in direzione della scogliera.

«Mi lasci andare!» strepitò. «Mi faccia scendere!»

Ma il pilota pareva impazzito. L'elicottero cominciò ad alzarsi e a girare su se stesso. Nonostante la vertigine, il conte cominciò ad armeggiare con le cinghie dell'imbracatura. Non vedeva niente. Il prato dell'altopiano scomparve: ora c'erano palazzi verticali, dalle finestre chiuse.

L'apertura della fibbia, l'apertura!, pensò l'uomo.

Un altro strattone. Il motore che muggiva impazzito e ora la scogliera, a pochi metri sotto i suoi piedi. La spuma bianca del mare.

Stava precipitando. L'elicottero a cui era agganciato stava precipitando.

L'acqua. Le rocce. I palazzi. In qualche modo il conte Liguana trovò l'apertura dell'imbracatura.

Precipitare. Esplosione. Scogli. Il mare gelido del nord. Dieci metri. Otto. Cinque.

L'apertura! L'apertura!

Scattò. Si aprì.

L'aria fredda sulla faccia.

L'acqua fredda.

Un secondo dopo divenne tutto buio e ghiacciato.

In mezzo al prato, i due automi si fermarono a dieci passi uno dall'altro. Da una parte Theo, con la sua armatura bianca, le quattro braccia spalancate come le zampe di un ragno; dalla parte opposta Calibano, la Macchina Mortale, la maschera umana resa impassibile dal corpo di metallo. Sullo sfondo, l'elicottero in picchiata, che precipitava in mare.

I due cominciarono a girare in tondo, fronteggiandosi guardinghi. Fu Calibano ad attaccare per primo: partì a testa bassa verso Theo, che lo schivò con un salto laterale. Ma Calibano si aspettava quella mossa e con una torsione rapidissima afferrò l'automa bianco da dietro, alle spalle. Theo si abbassò sui talloni e sparò quattro pugni all'indietro, uno per ogni braccio. Per un momento la presa di Calibano sembrò vacillare. Theo ruotò sui tacchi e colpì la Macchina Mortale sulla tempia con un gomito, poi con un altro. Gli passò il terzo braccio intorno alla testa e lo fece crollare in avanti, sull'erba. Gli sferrò un calcio, violentissimo sul ginocchio, poi un secondo, e l'articolazione dell'automa da guerra parve rompersi. Aveva fatto il rumore di un'automobile che si schianta contro un muro.

Theo aggirò l'avversario a terra, cercando di raggiungerne il volto, ma Calibano rotolò sulla schiena, lo afferrò per la caviglia e gliela torse. Di nuovo, il rumore di metallo che si spezza. Theo cadde a terra e la guardia del corpo del conte Liguana gli saltò sulla schiena. Usò il ginocchio sano come punteruolo, poi tempestò il guardiano di pugni. Produsse una scarica impressionante di schianti e di boati. Theo mulinava le braccia, ma sembrava intrappolato sotto il peso dell'avversario, incapace di muoversi. Calibano lo percosse sul collo, sulle spalle, ai fianchi. Gli afferrò le braccia inferiori e cominciò a torcerle. Ne spezzò una, poi Theo riuscì a divincolarsi: scivolò in qualche modo sotto la presa di gambe del suo avversario e lo colpì con una serie di pugni al volto, che lo ferirono e fecero scattare all'indietro il suo scheletro meccanico.

Theo cominciò a gattonare nell'erba, ma Calibano lo afferrò da dietro e lo lanciò contro una roccia che affiorava.

L'impatto fu terribile. Il guardiano rimase tramortito e immobile, sull'erba.

Otto seguiva il combattimento a distanza di sicurezza, ma abbastanza vicino per sentire i suoni della battaglia. Non poteva intervenire, né fare qualcosa. Aveva visto l'elicottero precipitare in mare e ora osservava Calibano fare a pezzi Theo. E non poteva fare nulla.

L'automa bianco era immobile a terra, accanto al masso su cui era stato gettato, mentre il gigante nero si avvicinava a lui, trascicando la gamba ferita.

Otto strinse i pugni. «Forza, Theo! Alzati! Alzati!» urlò, con tutto il fiato che aveva in gola.

Calibano si fermò, ruotò l'orrendo volto tumefatto e piantò addosso al ragazzino il suo sguardo impassibile. Fu come essere guardati in faccia della morte in persona. Poi ricominciò ad avanzare verso Theo.

Gli arrivò a cinque passi. A tre.

A un passo.

Si chinò per finirlo, quando dalle nuvole che avvolgevano l'isola si staccò l'ennesimo fulmine azzurro. La scarica elettrica colpì il prato a metà strada tra Otto e Calibano.

Otto si voltò di scatto verso l'Osservatorio. Davanti alla porta c'era Galeno, che armeggiava con la scatolina bianca e il bottone nero con cui Theo l'aveva colpito una mezz'ora prima.

«Sì!» esultò Otto. «Galeno!»

Calibano si disinteressò completamente di Theo e cominciò a correre verso l'Osservatorio. Galeno fece cadere un altro fulmine, che mancò Theo di un passo.

«Non così!» urlò Otto, mentre Calibano marciava sull'erba come un gigante ferito.

Il terzo fulmine fu più preciso e colpì Calibano in pieno. I vestiti dell'automa presero fuoco, ma la Macchina Mortale non si fermò.

«Non è possibile ... » mormorò Otto.

Calibano continuava a correre, una torcia ardente, un'orrenda fiaccola dell'orrore, ma la sua corsa, lentamente, rallentava. Diventò un passo rapido, poi un barcollio da ubriaco, infine un penoso strisciare sull'erba. Quando crollò a terra, era divorato dalle fiamme.

Galeno lasciò l'Osservatorio e si avvicinò alla torcia ardente, affibbiandogli un paio di calci.

«Sì! Si è fermato?» gli domandò Otto, correndo vicino a lui.

«Così sembra. Buongiorno, signorino Otto. Scusa il ritardo.

Puoi tenere un attimo questa?» Gli porse la scatolina bianca dei fulmini, voltò con un calcio Calibano e gli spazzò di dosso gli ultimi vestiti che gli rimanevano. Poi introdusse una mano tra i suoi meccanismi corazzati, li percosse per bene e, senza troppi complimenti, ne estrasse la batteria di Lumen. La sollevò in alto e poi la gettò lontano. «Ecco fatto» terminò l'automa. «Con questo dovremmo essere a posto.»

Otto fece un lungo sospiro e si lasciò cadere sull'erba.

Guardò la scatolina bianca e pensò al motto della sua famiglia. *Frusta est contra fulminen querere.* È inutile trovare rimedi contro i fulmini.

«Otto! Otto!» gridò qualcuno in fondo al prato. C'erano due persone che correvano verso di lui, vestite in modo improbabile.

Riconobbe la zia dai capelli.

«Zia! Jago!» esclamò, correndo loro incontro.

10. DISTRUZIONE E RICOSTRUZIONE

«Ho... freddo...» disse Theo, quando si risvegliò.

Naturalmente, non poteva avere davvero freddo. Era disteso sopra al tavolo di ferro di un'officina.

«Dove mi trovo?» ticchettò, provando a muoversi. Una serie di cinghie di cuoio glielo impedirono.

Accanto a lui comparvero Galeno, Otto e altre due persone, i due umani che aveva portato in Ospedale.

«Buongiorno, Theo...» lo salutò Otto.

L'automa bianco mise a fuoco la stanza, si rilassò e disse: «Officina di riparazioni 32, giusto?»

«Giusto» rispose Galeno, sollevando la mano meccanica piena di attrezzi. «E tu sei l'oggetto delle riparazioni. Non avevo esattamente le cognizioni avanzate di riparazione meccanica necessarie, ma ho fatto il possibile.»

Otto sollevò un libro tutto bianco. «Per fortuna, tra gli scaffali dell'Osservatorio abbiamo trovato un riassunto di tutte le istruzioni base di pronto intervento.»

«Per quanto sono rimasto disattivato?»

«Un giorno» rispose il ragazzo.

Galeno cominciò a slacciare le cinghie di cuoio, una a una. «Non ti assicuro che sarai come prima, ma ... dovrei essere riuscito a salvare buona parte dei tuoi meccanismi di movimento. Le gambe erano quelle messe peggio. Zoppicherai un po', credo. Ma ti ho aggiunto un oscilloscopio che dovrebbe fornirti un equilibrio supplementare.»

Theo si mise a sedere sul tavolo di ferro. «Perché l'hai fatto? Sono solo un automa, non sento dolore. Potevi lasciarmi come mi hai trovato.»

«Otto e gli altri hanno insistito perché provassi a ripararti.»

Theo inclinò lo sguardo. «Gli automi non provano. Sanno fare una cosa o non la sanno fare. Fa parte delle loro istruzioni.»

«Io ho istruzioni per provare, invece.»

Theo sollevò le gambe e le fece penzolare dal tavolo. «Hai ragione, le sento molto rigide.»

«Hai anche perduto un braccio.»

Solo allora, Theo sembrò accorgersi di avere solo tre mani in funzione. «Ah, poco male. In realtà non ne ho mai usate più di due per volta.» Appoggiò le tre mani sul bordo del tavolo e guardò Galeno. «Mi dispiace per il fulmine.»

«Non preoccuparti, ne sono uscito bene. Jago dice che probabilmente è stato come quando un uomo si prende una sbronza.»

Theo osservò i due umani più lontani dal tavolo. «Mi spiace anche per il modo in cui vi ho sottoposto ai controlli medici.»

«Non c'è problema» rispose Medea. «Otto ci ha spiegato tutto.»

«A parte questo odore di limone che non ne vuole sapere di andarsene via» aggiunse Jago.

«Cosa ne è stato della Macchina Mortale? L'ultima cosa che mi ricordo è un lampo azzurro ... »

«La scatolina dei lampi non è facilissima da usare» disse Galeno. «Mi ci sono voluti tre colpi, per centrarlo.»

«E dopo che l'hai centrato?»

«L'abbiamo disattivato» rispose Otto. «Galeno gli ha tolto la batteria.»

«E anche qualche altro pezzo, per sicurezza. Casomai qualcuno avesse voluto rimetterlo in funzione.»

Theo aprì e chiuse le dita delle tre mani. «E l'elicottero?»

«*Puff*. Caduto in mare. Abbiamo recuperato il pilota, che dorme nella stanza di là. Ma non il conte Liguana.»

«È caduto sulla scogliera.»

«O è morto congelato in mare.»

«Comunque sia, ha fatto una brutta fine» commentò Medea.

Theo si mise a terra, con cautela. «Uh ... » disse.

«Ce la fai?»

«È tutto diverso.»

Galeno lo sostenne. «Ho dovuto cambiare dei pezzi interi e fare collegamenti ... nuovi, diciamo. Però ci dovrebbe essere tutto. Un po' scricchiolante, ma ... tutto.»

«È come imparare di nuovo a camminare!» esclamò l'automa bianco, malfermo sulle gambe.

«Dove vuoi andare?»

«Fuori, al sole» rispose Theo. «Voglio vedere il mare.»

Il gruppetto si incamminò fuori dall'Officina 32: raggiunsero un balcone illuminato dalla luce luminosa del giorno e si fermarono a guardare la distesa azzurra del mare del nord, la fuga di nubi striate che viaggiavano veloci e il sole bianco, abbacinante, che splendeva in alto. Come da tutte le altre vie di Cyboria, si sentiva il rumore dell'acqua che si rifrangeva. Sulla scogliera bianchi gabbiani restavano immobili nei gorghi del vento.

«Non vi ho nemmeno chiesto qual è la vostra storia» disse Theo. Si voltò verso Otto. «Come avete fatto, voi, ad arrivare fin qui?»

Galeno premette alcuni numeri sul tastierino numerico che aveva nel petto, facendo uscire un disco di vinile nero, compatto e spesso. «Se vuoi, qui ho registrato tutto il nostro viaggio. Sei autorizzato ad ascoltarlo, se ti va. Non credo che l'Archivio delle guide sia mai entrato in funzione.»

Theo prese il disco, con attenzione. «In effetti no, nessun'altra guida è arrivata fin qui.»

Venne il tempo di decidere che cosa fare.

Occorreva riportare rapidamente a casa il pilota dell'elicottero, prima che si svegliasse e scoprisse dell'esistenza di Cyboria. Galeno si offrì di trasportarlo sull'isola più vicina, servendosi di una delle imbarcazioni di servizio rimaste nella città. Otto andò con lui: erano giorni, ormai, che non sentiva i suoi genitori, ed era più che probabile che fossero preoccupati. Inoltre, dopo tutta la tensione accumulata, cominciavano a mancargli le colline di Pisa.

Voleva tornare a casa.

Zia Medea e Jago, invece, non erano della sua stessa idea e glielo comunicarono poche ore dopo il risveglio di Theo.

Fu Jago il primo a prendere la decisione. Gli mostrò il pollice ustionato e gli spiegò perché non avesse nessuna intenzione di tornare alla sua vita precedente. «Mio padre è morto. Mio nonno, se davvero è ancora vivo, è solo un folle. Un mostro tenuto in vita dalle macchine. Non ho nessun altro che mi aspetti e non ho alcuna voglia di tornare alla casa di Calci. Sono cresciuto nel terrore delle macchine, Otto, usando denaro che non ho mai guadagnato per conto mio. Credo che sia giunto il momento di tagliare ogni ponte con il passato, e cominciare a pensare un po' a me.»

Sarebbe rimasto sull'isola, dove progettava di aprire un piccolo negozio. «Voglio iniziare a dipingere» disse.

«Non credo che avrai un grande mercato qui ... » scherzò Otto, che però iniziava a sentire pungere in gola una punta di dispiacere.

«Lo faccio per me, non per gli altri.»

E poi il pubblico lo avrebbe avuto: Theo e ... sua zia.

«Devo confessarti una cosa, Otto» iniziò zia Medea. La punta di dispiacere che Otto aveva sentito in gola divenne dolore, mentre la zia parlava. Qualche giorno più tardi, quando si sforzò di pensarci, si accorse di non ricordare, esattamente, tutte le sue parole. L'Università, gli studi, la sua vita avventurosa ... a cosa le erano servite? Era una donna intelligente e bella; una donna che era rimasta fondamentalmente sola, fino a quando non era iniziata quell'avventura. Zia Medea strinse il braccio di Jago.

«Questo significa che rimarrai anche tu?»

«Quest'isola è un paradiso di studi, Otto. È un'intera città progettata e abbandonata nel secolo scorso. Archeologia industriale. Potrei... potrei farne il lavoro della mia vita. Se mai decidessimo che il mondo debba sapere di... Cyboria, io sono la persona giusta, per studiarla.»

Chiaro, era l'ultimo punto.

C'era solo un'ultima cosa da fare, prima di partire.

E Otto la fece quella stessa notte.

Le stelle punteggiavano il cielo di scintille impazzite. Otto scivolò nell'ombra fredda seguendo la schiena bianca e dondolante di Theo. Il guardiano dell'isola gli fece strada fino a una porta chiusa, in un edificio color argento.

«È questa» sussurrò l'automa.

La scritta in luminario diceva:

PORTA DELLA
TERZA FASE

Otto tirò fuori dalla tasca dei pantaloni prima la Scatola Prismatica del nonno, poi quella che gli era stata consegnata quando aveva scelto di iscriversi alla corporazione senza nome.

«Tu non sai cosa c'è dietro a questa porta?»

«No. Venne preparata per quando fossero arrivati i nuovi cittadini. I Formatori erano sicuri che, tra quelli, ci sarebbe stato colui che avrebbe voluto dare il via alle Fasi Successive. Ma poiché nessuno è mai arrivato prima di voi, nessuno l'ha mai aperta.

Otto esitò, poi sollevò la chiave e la avvicinò alla serratura.

Si aprì con un lievissimo *clack*.

11. LA BICICLETTA ROSSA

Eccoli lì.

Di nuovo.

I motorini rombanti della Banda del Liceo comparvero dietro alla curva della strada statale di Pappiana, come una mandria di mucche impazzite. Otto ne contò almeno sei. A quanto pareva, durante la sua assenza, la Banda era cresciuta.

Li sentì urlare qualcosa nella sua direzione e notò che lo avevano riconosciuto. Nemmeno pochi secondi, e già i più scalmanati se lo additavano tra loro.

«Dagli al secchione!» gridò qualcuno con così tanta foga da perdere quasi lo zaino per la strada.

Otto si mise in piedi sui pedali della Bianchi del 1958 di suo nonno, e li spinse a fondo. La bici scattò in avanti, con il telaio che scricchiolava. Il ragazzino fece una decina di pedalate decise, mentre i motorini della Banda ruggivano sempre più vicini, alle sue spalle.

«Ecco il Perotti!»

«Prendiamolo! Forza!»

«La Gazzetta!»

«Ci deve pagare la Gazzetta a vita!»

Otto non sembrò spaventarsi. Anzi, sorrise. Lasciò che si avvicinassero ancora un po' e li contò meglio: erano in sette. Riconobbe dai caschi slacciati i due gemelli delle giovanili di calcio e quel bue di Franconi, il figlio del giudice. C'era anche Coin, il veneto che ogni giorno si faceva cento vasche a nuoto in piscina e mangiava un chilo di pastasciutta a colazione. Altri due che non conosceva, e una ragazza, che per qualche strano motivo seguiva la Banda. La salutò, spavaldo, e gli altri scoppiarono in un boato di proteste, sgasando come draghi.

«Come ti permetti, Perotti!»

«Ti mettiamo sotto, se ci riprovi!»

«Ferma quel ferrovecchio, che ti solleviamo un po' per le orecchie!»

«Non hai il permesso di salutare Giulia!»

«Ah no?» replicò Otto, dando una seconda, debole pedalata. Ormai i motorini lo stringevano tutti intorno, come grossi insetti rumorosi. «Ciao Giulia! Che cosa ci fai con questi buzzurri?»

Giulia incassò la domanda con un sussulto e i suoi occhioni azzurri di spalancarono per lo stupore. Guardò per primo Coin, il veneto, e Otto comprese che era nella Banda per amore.

«Ti facciamo a pezzi, Perotti!» ringhiò il figlio del giudice.

I due gemelli si piazzarono davanti alla bici, rallentando per costringerlo a fermarsi.

Il veneto, invece, provò ad afferrare Otto per la spalla e a strattonarlo, ma mancò la presa e per poco non ruzzolò dal motorino. «*Se te ciapo te copo!*» urlò, con una voce acuta ancora più ridicola, data la sua stazza da nuotatore.

Otto fece un paio di pedalate sferraglianti, schivando i gemelli davanti a lui e infilandosi tra il motorino e il guardrail.

«Vieni qui, bruschino!»

«Dove scappi?»

Otto decise di averne avuto abbastanza. Chinò una mano sulla catena ciondolante della bicicletta e ne tastò il copricatena, alla ricerca di una cartuccia lunga pochi centimetri. Era una piccola modifica che aveva fatto negli ultimi giorni, dopo il ritorno dal viaggio nell'estremo nord: una batteria di Lumen, compatta, innestata subito sotto i pedali e collegata al cambio. Con uno scatto, la accese.

Poi indicò il casco di uno dei gemelli e gli disse: «Stai attento con quello!» nel turbinio del motore. «Potresti farti male!» Fece fare un mezzo giro alla catena e sollevò una mano dal manubrio per salutare. «*Bye bye,* Giulia!» E infine diede un paio di colpi sui pedali.

La batteria di Lumen si mise in funzione come una dinamo. La catena della vecchia Bianchi venne avvolta da una scarica azzurra, che produsse lo stesso rumore di un tuono, e Otto schizzò avanti di una ventina di metri, con lo stesso identico sorriso dell'istante prima e la mano ancora sollevata. Alla seconda pedalata aveva messo altri venti metri tra sé e i motorini. Alla terza, nemmeno li sentiva più. Se li immaginò fermi, immobili in ordine sparso sulla carreggiata, a domandarsi cosa fosse esattamente successo. E magari con Giulia che, affiancandosi al suo colosso dalla voce chioccia, gli diceva: «Non lo *ciapi* più, bello mio».

Con un sorriso pieno e soddisfatto, Otto piegò verso sinistra, imboccando una delle stradine che salivano ai monti, e che solo lui conosceva. Disinserì il congegno azzuro e imboccò la strada dei boschi, in direzione della casa di zia Medea. Un quarto d'ora dopo lasciò la bici nel cortile. Il muso del maggiolone scanucciava dal garage. Il sole era alto nel cielo e molto caldo. Otto salì i gradini di pietra dell'ingresso e suonò il campanello. Dovette aspettare pochi minuti. Controllò l'ora: l'una. Era in perfetto orario.

La porta si aprì.

«Ehi» raschiò una voce metallica.

«Ciao. Bel cappello.»

Galeno sfoggiava un incredibile cappello di paglia hawaiano. «Da autentico ... damerino» disse, ricordandosi una delle prime parole che Otto gli aveva insegnato, quando lo stava portando fuori dal Museo di Firenze. «Ti piace? L'ho comprato su Internet.»

«Qualche novità da Cyboria?»

«Per ora no, amico mio» rispose l'automa, facendogli strada in cucina. «Ma non è facile per loro mettersi in contatto con noi. E poi, com'è che dice il proverbio? Nessuna nuova, buona nuova.»

Otto si sedette sopra uno sgabello. «Gli hai spedito le lettere con le nostre informazioni?»

«Sì. Credo che Theo le abbia già lette, riassunte e schedate.»

«E ... ?»

«E niente, per ora. Aspettiamo.»

Otto pensò distrattamente ai suoi genitori, a Villa Folgore, poi viaggiò con l'immaginazione lungo i binari per Parigi e una volta lì volò sul mare del nord, fino all'isola di Cyboria, dove sua zia Medea stava studiando ogni edificio della città per scrivere il suo meraviglioso saggio accademico e Jago, finalmente, poteva dipingere in santa pace. Si domandò cosa stesse facendo Theo, oltre a far procedere la Città Nuova, a riassumere i libri per la Biblioteca Bianca e catalogare le corrispondenze degli Inviati (che poi, in pratica, erano solo loro). Poi sorrise. Era contento di essere a casa.

«Hai qualche novità sulle altre guide?»

Di nuovo Galeno scosse il capo. «Nessuna, ma ho un nuovo contatto a New York. Forse uno dei miei colleghi si trova lì, dove l'hanno scambiato per una statua da collezione. E c'è una seconda guida che fa lo spaventapasseri vicino a Cracovia. Ma ... sono solo supposizioni, per ora.»

Otto annuì. Le guide, disperse per il mondo senza che la Seconda Fase avesse davvero inizio; e le Macchine Mortali, distrutte nella guerra. Elisabeth e suo figlio, partiti con la prima nave; ed Ettore Zap, partito con l'ultima. Quante erano le cose che ancora non sapeva di Cyboria e dei suoi fondatori? E quando mai le avrebbe sapute tutte?

Ma in fondo era così importante? Era davvero necessario conoscere ogni particolare di quell'isola e di quella città, per poterne godere per sempre? O bastava il fatto di averla trovata e di conoscerne l'esistenza? E di possedere, ora, la più micidiale bicicletta rossa della storia?

Domande. Domande dalle risposte complicate. Buone per le

lunghe giornate invernali, probabilmente. Domande che forse, con il passare degli anni, Otto avrebbe dimenticato.

Galeno raccolse da un cesto alcuni limoni verdissimi, li sollevò e gli domandò: «Ti va una spremuta?»

12. PAROLE IN LIBERTÀ

Oro.

Seduto sulla sua poltrona nel soppalco dell'Osservatorio, Theo guardava il tramonto trasformare in oro la distesa infinita del mare. C'era qualcosa di inquietante, in quella luce dorata. Qualcosa che lo faceva ticchettare nervoso sulla scrivania con tutte e tre le mani.

Non si era mai accorto dell'oro, prima.

Forse era per via della presenza di due cittadini umani, che si spostavano continuamente per la città? No, pensò. La rottura di anni di solitudine era stata qualcosa di positivo. Finalmente era davvero iniziata, seppure con incredibile ritardo, la Fase che tanto aveva atteso: quella del popolamento. E poi, con due umani che abitavano la città, nel giro di qualche settimana avrebbero potuto ricominciare a produrre Lumen per caricare le vecchie batterie. Forse, nel giro di qualche mese, o anno, anche altri automi avrebbero potuto ricominciare a lavorare.

Quindi non erano loro il problema. E allora? Forse non c'era un autentico problema, quanto una difficoltà più sottile. O un desiderio. Sì, un desiderio.

Gli avvenimenti degli ultimi giorni l'avevano provato e cambiato. Non solo il combattimento con una Macchina Mortale, ma anche la riparazione a cui era stato sottoposto, i lunghi dialoghi con Otto e la scoperta della loro complicatissima vicenda.

Passò il dito di una mano sul disco nero che Galeno gli aveva lasciato, quello su cui era incisa tutta la cronaca di come Otto, Medea e Jago fossero arrivati fin lì. Era una cronaca meccanica, priva di emozioni e di sfumature. Una cronaca oggettiva. Ma proprio grazie a quella cronaca, là dove Galeno aveva registrato fatti, Theo aveva immaginato ... altre cose.

Aveva immaginato, sì. Theo aveva letto e trascritto libri per più di ottant'anni. Sapeva come facevano gli uomini a descrivere gli avvenimenti: scrivevano una storia. Immaginavano e sceglievano le parole per dare sostanza alla loro immaginazione. Parole in libertà.

Un libro. E anche se scrivere libri non rientrava nelle sue istruzioni, anche se non era un riassunto, ma era esattamente il procedimento contrario ... Theo aveva voglia di provare.

Provare cosa?

Provare a scrivere.

Ecco il desiderio che lo rendeva inquieto e che andava oltre le sue istruzioni. Theo aveva voglia di provare a scrivere la storia di Otto, Medea, Jago e Galeno. E anche la sua. Già, perché no? Anche la storia di Theo. E di Cyboria. E dei tre Formatori.

Chi altri avrebbe potuto farlo? Solo lui ne conosceva i segreti. *Tutti* i segreti, anche quelli nascosti nei sotterranei dell'isola. Quelli incatenati laggiù. Oh, quelli non erano bei segreti, ma ... forse valeva la pena affidarli a qualcuno. Farne un libro.

Un libro. Pieno di segreti.

Più ci pensava, più Theo si convinceva che fosse una bella storia da raccontare. E, se fosse stato bravo, anche una bella storia da leggere. Pensò che se qualcuno l'avesse letta, avrebbe saputo dell'esistenza di Cyboria, e magari avrebbe intrapreso il viaggio per raggiungerla. E magari, in quel modo, sarebbero arrivati i cittadini che aveva aspettato per così tanto tempo.

Sì, era quella, la cosa da fare. Avrebbe provato l'illusione di essere immaginazione e libertà, anziché solo un corpo meccanico. Theo avrebbe potuto scrivere un libro, da solo, a Cyboria. Forse, una volta finito, Jago avrebbe potuto anche fare le illustrazioni. Sì, poteva proporglielo. Perché no?

A quel punto … a quel punto avrebbero potuto stamparlo. E poi?

E poi spedirlo a qualcuno che lo leggesse.

Farlo conoscere al mondo.

Sarebbe stato sufficiente entrare di nuovo nella stanza che Otto aveva aperto. Lì si trovava un congegno di posta pneumatica che, anziché ricevere, poteva trasmettere. Un modo per poter spedire notizie di Cyboria a chiunque le volesse leggere.

Theo smise di tamburellare.

Perché no?

Prese la sua decisione. Infilò un foglio di carta nella macchina da scrivere, lo guardò a lungo, poi appoggiò le dita sui tasti e scrisse:

Quando il nonno di Otto lo voleva far sentire speciale, gli diceva sempre di provare a fare una cosa difficile, perché quelle facili, tanto, riescono a farle tutti …

INDICE

PASSATO

FUTURO

RINGRAZIAMENTI

Desidero ringraziare Matteo, che ha creduto in questo progetto anche quando i miei lunghi silenzi gli hanno fatto temere il peggio, e Beniamino, per il suo entusiasmo nei giochi di parole: a proposito, ti ho consegnato il libro mercoledì.

Cyboria è nato da una serie di idee e interminabili discussioni con i veronesi Jacopo Olivieri, disegnatore, scrittore e visionario, e Massimo Cracco, ingegnere, matematico e musicista. Con loro ho condiviso tutta l'idea e creato la trama di questa storia. Un ringraziamento particolare va ad Alberto Serra, che ha preparato una prima stesura della vicenda, documentandosi per me su molti degli aspetti storici e geografici del viaggio, e a Giordano Bruno Guerri, per i chiarimenti sul genio fondatore del Futurismo. Sono debitore inoltre a questi amici della Scuola Normale Superiore: Davide Merlitti, che ho qui promosso professore; Michele Fiaschi, con cui condivido da anni scaramantici riti calcistici; Umberto Parrini, con cui ho lavorato felicemente; e Maria Luisa Catoni, a cui mi sono ispirato per dare un carattere al personaggio di Medea. Al professor Salvatore Settis devo la possibilità di avermi fatto conoscere tutti quanti.

La stanza dei Sepolti è una mia invenzione. Il "Montino" e la sua cecina cotta al forno no. Villa Folgore si trova in località Passo del

Frantoio, Rigoli: è un Bed & Breakfast da cui si gode una vista meravigliosa sulla piana di Pisa.

Alcuni sassolini nella scarpa: il menu che Galeno serve sul Convoglio del Sud è una parte di quello presentato da Marinetti al ristorante "Penna d'Oca", di Milano, il 15 novembre 1930. Gli scaffali dei libri dell'appartamento errante di D'Urò sono ispirati a quelli che Calvino inventa per *Se una notte d'inverno un viaggiatore.* Molte delle regole, delle costituzioni e delle corporazioni della Città Nuova, sono ispirate alla Carta del Carnaro della Città di Fiume, promulgata l'8 settembre del 1920 e redatta grazie al contributo di Gabriele D'Annunzio. La casa errante di Avenue Pablo Picasso è ispirata a quelle proposte da El Lissitzky in un progetto del 1925 e alle Walking City di Ron Herron degli anni '60. La stazione di Parigi e l'architettura generale di Cyboria sono invece ispirate ai disegni del comasco Antonio Sant'Elia. Uno dei pensieri finali di Theo è l'esatto contrario del futurista: "L'illusione di sentirsi meccanico, quando si è in realtà solo carne piangente".

Rivolgo quindi uno scoppiettante ringraziamento ai futuristi, il cui iperbolico *Manifesto,* a cento anni esatti di distanza dalla sua pubblicazione sul «Le Figaro» di Parigi, è più che mai capace di suscitare slanci e aspettative per il futuro che verrà.

Pierdomenico Baccalario